撲殺島への懐古《ノスタルジア》

松尾詩朗
MATSUO Shiro

南雲堂　SSKノベルス

装丁　奥定泰之

目次

プロローグ1

一枚の写真。

写っているのは、男と女。

誰が撮ったのか、薄暗いバーの一角で、男が女の肩に手をかけ、女は無邪気な笑顔をカメラにむけている。

その古びた写真を持つ、男の手は濡れ、そして震えていた。

手だけではない。男は、ズブ濡れだった。したたるしずくを拭おうともせず、写真を見つめたまま、アパートの戸口に立ちつくしていた。

「そこに写っているの、あたしのママなんだ」

ところどころにタバコの焼け焦げを持つ、褪《あ》せたカーペット。転がる、缶ビール。

散乱した下着と脱ぎ散らかした衣裳の中心にテーブル。そのテーブルに肘を突き、ほつれた髪を面倒くさそうにかきあげながら、女は、そう言った。

「この写真、どこにあった」

「出てきたのよ、ママの遺品から」

「イヒン。お前にしては、難しい言葉を知ってるじゃないか」

冗談を言ったつもりだった。だが、男と女、どちらの顔にも微笑はなかった。

「あんたの名前、どこかで聞いたような気がしたんだ、珍しいから。それで、ママのアルバムを出してみたら、思いだしたの」

そして、何本目かのタバコに火をつけながら、女は勝ち誇ったように言った。

「ママのとなりにいるのが、あたしのパパ」

「嘘だ！」

怒鳴り声が、地響きのように部屋を家鳴りさせる。

「嘘っぱちを言うために、俺を呼び出したのか。こんな時間に、土砂降りのなかを」

「雨は、あたしのせいじゃありませんけど」

天井につかえる頭を、男は不自由そうに曲げて女を見おろしている。その顔には狼狽と狂気が、複雑に交錯しはじめていた。だが女は、その変化に気づいていない。

「一体、どうしてくれるの？　あたしの赤ちゃん」

女は小さなあくびをひとつすると、戸口に立ったままの、男の巨大な体躯を見あげた。

「でかい図体して、グズグズしてんじゃないよ！　絶対に責任はとってもらうからね！」

いきなり、女が啖呵を切った。圧倒されて、男は顔色を変える。

「あたしはね、まともに学校も行かなかった。だから頭も悪いし、こんな仕事でもしなきゃ生きていけない女よ。けどね、それでも人の道にはずれたことは、生まれてから一度だって、したことはないんだ。それを、それをあんたが、あたしを」

「俺の子とは、かぎらない」

「あんたの子よ」

「証拠は、あるのか」

プロローグ1

「わかるわ。目もとなんて、そっくり」

「知らない間に、勝手に生んでおいて、責任とれか。誰が信じるか」

男は顔をそむけると、無理に笑った。だらりとのびた両手の指先から、しずくがポタリと落ちる。

「じゃあ、検査するから。その代わり、父親があんただってわかったら、全部の責任をとってもらうわよ。あんたの、親にもね」

「お前は、いろんな男の相手をしてきたじゃないか。あのあとだって、前だって、いまだって」

「おあいにくさま。そんなドジしないの、いまはもうプロなんだから」

「どうして、妊娠なんか」

「あのころは、さきのことなんて、考えてなかったわ。なるようになればって、気分だったから」

「何でおろさなかった」

「人の道にはずれたことは、しないの。それにあたし、子ども好きだから」

「何で俺だけが、こんな目に」

「往生際が悪いわね、このクズ男」

罵倒された男の顔が、次第に狂疾《きょうしつ》のそれへと化していく。

「さぁてと」

テーブルに両手を突いて体を支え、女は大儀そうに立ちあがった。

「どいてよ。これから仕事なの」

女は小柄だったが、男を見あげたときの視線には、相手の体格を凌駕するほどの迫力があった。

身をかがめてヒールを履くと、突っ立ったままの男を肘で押す。男の体は、風船のようにポンヤリと脇によけた。

真鍮のノブをまわすと、女は、巨大な生ゴミ袋のように男を戸口から押しだした。男は観念したように、歩きはじめる。

部屋は二階にあった。廊下の奥の階段を、さきに立つ男は、すり足で降りていく。廊下に負けず、年季のはいった踏み板がミシミシ鳴った。

下まで降りると路地に出る。通りの外灯は、ここまで届かない。それでも廊下が薄明るいせいで、無造作に置かれているポリバケツや洗濯機に、足をぶつけることはなかった。

雨はやんでいた。空を覆う雲は、まだずいぶん厚かったが。

「じゃ、次はあんたの実家でね。さよならパパ、そして……」

背後を水が流れている。アパートの裏は、川だった。

「この時間じゃ、電車がない」

「タクシーで帰れば」

「ない、そんな金」

「知らないわよ、そんなの」

せせら笑いながら、女は背をむけて歩きだす。そのさきに外灯が見えた。

「待てよ」

「何よ！」

後ろから肩をつかまれ、女は小声で怒鳴った。客を連れこまないこと、深夜は静かにすること、それが仕事場に近い、このアパートを借りる条件であった。

「赤ん坊は、どこに」

同様、男も小声で訊く。

「言ったでしょ、田舎のばあちゃんが面倒見てるって。こんな仕事してて、育てられるわけないじゃない」

「田舎は」

「あんた、さっきまでの話、全然聞いてなかったっての、本当にバカね。それとも、バカの振りでもしてるつもり？　そんなことしても、許さないから絶対」

「聞いてたさ、話は全部」

「だったら」

　言いかけた瞬間、女は後頭部をつかまれた。バックに流れる川の音。その合間を異様な音が割ってはいる。

「ガボッ」

　おかしな女の、それは悲鳴だった。頭をつかまれたまま、男のもう一方の拳が顔面を直撃したのだ。下あごがカスタネットのようにガチンと鳴った。

　女が痙攣をはじめた。ふざけたダンスを踊っているような、間の抜けた所作。

　女の体を大きな生ゴミにするためには、殴打行為は二度もくり返せば充分だった。だが男は殴り続けた、気のすむまで、そして念入りに。頬骨が砕け、拳に伝わる感触が変わった。ついさっきまで鼻だったはずの孔から、血が吹きでた。

　男は単純作業を停止した。呼吸は乱れていない。

　裏を流れているのは、妙正寺《みょうしょうじ》川《がわ》。生ゴミを引きずったまま、川へむかう。土砂降りのあとで水流は早く、かさも増していた。

　殴る作業に使用していた手で、女の足首を二本まとめてつかむと、自分の頭の高さに持ち上げる。そして、そのまま川へ投げ捨てた。死体はザブンと音をたてたが、すぐに沈んで彼方へ消えていった。

男はふり返ると、スタスタ歩きだす。路地のむこうは繁華街だ。

ふと、顔に違和感をおぼえた。立ちどまると、外灯の下へ身をさらす前に、手の甲で拭ってみる。ベットリとついたのは、真っ赤な血だった。とたんに男の顔が険しくなる。

耳を澄ませた。むこうから人の声、二人の男の、話し声が聞こえてくる。

「あと一カ月だ。いまの店、潰してから、ゆっくり乗っとる」

「はい。大丈夫です」

黒スーツの上下に黒のシャツ、ネクタイとオールバックにキツネ目の中年男と、赤いサマーセーターを羽織ったパンチパーマの痩せ男。二人とも手ぶら、痩せ男はスラックスのポケットに手を突っこみ、水たまりをよけながら近づいてくる。

路地の前を通りすぎようとしたとき、二人の前に巨大な影が立ちはだかった。

「何だテメエ！」

叫んだ痩せ男は、しかしいきなりの障害物にはじかれヨタヨタあとずさりした。中年男は反射的に構え、胸ポケットに手を差し入れる。

だが次の瞬間、破裂するような音とともに、中年男の体がふっ飛んだ。巨大な影の放った恐ろしい平手打ちを喰らい、顔をねじったままひっくり返っていた。

「兄貴！」

痩せ男はまた叫んだが、へっぴり腰のまま動こうとはしない。ピクリともしない中年男のそばで、衝撃で転がり出たドスが、雨あがりの小さな水たまりに泳いでいる。

「き、貴様！」

自分より二十センチ以上もある大男を見あげて、痩せ男はパンチパーマの髪を逆立てた。三つめの威嚇セリフを喋ろうとするが、しかし唇は震えるばかりだった。

左の頬に、凄まじい風圧を感じた。アッと思った瞬間、痩せ男は団扇のような手に横っ面を張られて、呆気なく意識を失った。

しかし中年男と違って、痩せ男はまだ倒れていなかった。大男が腕をつかんでいるため、横にさせてもらえないのだ。

体を支えられたまま、痩せ男はなおも顔を張られた。耳から下唇にかけてのおよそ顔半分が、見るみる腫れあがっていく。

痩せ男の、たらこのような山から、溜まっていた血しぶきが噴出する。それは大男の顔まで吹きあがり、壊れたスプレーのように染めていった。

痩せ男を離すと、大男は手の甲で顔を拭う。そして、満足そうに深呼吸した。

「おーい、誰か警察を呼んでくれー。あと救急車。けが人がいるんだー」

のんびりした物言いだったが、それでも人通りの途絶えた雨あがりの繁華街に、野次馬を集めるには充分なボリュームだった。

大男は空を見あげた。雨は、まだ降りそうだった。

プロローグ2

1

福岡県I市。

かつて炭鉱の町として栄えたここで、昭和五十九年の冬、小さな殺人事件があった——。

駅前から出ているバスに乗って十五分ほど揺られると、左手に寺が見えてくる。その近くで下車してから、手前の路地をはいって五十メートルほど坂を上ると、長屋のように連なる古びた平屋がある。

おそらく昭和三十年代ころまでは炭鉱宿として使用されていたものであろう。腐りかけた板壁と反り返ったドア、ボロボロの屋根に継ぎ当てられたトタン、果たしてここへも電気やガス水道が引かれているのかと訝るような家屋。

棚戸ヨリ子は、その長屋の一軒に二人の子どもと暮らしていた。

夫とは十代のころに、勢いで一緒になった。夫が何をして金を稼いでいたのか、ヨリ子は知らなかった。収入は月に一回だったり、二週に一度だったりと不定期ではあったが、とりあえず生活するのに必要な費用は持って帰ってきてくれた。夫が外で何をしていようと、どんな手段で稼いでいようと、新婚のヨリ子にはどうでもよいことだった。生活はいつもギリギリではあったが、二人でいられるという現実さえあれば、ほかのことは構わなかった。

　このアパートに住むようになって、すぐに子どもが生まれた。当初は病院で出産する費用をどうしようかで、夫と揉めたこともあったが、近所に安くて腕のいいお産婆さんのいることがわかり、事態はまるくおさまった。助産師は、まるまると肥えた女の子を取りあげてくれた。

　赤ん坊はよく泣き、お乳をよく飲んだ。子どもができたせいで、これまで以上に生活は苦しくなったが、ヨリ子は幸福だった。

　子どもがひとつ、年を数えるようになった夏のはじめ、夫が家に帰ってこなくなった。自分という女に飽きてしまっていたことが、ヨリ子にはわからなかった。そしてそれっきり、男の消息は現在でもわからない。

　捨てられたヨリ子には、子どもを食べさせる義務だけが残った。帰らない父親を待って、いつまでもメソメソ泣いているわけにはいかない。とはいえ中学もまともに出ていなかった彼女が、手っとり早く収入になる仕事にありつくとしたら、水商売しかなかった。

　駅前に一軒だけあるキャバレーは、おもに地元の肉体労働者たちの溜まり場で、結構繁盛していた。ホステス募集の貼り紙を見たヨリ子は、意をけっして店の敷居をまたいだ。店の主人はヨリ子の容姿、痩せ細った体に難色を示したが、身の上話を聞いて同情してくれた。そして当面、この夏場だけとの条件で、働かせてもらえることになった。

　長屋の隣人に子どもの世話を頼み、彼女はその晩からバスに乗って、駅前に通うことになった。

店の営業は夜七時から深夜二時まで。帰りの時刻となると当然バスはないため、始発が出るまで、店内のソファで寝かせてもらうことになった。タクシー費用など持ち合わせていない新人ホステスへの、これも主人の同情であった。

ヨリ子は生活費のため、子どものため懸命に働いた。

彼女には、自分でも気づかない接客商売の才能があったのだろう。店主の予想を大きく裏切って、駅前キャバレーの新人ホステスはたちまち評判になった。

痩せ細っていたのは、これまでまともな食生活を送っていなかったせいで、ヨリ子の体は日増しに肉付きをよくしていった。胸にも出産時のような張りがもどり、何度衣裳を直しても、彼女のドレスはいつもはち切れそうな体を隠すのに往生していた。

ヨリ子の出現で、店はことさら繁盛した。主人も彼女を可愛がり、待遇も積極的に改善してくれた。バスが動きはじめるまで、店のソファに寝ていたのが、二階の三畳間に布団を敷いてもらえる身分となった。また店の裏にある、主人宅の風呂にもはいれるようになっていた。

夏場だけとの条件だったが、季節が終わり、そろそろ涼しい風の吹くころになっても、彼女は店にとどまることを許された。代わりに彼女より五つ年上の、遅刻ばかりするヘビースモーカーの女が追いだされた。

安くない給料のおかげで、となりのお婆さんにも、手間賃を払って堂々と子どもを預けられるようになっていた。いまでは心置きなく仕事に出かけられる。

　ヨリ子は仕事が楽しかった。店主も客も、まわりの男はみな優しい。焼肉やフグ料理など、夫がいたころはいちども口にしたことのない料理を食べる機会も増えた。店が休みの日に、お客が連れていってくれるからだ。

　そのころの一年間が、自分の人生にとってもっとも幸福なときだったと、ヨリ子は述懐している。

　しかし、ある日のこと、そんな彼女の体に変調が起こる。幸福がほころびだした、遊戯のつけがまわってきたのである。

　ヨリ子は妊娠していた。それを教えてくれたのは、常連客だった。相手が店でグラスを傾けるたび、ヨリ子は最近になって腰が痛む、肌がかゆい足がむくむ、あるいは乳首が黒ずんできたなどと、体の不良をあけすけに話していた。

　それは妊娠なんじゃないか。男は初め冗談口調で言っていたが、次第に病院での検診を強く勧めるようになった。常連客は、労災病院の内科医だった。

　医者の客と約束させられたヨリ子は、数日後、駅前からバスに乗るとアパートへは帰らず、まっすぐ労災病院へむかった。

　結果は、六カ月。

　仕事が楽しくてたまらないヨリ子にとって、新しい子どもは邪魔物でしかなかった。それに父親が誰かもわからない子など、生まれても不憫なだけだ。

　ヨリ子は、過去に長女を取りあげてくれた助産師に事情を打ち明け、堕胎してくれるよう願いでた。しかし、返答はつれないものだった。

「なに言うちょるかね、こん子は。そげんこつは人間のするこつじゃなかよ！」

またおろすにしても、六カ月では母体が危険だと脅された。それは病院の産婦人科で言われたことと、同じだった。

ヨリ子はあきらめた。二人目の子の母親になるしかなかった。

その後もヨリ子は働き続けた。生まれる以上は子どもを人なみに保育園へ行かせたかったし、一刻も早く、あの汚らしい長屋を出たかった。

店では、日増しにせり出てくる腹部を気づかれまいと、体の線のわからない服装に切り換えた。以前と違って体型がぽっちゃりしていたから、医師以外の客に気づかれることはなかった。

やがて臨月期になったとき、ヨリ子は行方不明の夫が見つかったので、会いに行ってくると偽って店を休んだ。堕胎の言葉を口にした自分を、叱りとばした助産師にふたたび世話になり、男の子を出産した。

子どもの父親から養育費を取ろうなどという考えは、ヨリ子にはなかった。取りたくても、父親が誰か特定できないのだから、仕方なかった。

出産後、体調が回復するとヨリ子はすぐに店へもどった。生まれたばかりの男の子も、二歳になる女の子同様に預かってもらうことにした。これからは手間賃が二人分になると、となりの老いた住人は喜んでいた。

それからしばらくは平穏な毎日が続く。ヨリ子自身が、これ以上子どもを生まされなくともすむように、気をつけたからだ。

父親のわからない男の子は、元気に成長し、小学校へ通う年齢に達していた。

朝、母親のヨリ子が仕事から帰ってくる。駅前の売店で買ってきた弁当が、子どもたちの朝食だ。そのまま布団に倒れこむ母親を気づかいながら、二人の子は立て付けの悪い戸を静かに閉め、鍵をかけて家を出ていく。弟は姉の手を引いて、一緒に小学校へ通った。

体の小さい姉は、よく学校でいじめられた。いつもボソボソ何を言っているのかわからない、毎日同じ服を着てるから洗濯なんかしていないんだろう、臭い――。母親がホステスだから、オンボロアパートに住んでいるからと、毎日からかわれては泣いていた。

対して弟は、強かった。入学したてであるにもかかわらず、すでに六年生にも負けない身長と体躯になっていた。そのせいで、ちょっかいを出す生徒など、ひとりもいなかった。

弟は、学校では姉の護衛役だった。毎朝、姉を教室まで送り届けたあと、まわりの上級生たちをひと睨み威嚇しておく。そして午後、授業が終わると急いで教室を出て、姉がいる三年生の教室前で待つ。挨拶を終えた先生が出てくると、弟は入れ代わりに教壇へ立つ。そこで、全員への尋問をはじめるのだ。今日、姉ちゃんをいじめた奴はいるか。クラス中が脅えた表情で顔を横にふる。全員の顔を見渡したあと、嘘をついても、あとで姉ちゃんに訊けばわかるんだぞと殺し文句を残して、姉を連れ教室をあとにする。二人が出ていったとたん、恐怖の解かれた室内には、一斉に安堵のため息が洩れるのだった。

帰り道、ならんで歩く姉と弟。だが二人は、このまま家へ帰ることはできない。長屋でまだ眠っている母親を妨げることになるからだ。通学路の途中にある、最近できた公園で、姉と一緒にランドセルをわきへ置いたまま、ジャングル・ジムや鉄棒につかまったりして日の暮れるのを待った。

夕食はとなりの家で、赤ん坊のころから世話になっているお婆さんと三人で食べる。食事が終わって家にもどるころには、母親は着替えをすませて、せっせと化粧をしているのだった。

弟が初めて、姉のいじめを知った日。

放課後迎えにいって、そこで姉が泣いているのを見つけた日、いまでも学校では語りぐさになっている。弟は、たったひとりでクラス全員の男子生徒を叩きのめしたのだ。

図体が大きいといっても所詮一年生だ、そうタカをくくっていた生徒たちが、片っぱしから殴られ蹴られては泣きだした。低学年になど、絶対に負けられないという気概と根性のある上級生もいた。彼らは教室の後ろにある掃除用具入れから、モップを持ちだしてふりまわし、水の汲みおかれているバケツをぶちまけ、机や椅子を担ぎあげては投げつけた。だが弟は少しもひるまなかった。姉をいじめる奴は絶対に許さない、どういう目にあうか思い知らせてやる。それは相手が十人でも、二十人でも関係なかった。

ぶちのめす敵がいなくなって、彼はやっと冷静を取りもどす。バケツの水で濡れネズミになった足元には、痛い痛いと男子生徒全員が、身をよじって泣き叫んでいた。女子生徒はみな退避している。その教室のすみでは姉がひとり、やっぱり泣いていた。

2

長女には、軽度の知的障害があった。

公私を問わずに、お客の接待でいそがしかったため、ヨリ子は家でもほとんど子どもを構うことがなかった。家族で風呂と水洗トイレ付きのアパートへ引っ越そうと考えていたはずが、いつしか日々の生活に流され、どうでもよくなってしまっていた。衣類や貴金属への浪費に追われ、引っ越し費用など勿体ないと思うようになっていた。どうせアパートは寝るだけだ、いやなら客の家に泊まるか、ホテルをとってもらえばすむ話だ。だから学校で、いちど検査してほしいとの連絡を受け、病院へ連れていくまでは、上の子がそういう状態にあったなど、まったく気がつかなかった。

学校での長女は、授業をほとんど理解できていなかった。いつもあらぬほうをぼんやり眺めていては、時折、意味不明の笑いを浮かべるばかりだった。

幼いころから世話をしていた隣家の住人も、あまり喋らない女の子に疑問を抱いていたという。だが余計なことを言ってしまって、面倒見の手間賃がふいになってはうまくないので、黙っていたのだ。

担任の女教師は、女の子が入学してきたころからの受け持ちだった。就学当初は、教科書を一行も満足に読むことのできない子は大勢いたから、その子に対する認識が遅れたことは否めなかった。普通ではないと感じはじめたのは、女の子が三年生になってから、弟が入学してきたころである。検査することを勧めたのは、その女教師だった。

知的障害が認められ、特殊学級のあるほかの学校への転校を勧められても、ヨリ子は従わなかった。その代わり、退学させてしまった。

次の日から、女の子は日中ひとりで家にいるようになった。

ヨリ子はいそがしかった。三十路をひかえた彼女には、若いライバルが毎年現れる。店での生き残りをかけた闘いで、大変だったのだ。

ひとりで学校へ行くことになった弟は、朝、母親が仕事から帰ってくると、入れ違いにランドセルを背負って家を出る。

隣人は、そのころは駅前のパチンコ屋で清掃のアルバイトをしていたから、夕方にならないと帰ってこない。母親が寝床でいびきをかいている横で、女の子はひとり、ただぼんやりと、窓から空を眺めていた。

ところがある日のこと、ヨリ子が手洗いで目を覚ますと、子どもの姿がなくなっていた。眠くて重たい体を揺り起こして、近所を捜しまわると、近くの原っぱでしゃがみこんでいる。ヨリ子が駆け寄って覗くと、女の子は、そこらに生えている草をほおばっていた。

手に持った草を払い落とし、頭を叩いて口のなかの草を吐きださせた。このあたりの雑草には、毒を持つものもあると聞く。

ヨリ子はあわてた。子どもを構うのは面倒だが、死なれて警察沙汰にでもなったら、噂は店まで伝わるかも知れない。いくらぽっちゃり顔で、情の深い女で評判だとはいえ、二人の子持ちということがわかったら、客は興ざめしてしまうだろう。おまけに上の子が知的障害で、学校に行かせていないことも知れてしまったら――。

食事の用意などしてないので、その日は近くの家で、昼食の残りをわけてもらって食べさせた。テーブルにむかい、のびたうどんを食べる長女の背中を見ながら、ヨリ子は、ふたたび寝床についた。

それ以降、女の子は家からいなくなることが多くなった。

そのたびに眠い目をこすって、近所を走りまわるヨリ子。あるときなど、用水路に落ちていたこともあった。いまにも力尽きて流されそうなのに、助けも呼ばず、そばに生えていた草につかまって、ぼんやりしていた。

またあるときなど、顔や両手、足を血だらけにしてフラフラ歩いている姿を見つけたこともあった。野良犬に襲われて噛みつかれたらしい。傷はひどかったが、運よく狂犬病は免れた。

子どもを病院へ連れていったため、寝る時間をなくしてしまった。その日は結局、ほとんど眠らないまま店へ出るはめになった。

何度叱っても、女の子は部屋でじっとしてはくれなかった。野良犬に襲われたときでさえ、翌日になると頭や手に包帯を巻いた格好で、さっそく外をほっつき歩いた。

ヨリ子は、睡眠不足でイライラすることが多くなっていった。化粧の乗りが悪いのも不快だったが、鏡に映る自分の顔が、疲れて年齢以上に老けて見えるのは我慢できなかった。

口で言ってもわからない人間に対しては、体で教えてやるしかない。

初めて子どもに手をあげた日のことを、ヨリ子は記憶している。そしてその日を境に、上の子に対して暴力をふるうことが当たり前となり、日増しに多くなっていった。

草花を眺めていては頭を殴り、仔犬と遊んでいては腰を蹴り飛ばした。これしか方法がないという諦念《ていねん》か、これ以上に頭が悪くなることもないという気安さからか、暴力はエスカレートしていった。

弟は、姉のことで暴れる必要がなくなってから、学校ではまじめでおとなしい生徒にもどっていた。もともと勉強のできる子だったらしく、成績はたちまち学年でトップに躍りでた。次の学期にはクラス委員にも選ばれた。上級生をひとりで締めあげた腕っぷしの強さに加えて、学年一番の頭のよさ。そして粗暴とはいえ姉思いの優しい性格。弟は、ひとりで通学するようになってから、大勢の友だちに囲まれるようになっていった。

学校の授業は昼すぎには終わったが、弟はあいかわらず、校庭や近くの公園で夕方近くまで過ごした。姉が、母親から殴られ悲鳴をあげて泣き叫ぶ光景を、見るのが耐えられなかったからだ。

クラスのみんなと日が暮れるまで、ドッチボールや鬼ごっこをやっていると、わずかな瞬間ではあるが日々の生活を忘れることができた。自分たちを置いて毎晩仕事へ出かけるお母さん、何を聞いても返事をしてくれないお姉さん、そしていちどもあったことのないお父さん。そんなことのすべてを、どうでもいいと思うことができた。

東の空が暗くなるころ、弟は家へ帰る。駅前のパチンコ屋から帰ってきた隣人が、しばらくして食事の用意ができたと呼びにくる。姉と夕食を終え家にもどると、母親は仕事へ出てしまっている。

食事が終わってから、弟は、姉と二人で風呂へ行く。寺のそばの銭湯で、男湯にはいる。このとき、学校の同級生がはいっていたりすると、死ぬほど恥ずかしい。弟は思案したあげく、テレビでアニメや変身ヒーローの、番組をやっている時間帯を選んで行くようにした。これなら友だちはブラウン管にくぎ付けで、風呂場で出くわすことはない。

反面、翌日の学校で昨日見たテレビの話になると、ひとり話題にとり残されてしまうのが悔しかった。しかしそれでも、お姉さんの体を洗っているところを見られるよりは、ましだった。

二つ年上なのに、自分よりはるかに小さい背中をこすりながら、弟はそこに、痣が増えていくのを見るのが怖かった。

そして、その年の冬。そんな生活に破綻が起こる。

女の子は、母親に殴られ、蹴られる理由を、自分なりに考えていたのかも知れない。

お母さんは、わたしが嫌いなのだ。嫌いだから、小学校に通わせてくれないのだ、いつも怖い顔で、殴るのだ。

ゆっくり、それでも一生懸命に、そして何とか母親に好かれようと、必死に考えた。

その日、家にはわずかなニンジンとジャガイモ、そして近所でもらったタクアンがあった。ヨリ子が休みの日以外、炊くことのない米も少々残っていた。

お弁当を食べて、ひとりぼっちの昼食を終えたあと、女の子は考えを実行に移した。

音をたてないように、弟の勉強机を台所へ運んだ。勉強机といっても、近所の古道具屋で買ってきた、小さな引き出しが二つならんでいるだけの座卓だから軽い。両手でヨッコイショと抱えあげて、電気ストーブを倒さないよう気をつけながら、流しの前に降ろす。食器棚の下に転がっていたニンジンとジャガイモを持って、机の上に乗る。あまり清潔とはいえない流し台のわきにまな板を置いて、包丁を手にとった。

夕食を作ろうというのだ。お母さんが寝ている間に自分ひとりでご飯のしたくをして、こしらえた料理を食べてもらおう。そしてお母さんに、褒めてもらおう。それが彼女の考えた、あどけない作戦だった――。

目覚まし時計が鳴った。そろそろ夕方の五時、出勤時刻を知らせている。

ヨリ子はいつになく熟睡できた。途中、何度か目を開けたが、そのたびに女の子が、台所の陰でおとなしく遊んでいるのを見て安心した。

しかし、時計のベルでヨリ子が起きたとき、台所に姿はなかった。代わりに、部屋に置かれたテーブルの前に、ちょこんと正座をして、少女はこちらを見ていた。まるで自分が目覚めるのを、いまかいまかと心待ちにしていたような、そんな期待にあふれた表情だった。

妙な違和感のまま、テーブルの上を見る。そこには、ヨリ子の箸と茶碗と、そして料理の載った皿があった。

「手、洗ってから作ったと」

そう言って、少女は恥ずかしそうに、母親を見ている。

テーブルの上にあるものは、およそ料理と呼べるしろものではなかった。

茶碗のなかには、米がはいっていた。炊いた飯がよそってあるのではない、水につけられた米が、碗にうずたかく積もっているだけだった。

皿にはニンジンとジャガイモが、でこぼこに切りとられた残骸のように乗っている。ニンジンにはひげがあり、ジャガイモの皮もまだ、ほとんどがへばりついたままだった。

仕方がなかった、包丁なんか使ったことがない。そして、女の子は火が使えなかった。怖くて、火をつけることができないのだ。だから、それが少女にできる、心からのもてなし、精いっぱいの御馳走だった。

ヨリ子は、テーブルにならんだ、自分のために作られた食事を見せられて、初めて、この子どもの将来を案じたという。かしこまってテーブルのむこうで正座している子の、膝の上に行儀よく置かれた、冷たい水に霜焼けた切り傷だらけの両手を見た瞬間、ヨリ子は爆発的な母性に目覚めてしまった。

一生懸命になって、ご飯をこしらえた。喜んでもらおうと思って、頑張って包丁を使って、ニンジンやジャガイモを切ったし、お米だって研いだ。さっと、褒めてくれる。いつも殴るばかりのお母さんだけど、今日だけはきっと、いい子ねと頭をなでてくれるに違いない。そんな期待がこもって、女の子のほっぺたは上気していた。笑顔の満ちた表情には、得意と達成感が入り交じっていた。

ヨリ子は、少女を抱えあげた。そして、抱きしめた。

「ごめんね。こんなお母さんで」

温かい母親の胸に抱かれて、女の子は満足だった。

ヨリ子は泣いていた。泣きながら、子どもの首に手をかけた。

「こんな子に生んで、ごめんね」

首を絞めながら、何度も謝った。

少女はわけがわからないまま、それでも幸福だったに違いない。その証拠に、死に顔は笑っていた。

決着をつけたのだと、棚戸ヨリ子は当時をふり返って言う。そして、母親としての責任をとったのだとも。

食べてもらおうと、できそこないの料理をテーブルにならべ、褒めてもらおうと待っていたわが子を見つめているうちに、この子はこれ以上生きていても、かわいそうな人生を送るだけだとの悲観に襲われ、その思いに耐えられなかった。学歴のない水商売の母親と、行方不明の父親との間に生まれた知的障害の子、そんな子の将来に、平穏な人生など待っているはずがないと。

ヨリ子の殺人衝動は、極めて本能的であり、哺乳動物のそれを踏襲しているように思える。

雌ウサギは、子ウサギを生んだ直後は異常とも思えるほどに感情をたかぶらせる。生まれたかどうかを確かめようと、人間が無神経に小屋のむしろをめくったりしようものなら、雌ウサギは子ウサギを食べてしまうのだ。

我が子を誰かに取られてしまうくらいなら、自分の手元から引き離されて、どうなるのかわからない運命にさらされるくらいなら、いっそのこと殺してしまえ。いや、自分の体内にもどしてやろう。

ヨリ子の犯した殺人は、そんな保護本能による、子ウサギ殺しを連想させた。

昭和五十九年、福岡県I市において飲食店勤務の女が、知的障害のある九歳の少女を絞殺――。

女にはもうひとり、当時小学一年生になる男の子がいた。その日、となりに住む老婆が血相を変えて呼びにくるまで、その子はいつものように校庭で遊んでいた。

「母ちゃんが、おおごとよ!」

老婆の驚くほどの大声に、弟はランドセルを背負うのも忘れ一目散に家へ走った。

だが、帰りついたときには、姉の遺体は運び去られ、母親も犯罪者として連行されたあとだった。

誰もいない部屋には、壁際に敷かれた布団が、毛布のまくれ上がったままだった。そして布団の前のテーブルでは、茶碗と皿が、ままごとのようにならんでいた。

男の子は、ひと目で見渡せる六畳一間の部屋に立ちつくしたまま、姉を呼んだ。母ではなく、姉の名を、何度も叫んでいた。

1　四人

1

「オッサン、このモーターボート、調子悪いんじゃねぇ？　エンジンの唸りが大きいわりに、ちっともスピードが出ないねぇ」

　次第に遠ざかっていく本土を後方に見やりながら、スナック菓子をほおばる男が、しもぶくれた顔でぼやく。

「そりゃあ、あんたらみたいなのに四人も乗られたんじゃ、いっくら何でも、酷というもんじゃろうが」

　ごま髭を生やして浅黒く焼けた老人が、答えてケラケラと笑った。

「それもそうだ」

　合わせてしもぶくれも、巨体をゆすって笑った。

「ほらほら兄ちゃん。そうやって笑うだけで、舵を持っていかれてしまうんだ」

「ああ、悪い」

　あわてて高笑いを引っこめるしもぶくれ。

「けど話のネタになっていいでしょう。オイラたちみたいな客を乗せたって」

　まあねと笑ってうなずく船頭。

　本土から島へ、たかだか二十分程度の船旅であるにもかかわらず、船頭、もとい操舵士である老人にとっては難儀な仕事となった。

「これから行く島、本当にあるの？　地図には載っていないみたいだけど」

かわり映えのしない景色に飽きたのか、しもぶくれのとなりで、腕組みをして座っていた長髪の筋肉質が口を開いた。

「ああ、この辺はね、昔からいろいろあった所だからね。そうかい、都会で売ってる地図にゃ、まだないのかい。でもまあ、この辺にはほかにも、戦争が終わってからこっち、しばらくは載らなかった島があるからな」

「へえ。そりゃまた、どうして。何か因縁話でもあるのかな。昔、一夜にして島の人間が全員いなくなったとか」

いつもの調子で、しもぶくれ顔がふざける。

「そんなことなら問題はなかろうが。それにそんな話なら、都会の人間なんかが面白がって、かえって観光客も増えるじゃろう」

「ぼく、その話、知ってます。以前に東京の新宿区民ギャラリーで、展示会がありましたから」

長髪の前に座っていた、痩身で端正な顔だちをした男が口を開いた。色黒なので顔色がわかりづらいのだが、本当は蒼ざめていた。船酔いだ。

色黒の痩身が横やりをいれたせいか、老人は口をつぐんでしまった。腕組みをしていた長髪は、質問の回答を得られぬまま、手持ち無沙汰に空を見あげる。

九月の夕空は雲ひとつなく、彼方の成層圏で虫喰いだらけにされて、のたうつオゾン層など感じさせないほどに澄んでいる。しかし視界一面に広がっているのは、夕空だけというわけにはいかなかった。本土から渡された、長く太い電線がとばりのなかに浮かびあがっていたからだ。それが何物にも支えられぬまま、むこうの島まで延々と続いていて、雄大かつ頼りなげに天空を切り裂いていた。

「おい沢村、元気ないな。どうしたんだよ。あれ、お前もしかしたら、船酔いしてんじゃないのか。ああ、情けねえ。ハハハハ」

　スナック菓子のしもぶくれ顔が、沢村と呼ばれた痩身色黒の弱点を見抜いた。

「悪いか。それだけ三半規管が敏感だってことなんだ。格闘技をやる人間にとっては、けっして悪いことじゃないさ。亡くなった大山総裁などは、飛行機や電車を問わず、ありとあらゆる乗り物に酔われたって話だからね」

「ふん、大山センセは空手だろ。お前はキックじゃないか」

「同じだよ」

「へえ、そうかい。おい芦原、お前も酔っちまったか」

　大空をまたぐ電線を見あげていた腕組み男、芦原は、これからむかう島が地図に載っていないことに、まだ疑問を拭えぬまま長髪をボリボリかく。両手の拳にふくらんだタコが、その容貌に不釣り合いでグロテスクだった。

「いや、大丈夫だ。おれもガキのころは酔う口だったけどな。大山館長の逸話は聞いたことがある。そのせいで、遠藤幸吉と初めて海外遠征したときには、相当ご苦労されたそうだ。だからおれは、乗り物酔いに耐えられるよう鍛えたんだ、中学のころにな」

「それで治ったのかい？　どうやって」

いささか驚いたように、色黒が訊く。

「乗ったのさ、遊園地に通って。空いている閉館近くの時間帯や、雨の日を選んでは、ジェットコースターに乗りまくった。それから、遠心力でふりまわされるやつ、ブランコの馬鹿でかい乗り物、あれにもいやってほど乗ったな。おかげで、高校に上がるころには、酒と女以外で酔うことはなくなっていた」

最後のひと言は、芦原にとってはジョークのつもりだったが、まわりの連中には通じていなかった。

「アベックだらけの遊園地で、たったひとりで修行したってのか。さすが、空手バカの芦原だけあるぜ。ほら見ろ沢村、本当に格闘技に打ちこむってのはな、こういうことなんだぜ。いつ、どこで誰が襲ってくるかわからねえからな。お前、船の上で殴りかかられたら、船酔いだからって勘弁してもらうのかよ」

「うるさい！」

瞬間、色黒の後ろ蹴りがムチのように跳ね上がる。彼はわずかに中腰だった。にもかかわらず、その態勢から放たれた蹴りは、後部席にいたしもぶくれ男のあごにヒット。もんどりうって菓子袋ごとひっくり返る。反動で大きくボートが傾いた。

老人が悲鳴をあげてステアリングにしがみつく。ふり返った顔には、血の気のいっさいが失せてしまっていた。

「ゴチャゴチャ言うなら、ここで試してみたらどうだ。船酔いしていたって、お前ごときなら楽勝で倒せるさ！」

言いながら立ちあがる色黒の沢村。さっきまでとは別人のようだ。と、いきなり左回し蹴りをジャブのように連射した。

「野郎！」

スナック菓子を、袋ごと海へ落としてしまった。あごに一発もらったよりも、食べ物を奪われたことに、しもぶくれ顔の男は怒り心頭していた。

「おい、よせ二人とも。橋本、暴れるな」

「うるさい、離せ！　今日こそ思い知らせてやる。レスリングが最強の格闘技だということをな！」

芦原にはがい締めにされたまま、橋本と呼ばれたしもぶくれ顔が怒気をほとばしらせる。おさえる芦原も九〇キロの体格を誇っているとはいえ、戦闘態勢になっている橋本の一三五キロをなだめるのは並大抵ではない。

ボートは操縦不能になっていた。老人にとっては、まったくもって災難だ。この日の夕暮れは彼にとって、まさに逢魔が時であった。

「ボートがひっくり返るぞ！　島まで泳いで行くのはごめんだ！」

前の座席、沢村のとなりに座する男が一喝した。とたんに三人は動きを停止する。橋本たちは声の主を見た。

無表情な顔に、つり上がった目と一文字に結ばれた唇。角刈りの頭をねじ曲げて、目で圧殺している。四人めの乗船客、ルスカだった。

「ひっくり返りはしないよ。船には復元力があるから」

色黒の二枚目、キック・ボクサー沢村は、一八八センチの長身を座席にもどすと、申し訳なさそうに言った。

蹴られた橋本のほうは、興奮の余韻で呼吸を荒らげてはいたが、それでもルスカの一喝に戦意をそがれたようで脱力状態。

はがい締めを解く芦原は、慣れないケンカの仲裁で、喉に渇きを覚えていた。後部座席の裏に置かれたスポーツバッグのファスナーを開け、ゴソゴソまさぐってから野菜ジュースの一リットル・ボトルを取りだした。

「オイラにもくれよ」

半分ほど飲んだところで、ペットボトルを横取りされた。人の食べ物や飲み物を見ると、必ずくれと言うのが、このしもぶくれの悪い癖だった。

重量オーバーで鈍足になっているとはいえ、モーターボートの上には絶えず海風が吹きつけている。にもかかわらず橋本は、たったこれだけの運動で早くも汗ビッショリだった。人間、体重が一〇〇キロを超えると発汗の臨界体温が下がるのだろうか。

船酔いをこらえながら、白い波を眺めている一八八センチ八五キロの沢村。後方では一八三センチ一三五キロの橋本と、一八五センチ九〇キロの芦原が野菜ジュースをまわし飲みしていた。そして沢村のとなりで、無表情で海を見つめているルスカ。一九六センチ一二〇キロのこの男からは、カミソリのような近寄りがたい空気が噴出していた。

2

芦原たち五人が、全員そろって知り合ったのは、高校三年のころになる。

それぞれ柔道部とレスリング部に在籍していたルスカと橋本の二人は、進級したと同時にそろって主将になり、それからすぐに付き合いがはじまった。そのあと、ボクシング部を一方的に退部してキック・ボクシング同好会をひとりで作った色黒、沢村の噂を聞きつけ意気投合する。

精龍は、その沢村が連れてきた。ムエ・タイ留学と称した貧乏旅行の際、現地で知り合ったそうで、中国武術の詠春拳《えいしゅんけん》を習得しているとのこと。武者修行で訪れ、食中毒を起こして唸っていたところを沢村に助けられたそうだ。ちなみに、この男がどの程度の使い手なのか、誰も知らない。精龍と組み手、中国では試武というのか、をした人間がいないからである。中国武術は人殺しの武器だから、拳を交えたら相手を殺すことになるから。それを理由にスパーリングを断り続けていた。一七三センチ六八キロと、見劣りする体格とあいまって五人のなかでは変わり種であった。

学校では存在感のない幽霊学生でとおし、帰宅後は道場でフル・コンタクト空手に俄然《がぜん》情念を燃やしていた芦原は、沢村と幼なじみだったという縁で、最後に仲間へ加わった。

打ちこんでいる格闘技も、闘いに対するポリシーもまったく異なるのに、不思議と彼らは気が合った。あるいは生まれ育った境遇に似通った部分があったのかも知れないが、それよりも、お互いの分野の長所を、自分のスタイルに取り入れようとする視野の広さをそれぞれが持っていたというほうが、説得力としては強い。

——レスラーにとって柔道の寝技の習得は、サブミッションの応用に不可欠である。また、近年の総合格闘技に代表されるように、ジャンルの垣根を突き崩すスタイルの登場に鑑みると、避けて通れない関所ともいえた。

——柔道にどっぷり浸かった人間にとって、道着を身につけていながら体をつかむことを許さない空手の動きは、最初は勝手がわからず途方に暮れてしまう。変則的に動き回る相手に対しては、つかんだ瞬間に投げるしかない。その一瞬を見極めることができなければ、勝機はない。

——空手には近年、テコンドーやムエ・タイの動きを積極的に取り入れようとしている流派が少なくない。古くは飛び後ろ回し蹴り、最近の脳天かかと落としなどは、いずれもテコンドーからきている。しかしムエ・タイに関しては、顔面への肘打ちなど危険な技が多いため、テコンドーほど一般化していないのが現状である。だが、空手はスポーツであってはならないという信念を持つ者にとって、ムエ・タイの技は反則だからと、黙殺することはできない。

——日本に渡ったムエ・タイ、つまりキック・ボクシングは、我が国ではボクシング同様グローブを着用して行うスポーツである。バンテージを巻いた手の上に十数オンスのグローブをはめての試合が通常のため、拳そのものを鍛えることはしない。つまり、ベア・ナックルの勝負ではどうしても空手に譲る部分が生じてしまう。そして蹴り技。脚を文字通りムチのようにしならせてふりまわし、かかとの縁を相手に叩きつける。この手法は、空手と対戦した際、しばしば前蹴りにカットされてしまう場合があるのだ。ムエ・タイの持つ弱点を克服するためには、空手という武術はけっして無視できないのである。

気がつくと彼らはいつも一緒だった。徒党を組んで群れるようなタイプではなかったが、それでも全員そろって歩くと、どうしても気が大きくなって、肩がいかってしまうのは仕方のないことだった。

それぞれが格闘技のエキスパートであるという、オールマイティな死角のなさが、常人を超越した存在であるかのような、錯覚をもたらして気分がよかった。

国分寺に、一杯で二合のメシを盛る牛丼屋があると聞くと全員で飛んで行ったし、北品川に、生姜焼き六五〇円と品書きにありながら、食べたあとに「生姜焼きだけが六五〇円でライスが一五〇円だから、合計で八〇〇円です」などという詐欺まがいの定食屋があると知ると、そろって殴りこんだりもした。

彼らはまた、善行もした。全員が十八歳になったのを待って、新宿西口の献血センターで四〇〇CCずつ、血液を献上したことだってある、一回だけ。

高校卒業後、五人は別々の進路をとった。

柔道部の主将は体育会系大学へ推薦ではいり、空手屋も親のつてで私立の大学に拾ってもらった。レスリング部の主将も頑張って、何とか適当なところへ潜りこむ。だが色黒のキック・ボクサーは、勉強はできたが金がなく、学費稼ぎで一年遅れて翌年、芦原と同じ大学の二部に合格した。

そして残る精龍は、見かけによらず秀才だったようで、ひとり国立大学の教育学部に合格してしまい、ほかの四人を興ざめさせていた。

別々の大学で、それぞれの格闘技に身を投じてはいても、年に五、六度は集まった。あるときは居酒屋で、あるいは学校の体育館で。またときには休日を利用して、異種格闘技合宿と銘打った小旅行を実施した。

芦原たちが『兄弟』になったのも、そんなころだった。千駄ヶ谷で行われた柔道選手権にルスカの応援で行った帰り、新大久保の街角に立つ女に声をかけられた。全員まとめて面倒みてくれるというので、酒の勢いも手伝って、お願いすることになった。

そして一九九九年の今年、芦原たちは四年生になっていた。キック・ボクサーひとりを除いては最後の夏休みである。九月だというのに誰ひとり就職内定はしておらず、また就職活動に暇を割いているという話を、誰からも聞くことはなかった。五パーセントという失業率が、彼らにとっても例外なく沈痛な数字としてのしかかっていたのだ。このあと、さらに失業率が悪化してしまったことを考えると、この程度で就職活動に無気力となるなど、ずいぶん情けない話だが、このときはそんな事態など予測できるはずもなかった。

しかしながら、就職できようができまいが、大学を追いだされてしまうのは必至。学生の身分でなくなったら、もう悠長なことはしていられない。恒例の旅行にしても、今回の合宿を最後にするしかないと、全員で話し合って決めていた。

しかし夏休みがきても、すぐに旅行というわけにはいかなかった。

レスリングの橋本は合宿と練習メニューがぎっしり詰まっていたし、柔道部のルスカもまた同様であった。

長髪の空手屋は、大阪府立体育館で六月に開催されたウェイト制のオープン・トーナメントに出場、ストレートに勝ち進み、十一月に東京で行われる世界空手道選手権への出場資格を手にしていた。そのため、それ以降は一日六時間の稽古を自己に課さねばならなくなってしまい、食い扶持稼ぎの宅配便のバイトとともに、夏休みは完全に忙殺されてしまった。

それにひきかえ国立大生の拳法家は、結構暇とのことだった。

対して、キック・ボクサーとは、しばらく連絡がとれない状態が続いた。以前から何の予告もなく、行方がわからなくなることはあったから、大して心配もしなかったが、それでも最後の旅行に間に合ってもどってきたときは安堵した。何をしていたのかと訊ねても、中学時代から毎年夏休みにやっていることをして来たと、不明瞭な返答をするだけだった。

行方不明といえば、柔道部の主将も突然いなくなったことがあった。あとで話を聞くと、繁華街で本職さんと肩がぶつかったとかで乱闘を起こしたそうだ。相手は二人組で刃物を持っていたが、ひとたまりもなかった。拘置期間が三日間ですんだのは、先方が告訴しないと言ってきたからだ。本職が素人を傷害で訴えるなど、プライドが許さないということか。だがそれ以降、ルスカは人が変わってしまった。表情は暗く沈み、無駄口を叩かなくなった。乱闘のせいで退部させられたからと初めは思ったが、部へは影の主将として変わらず出入りしているので、理由は別にあるような気がした。こんな状態では、卒業旅行などに誘えないのではと芦原たちは案じたが、それは杞憂だった。宿を探してきたのが、ルスカだったからだ。

出発直前になって、欠員が出てしまった。国立大生が急用で、参加できなくなったのだ。連絡を受けたのはキック・ボクサーだったが、精龍はグズグズと事情を言わなかったため、うんざりして電話を切ってしまったと言った。

そんなわけで、今回は四人旅になった。

目指す場所は広島方面。瀬戸内海に浮かぶ孤島というのが、最後の旅を飾るにふさわしい感じがした。

東京からの新幹線で、橋本が子どものようにはしゃいでいたのが恥ずかしかった。

三原から乗り換えて忠海へむかい、そこで降りて桟橋まで少し歩く。フェリーが出ていたが、目指す宿のある小島へは行かない。定期船の窓口で訊ねてみると、みなまで言うなという顔でうなずき、すぐに電話をかけてくれた。待っていると、モーターボートがやって来た。操舵士の老人は、四人の大男を見て、顔を強張らせていた。

「今日はおれたち四人だけだから、これで終わりでしょうけど、夏休みなんか大変だったんじゃないですか。このボートで何度も往復したりするのは」

さきほど行われた、船上バトルの白けた空気に息が詰まったのか、長髪の空手屋、芦原が老操舵士に話しかけた。老人も少し落ち着いたのか、ボートのエンジン音に負けまいと、質問に大声で答える。

「いいや。あの島の宿は、めったに人が泊まらないから」

「めったに？　それじゃ、営業がなりたたないでしょう」

「それで商売してるわけじゃなかろう。もう年金もろう年じゃろうし、石切りもやっておるから、喰うに困ることはない言うておったがな」

「石切り？　ですか」

「何でも、あの島の石は細工や飾りには持ってこいらしいの。朝っぱらから景気よく発破をかけているのが、風に乗って大久野島まで聞こえることがあるけんの。そら、もうつくぞ」

老人の言うとおり、ボートのヘッドライトが作り付けの船着き場を照らしていた。日はすでに落ちてしまっていて、空はパープルライトからディープパープルに変わりつつあった。

ボートが接岸すると、待ってましたとばかりに橋本が、荷物を担いで立ちあがった。それだけの反動で、ボートは大きく揺れる。

色黒キック・ボクサーが、橋本を押し退けてまっさきに飛び降りた。二十分ちょっとの間だったが、やはり船酔いが応えているようだ。

「ついたか。ああ、腹がへったな」

空手屋が、大きく伸びをした。

「お客様方、いらっしゃい、お待ちしてました」

薄闇のむこうから、やや嗄《しゃが》れた声がした。辺りがずいぶん暗くなっていたせいで気がつかなかったが、船着き場にもひとり、老人が立っていた。

「辰っつぁん、こんな時分にまでボート動かしてもらってすまんねぇ」

「仕方ねぇよ。そっちのはイカレちまったんだから。それより宇田さん、昨日買ってきた薬は効いとるかのう」

「ああ、効いとるよ、おかげさんで」

「石切り仕事は道楽じゃろう。腰に気いつけんとな」

「あなたが宿の、ご主人さん?」

ボートの内と外での年寄り談義を打ち破って、ルスカが宇田さんと呼ばれた老人に話しかけた。

「ええ。わたくしがペンションのオーナーをしております、宇田川と申します」

「宇田川さん、ね」

相手の名を復唱すると、ルスカは鋭い視線のまま小さくうなずいた。

「そんなことより、親父さん、早く宿に行こうよ。ここから遠いの?」

横から橋本が宇田川につめよる。

「恐れ入りますが、ここから十五分ほど歩いていただかなくてはなりません。となりの島にならいまして、ここも自動車の乗り入れを禁止しておりますものですから」

「じゃあ、オイラたちの脚で走って、五分で到着しようぜ」

そう言うと、橋本は迎えにきた老人の体を、ひょいと右肩に担ぎあげる。左手でスポーツバッグを抱え、全力で走りだした。

「夕飯もだけど、早くお風呂に浸かって、酔った胃袋を温めないと」

自嘲気味に呟きながら、沢村も走りはじめた。この格闘家集団のなかで、長い脚をムチのようにしならせる彼の姿態が、走るという作業においてはもっとも美しい。

「辰さん、さっきはボートの上で暴れてしまって、迷惑をかけました。どうもすいませんでした」

岸に降りたった芦原は、老人に頭をさげた。

「いやいや、仕事じゃから。そんであんたたち、帰りはいつになるのかのう。いつごろ迎えに来たらいいのかね」

「ここに二泊して、三日目、朝食を喰ったらすぐ帰ります」

「別に、そんな早く帰らんでも、ゆっくりしたらいいじゃないかね」

「列車の都合と、経済的な事情が」

「なるほどな。遊んどるばかりで羨ましいと思ったら、学生さんも、それなりに大変なんだ。そんじゃな」

老人はボートをまわしはじめる。すると、

「じいさん！」

芦原のとなりにいた柔道家が、珍らしく明るい声を発した。

「今度は、楽になるよ。帰りは、人数がへってるかも知れないから」

「ああ。全員が帰るんじゃ、ないんか」

その老人の声はエンジンに、姿は闇に、たちまちかき消されていった。

「どういう意味だ、ルスカ」

ボートが消え、打ち寄せる波の音だけとなった船着き場で、芦原が強い口調で言った。

「言った通りの、意味だ」

月が痛いほど明るかった。電線はこの島も通過していて、天空一面の闇はもちろん、月でさえも切り裂いていた。

「芦原。この島で、四人で最強決定戦をやるんだ」

「最強？　何だよ、それ」

「誰が一番強いのか、決めるために、この島へ来た。いつまでも、ガキみたいな馴れ合いゴッコは沢山だからな」

「馴れ合いゴッコか」

「ああ。社会は厳しいんだぜ。これからは、腕っぷしだけで片がつくなんてことは、ない。弱肉強食の世界で、俺たちは別のものを武器にして、闘わなきゃならん」

「最強決定戦なんてことのほうが、ずっとガキっぽいと思うが、まあいい。それで、そのあとどうするんだ」

「お前たちと組み合うのは、それで終わりってことだ。東京に帰ったら、もう会わない、精龍ともな」

「もう、仲間でなくなるというわけか」

「そうだ」

芦原は少し戸惑った。

「それは、この前の事件と、かかわりがあるのか。痛めつけたヤクザから、追われているとか。それでおれたちに、迷惑をかけたくないとか」

「早く追いかけないと、宿の場所がわからなくなるぞ」

そう言うと、ルスカは走りだした。

わずかの間、そのうしろ姿を見ていた芦原だったが、ふいに腹の虫が鳴ったので、追いかけることにした。

3

橋本の予告どおり、老人を担いだ彼とキック・ボクサーは、五分でペンションに到着していた。

老人は玄関前に立って、遅れて来たルスカと芦原を出迎えた。

「あらためて、ようこそいらっしゃいました。歓楽街などはいっさいない、離れ小島の寂しいところですが、誰にも迷惑のかからない自由な場所です。どうぞ思いっきり羽を伸ばしていってください」

げた箱からスリッパを出して足元にならべながら、老人は歓待してくれた。

「お世話になります」

「さきのお二人は、もうお風呂を使っていらっしゃいます。お客様もどうぞ、食事は奥の食堂に用意しておきますから」

「そりゃどうも。宿代は」

「はい。沢村さんからいただきました」

玄関をはいると、すぐ横にカウンターを持った窓口があった。受付と書かれたプレートがぶら下がっている。奥にチラリと電話機が見えた。

芦原はスリッパを履いたあと、ロビーや、右奥にある階段を見渡した。

ボートの操舵士、辰っつぁんが、めったに客の訪れない宿と言っていたから、廃屋と変わらぬ朽ちた木造の平屋を想像しながら走ってきたが、予想は見事に裏切られた。

レンガを模したセピア色の壁紙を、一面に貼りつめた明るい空間。玄関まわりの床は、木目をプリントしたリノリウムで、巨大なソファの置かれたロビーはフローリングになっていた。仕切りのない玄関とロビーの境界線を、床の材質で示しているかのようだった。（図一、参照）

天井の照明は蛍光灯と電球が半々で、線照明と点照明が複合して、複雑で幾何学的な模様を形成していた。しばらく眺めていると、何かの絵画か、あるいは文字のようにも見えてくる不思議な配列であった。

ここはまさしくペンションだ。清里あたりのそれらと比べても、何ら遜色のない作りである。思わず芦原は、綿シャツを着た片腕をあげて自分の体臭を確認する。場違いなところに放りこまれてしまったという戸惑いと、緊張感に陥った。

「ルスカ、ここ本当に、おれたちが払った料金で、いいのか」

芦原の質問は当然だった。

「ああ。おそらくな」

無表情で答えたものの、ルスカも自信なさそうだった。

これは、食事のおかずがどんなに貧しくても文句は言えまい。漬け物と味噌汁だけだったとしても、我慢するべきか。いや、それだけでは足りない。風呂場のお湯が汚くても、容認してやろう。ベッドの布団が湿っていても、まあいいか。いやいや、それでもまだ不充分だ。ここにいる間の毎晩、夜中に幽霊か化け物が出たとしても、よしとしてやるか。

化け物――。

突然、この言葉が、芦原の脳裏で踊りだした。

化け物、か。

「お客様、どうしました？」

図1：一階見取図

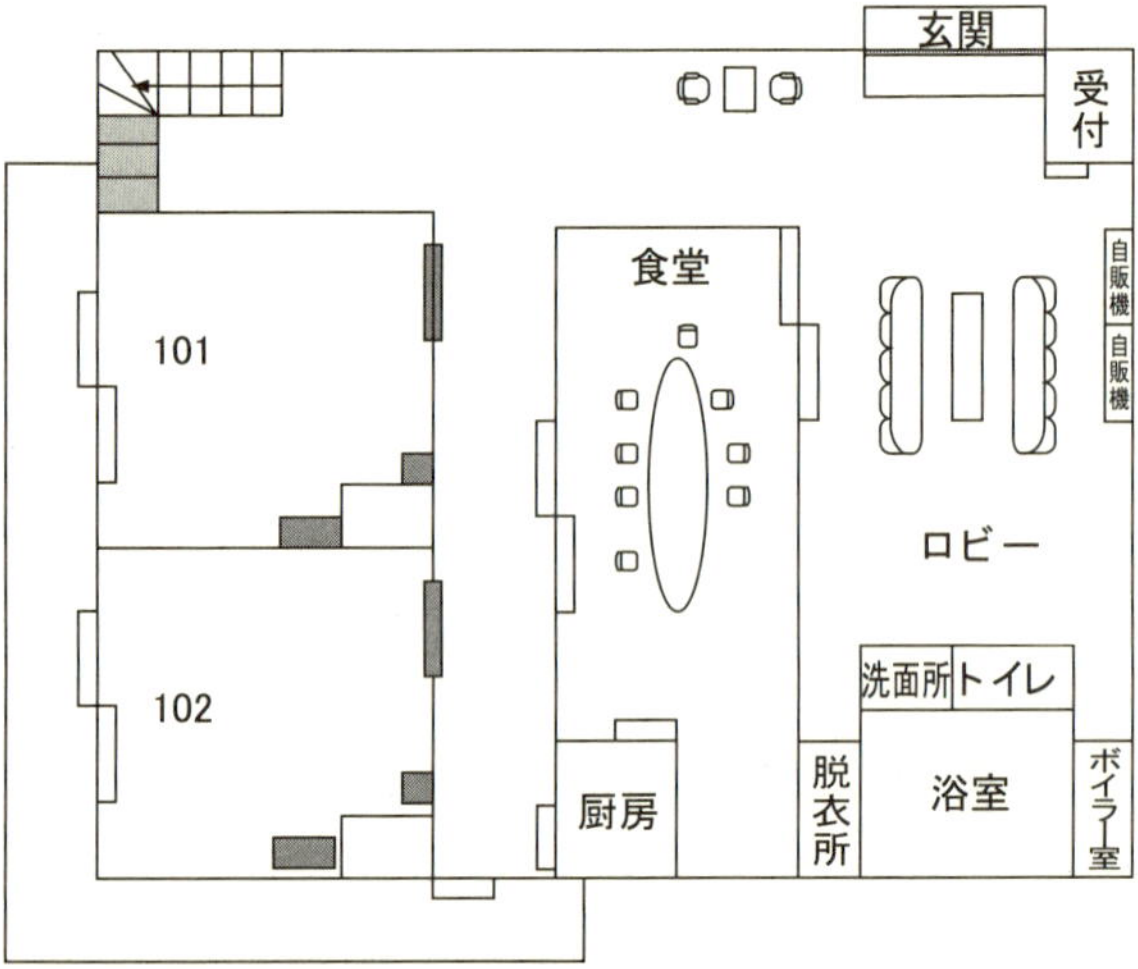

「いや。あ、どうも」

声をかけられて、我に返った芦原は赤面した。

「お部屋は二階です。部屋割りは、こちらで勝手にいたしましたが、よろしかったでしょうか?」

「ええ、もう。贅沢は言いませんから。なあルスカ」

柔道家は無言だった。あいかわらず、別のことを考えているような顔だった。

「では、お客様は二〇二号。こちらの、ルスカさんとおっしゃるのですか?　二〇一号でお願いします。階段を上がって、すぐの部屋です」

名前を口にしてから、宇田川老人は珍しそうな顔でルスカを見あげる。それを尻目に、柔道家はボストンバッグを無造作に抱えあげると、右奥に見える階段へ、さっさと消えてしまった。


館内を見まわしながら、芦原もあとに続く。

広い。玄関から階段までの距離は、優に二十五メートルはあるようだ。食堂のプレートが貼り付けられたドアを過ぎると、左手にやけに広い廊下が伸びる。客室は、こっちにもあるようだった。

高い天井、体育館のようなロビー、広い廊下、何の装飾品もない空間。殺風景と呼ぶには清潔すぎ、ペンションにしては味気ない、それが芦原たちが巻きこまれた事件の、舞台装置であった。

二〇二号室——。
オーナーに指定された部屋番号を見つけた芦原は、スポーツバッグをさげたまま、部屋の前で立ちつくしていた。

高さ三メートルはあると思われる巨大なドアは、芦原の身長でも頭をぶつける心配などまったくない。それはそれで感謝すべきことなのだろうが、しかしこのゴツさは異常だった。

まるで核シェルターの扉だ。把手として巨大なレバーの取り付けられた鉄板は、まわりの壁と同様セピア色に化粧されているのだが、それが赤錆の噴いているように見えて気が滅入ってしまう。これで表面に鋲でも打たれていたら、まるで独房か隔離病室。いや、いつか動物園で見た獣舎の出入り口といったほうが正鵠を得ているか。

気押されながら、ほかの部屋のドアも見てまわる。トイレを別にすると、二階には六つのドアがあり、こちら側の四部屋はすべて同様の鉄扉がついていた。背後にある二つは物置か何からしく、極めて普通というか、まともなドアが申し訳なさそうに張りついていた。

客室の四つは扉だけでなく、部屋自体も大きそうだ。ドアからドアまで相当に距離があり、となりの二〇一号室まで一〇メートル近くある。壁自体が凸型に湾曲しているせいもあって、もっとも離れた二〇四号室など、カーブのむこうにあって見えない。

さて、気をとりなおした芦原は、自分にあてがわれた牢獄のレバーに手をかける。思いのほかドアは軽く動いたが、そこで芦原はふたたび驚いた。分厚いのだ。ドアは大きいだけでなく、三十センチ近くもの肉圧があった。

厚い鉄扉のせいで、なかなか部屋の中が見えてこない。レバーを引き寄せながら、本能的に警戒態勢をとっている自分に、芦原は苦笑する。

やっとドアが開き、闇が現れた。

　空手屋は、こういう状況に立たされると無意識のうちに猫足立ちになる。これを『燃えよドラゴン、アヘン工場侵入』症候群と自己診断していた。

　抜き足、さし足で歩を進めながら、ふいにテレビのトレンディドラマとかいう安っぽい番組を思いだした。若手女性タレントが、恋人の浮気に激昂し、ドアをヒステリックにバタン！と閉めるシーンがあった。もしもドアがこれだったら、あのタレントはどんな芝居をしただろう。

　暗闇のなか、壁づたいに右手を這わせて電灯のスイッチをまさぐる。すぐに触れた。乾いた音とともにＯＮ。

「広すぎるぞ」

　蛍光灯に照らしだされた部屋。芦原は誰もいない室内にむかって、文句を言った。

　一方の壁が弧を描いているために面積はつかみづらいが、それでも四十畳以上はあると思われた。驚きと警戒の疲労で、芦原は思わずスポーツバッグを肩から滑り落とす。

　ロビーや廊下と同様、レンガを模した壁紙が、部屋のなかはベージュ色だったが、それが窓を除いた三方の壁すべてを覆っていた。ドアをはいった横には、テーブルとベッドが置かれている。ベッドは、ダブルベッドと呼ぶには幅がありすぎた。普通の人間なら横に寝ても問題なさそうなスケール、キングサイズ・ベッドと呼ばれるやつだろう。テレビや商品カタログなどで見たことはあったが、こうして実物に接するのは初めてだった。毛布も枕もフカフカで清潔そうで、九〇キロの空手屋がダイビングしても動じないほど、クッションマットは強靱な厚みを余裕でもっていた。

テーブルもやけに広く、ベッドの半分くらいあった。ナイトテーブルのつもりなのだろうが、ひどく脚の短いのが風変わりだった。ちょうどベッドのマットレスの高さまでしかなく、どうやら座卓として使うために用意されているらしかった。部屋に椅子が置かれていないことからして、その想像は間違っていないようだ。

ほかには、戸棚代わりらしいオレンジ色のカラーボックスが、壁際に沿って横倒しに置かれていた。そのためテーブルと同様、ボックスも膝くらいの高さまでしかなく、物を入れるのに、いちいち腰をかがめねばならず使いづらそうだった。

芦原が寝泊まりする二〇二号室には、たったこれだけの家具が置いてあるのみだった。あとは何もなく、ただ、ただ空間があった。どこかのダンススタジオと錯覚してしまうほど、広いだけで何もない、スカスカの部屋だった。

はいって来たドアを見る。鍵がついている、とはいえ、巨大な鉄扉は鍵もまた堅牢だった。長さ五十センチほどの、女の腕の太さくらいの金属棒。それが閂《かんぬき》として、扉のレバー下に装着されていた。まったく、大げさもここまでくれば感動になる。

緑色の床に目を落とした。ラバーマットが一面に敷いてある。足で踏みつけてみると、わずかだが弾力を感じた。これなら階下を気にせず、部屋のなかで存分にトレーニングができる。芦原は唸った。ここはまるで道場じゃないか。稽古を目的として建造された、自分たちにうってつけの宿泊施設だ。こんなペンションに、客を呼ばないとは勿体ない。

「しかしここに、たったひとりで泊まるのかよ。だったらひと部屋四人でもよかったのに」

ひとりごちる。風呂なしで共同和式トイレの四畳半、西早稲田の安アパートを寝ぐらに四年間を過ごしてきた芦原にとって、この部屋は広すぎた。狭い部屋に代えてもらおうか。いや、この調子ではどの部屋も、同じ具合だろうと思ってあきらめた。

気をとりなおして、長髪をかきあげ自分のひたいを一発はたいた。デスクの上でバッグを開けてジャージを引っぱりだすと、バッグを横倒しカラーボックスの一角に放りこんだ。

ジャージに通した肩をグルグルまわしながら、窓越しに外を眺めた。月がよく見える。人工の都会の明かりは、ここにはない。ネオンが嫌いだ、無節操に輝きながら人の足元を照らすこともできない、ネオンが嫌いだ。そんな沢村の言葉を、ふと思いだしていた。

ナイロン製の薄っぺらいカーテンを、両脇に束ねた窓からドアをふり返る。ずいぶんいびつな部屋である。窓側からドアにむかって、ゆがんだ台形のように広がっているのだ。末広がりというか、片方の壁が緩やかな弧を描いて、間口を広げている。その曲線を追いながら、芦原は三味線のばちを思い浮かべていた。(図二、参照)

ふたたびむきなおる。芦原はベランダへ出ようとして、サッシにガラスがないことに気づいた。鉄扉と同じく、三メートルはありそうな高

図2：二階見取図

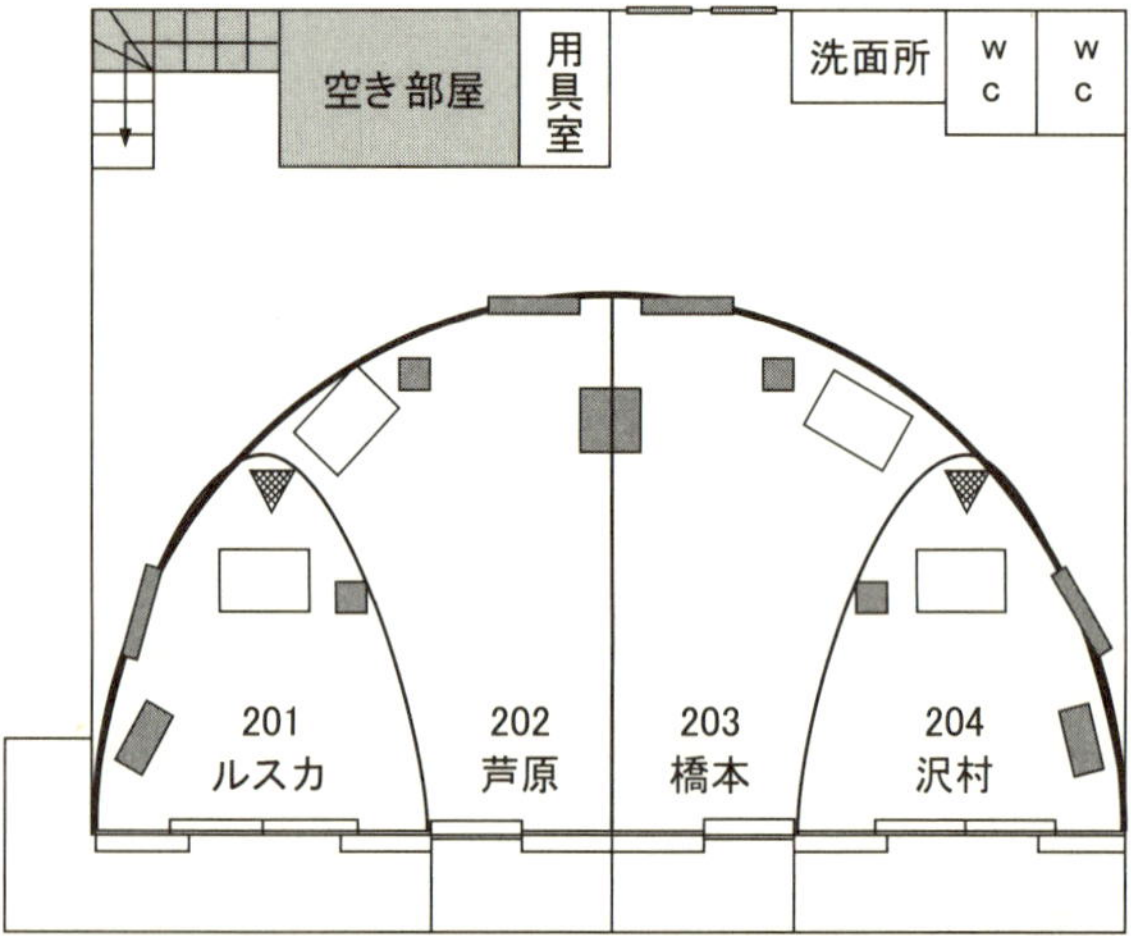

い開き戸は、網が格子状に張られていた。網といっても、これも動物園のように頑丈な金網である。

そういえば、この部屋にはエアコンの類が見当たらない。客が来ないからと、主人がはずしてしまったのか。それとも、そういった設備がないから観光客が寄りつかなくなった。あるいは、そんなもの無くてもしのげるほど、この辺の気候は過ごしやすいのだろうか。

「どうでもいいか」

伏せたお碗を切りとったような天井を眺めながら、芦原はフフンと唇をねじ曲げた。

4

「おう芦原、遅いじゃないか。まさかいま着いたわけじゃないだろう。もう、ひと風呂浴びちまったぜ。さきにメシ、いただいちまうからな」

ジャージに着替えた芦原がロビーに降りてくると、風呂から上がった橋本、沢村と出くわした。二人ともパンツ一枚で、裸の上半身に肩から濡れタオルをかけていた。スリムな沢村は別だが、橋本の格好は温泉街をうろつく親父だった。

「悪いが、ぼくもこれ以上、空腹に耐えられない。芦原くん、おさきに食卓につかせてもらうよ」

沢村はひと言断ってから、パンツ姿のまま食堂へむかった。洩れてくる料理の匂いに誘われ、芦原もあとへ続く。

樫だか何だか知らないが、ずいぶん頑丈そうな食卓だ。楕円形をしていて、普通の人間なら二十人が席につけそうなほど広かった。そこに大きめの、やはり頑丈そうなひじ掛け椅子が八つ用意されている。巨体の四人が座っても、ゆったり食事ができそうでありがたかった。

「風呂場、なかなかよかったぜ、湯船もゆったりしてて。でも泳ぐなよ、膝ぶつけるぜ、浅いから。親父さん、ご飯ちょうだい」

サッパリした顔で、橋本が沢村のとなりの席に着く。ボート上での遺恨はないようだ。

「いや、風呂はあとまわしにして、おれも一緒に喰うよ。親父さん、風呂は何時まではいれます？」

オーナーの宇田川が、おひつを抱えて厨房から出てきた。

「深夜〇時にボイラーをとめさせていただきますので、それまででしたら熱い湯につかれます」

「上等です」

うなずきながらも芦原は、待ちきれない顔でオーナーを手伝って厨房へむかった。するとルスカが、タイミングよくやって来た。

お前も遅かったな。そう言おうとして、橋本は言葉を呑んだ。とても軽口を叩けるような顔を、ルスカがしていなかったからだ。

「ルスカくん、大丈夫かい」

「何が？」

心配する沢村を、ルスカは睨みつけた。

「顔色が、悪いから」

答えず、二人から離れた場所にドッカリと座り、ルスカは足を組んだ。

一瞬、白けた空気が淀む。橋本と沢村は、どちらからともなく立ちあがると、きまり悪そうに芦原を追って厨房へ消えた。

「すみません、お客さんに手伝わせてしまって」

「なあに。ユースホステルじゃ、当たり前のことです」

ペンションの主人、宇田川の声に続いて、芦原が巨大な鍋をもって現れた。

次に初老の婦人が現れ、橋本と沢村がそれに続いた。

「ばあちゃん、ガス詮どこよ」

馴れ馴れしく訊ねる橋本。どこに目がついてんの！　そこにあるでしょうと、レスラーの壁のような背を叩いて指図する老婦人。見ると婦人も、ぽっちゃりの丸顔で、橋本と似ていた。

「オーナー御夫婦も、ここに住まわれているのですか」

運んできたホットプレートの電源プラグをどこにつなごうかと、コンセントを探しながら沢村が訊く。

「いえ、ここを出てしばらく奥へ歩いたところに、ログハウスがありましてね。そこで寝泊まりしてるんですよ」

「だろうな。ここ、だだっ広いだけで何にもないもんな」

橋本の独り言に、芦原は鍋に火を入れながら笑った。やはりこのペンションは、どこの部屋も同じらしい。

ふと見ると、何も手伝わなかったルスカが、ひとり勝手に自分の飯をよそっていた。わりのわからない野郎だと、芦原は横目で笑う。それに気づいたルスカは、飯をかきこみながら睨み返してきた。

テーブルの上には魚介類の盛られた大皿、レタスとトマトにかいわれ大根が山盛りのサフダボウル、鶏肉を主とした鍋、焼肉用のホットプレートがならんだ。そして沢村と橋本が協力して、厨房から豚と子羊の肉の積まれた大皿を運んできた。

「喰うぞ！」

橋本のかけ声で、一斉に箸をつかむ。ルスカは勝手にフライングしていたが。

食事がはじまると、みな同じ顔になる。芦原も、沢村も橋本も、急用で来なかった精龍も、さっきから態度のおかしいルスカだって。

飯をうまそうに喰う奴に、悪人はいない。それが芦原の持論だった。

5

「ここへ来るとき、ボートに乗せてくれたおじいさんから聞いたんですけど、宇田川さんはこの島で、石切りの仕事をなすっているそうですね」

テーブルの料理がすべて消え、含んだお茶で口をすすいだあと、ごくりと飲んだ橋本のとなりで、沢村が食器を片づけながら訊ねた。

「ええ、そうなんです。わたくしは昔から石が好きでしてね。学校を卒業するとすぐに石材会社に就職しました。この島はもともと会社の持ち物だったんですが、いろいろ縁がありまして、現在はわたくしがひとりで、ボツボツ石を採っておる次第です」

厨房から女将さんが大きなお盆を持って現れた。沢村はそれに食器を積んでいく。

「女将さん、お茶お代わり」

「あいよ。ちょっと待ってね、もうすぐ沸くから」

「だったら、オイラ取ってくるよ」

ふくらんだ腹も重そうに、レスラーは厨房へ消えた。

「では、石で生計をたてているわけですか」

「まあ、宿がこの調子ですので、年金と合わせて、やっとですね。企業レベルとなると採算は取れないでしょうが、この島はまだ上質の御影石が残っているんですよ。ですからここにいれば、石と暮らしていくことができます。わたくしにとっては天国のようなものです」

「こっちは、いい迷惑だわよ」

汚れた食器の山をお盆に乗せ、女将さんは言い捨てて去った。

宇田川は、聞こえていないふうに話を続ける。

「しかしまあ、それでもですね、採石作業は大変ですわ。以前と違って、岩山に表出していた原石はあらかた採り尽くされてしまっていますから。いまではダイナマイトを使って表面を破砕して、内蔵された原石を捜しだす作業から始めなくてはならんのです」

「そういえばボートのじいさんが言ってたな。景気のいい爆発音が、となりの島まで聞こえることがあるって」

食べ終わった芦原が、口を動かしながら言った。

「爆薬を扱うものですから、いつもひやひやのしっぱなしですよ」

話を聞いてくれる人間がいないのだろう。宇田川は多弁になっていた。

「御影石というのは花崗岩のことなんですが、これは日本では茨城県の岩瀬町や真壁町が特産地で、どちらかというと東北地方で多く採れる石なんですな。現在では供給が追いつかずに、海外からの輸入に頼っているのが現状ですが、この島でも、ちょうど中国の603や韓国の雲川という石種に近い色合いを持った、それは綺麗で鮮やかな石がとれるんですよ。とはいっても、ここにはもう近代的な機械はありませんから、わたくしがひとりで何から何までせにゃなりませんがね。ですけど、採掘がうまく行って、原石が顔を出したときの感動といったら、あなた。そりゃ生きていてよかったと、心の底から感激しますすな。

三カ月に一度くらいですけど、流通センターの船がこの島にも寄ってくれましてね、ここで採れた石を積んでいくんですが、船の連中も感心していますよ。いい石だ、わたくしの辞めた会社が、この島を手放したのは大失敗だったって」

老人は話し終えると、しみじみとした笑顔で手元の湯飲みを眺めた。

橋本が、厨房からもどって来た。手にはやかんのように巨大な急須と、新聞を持っている。

「橋本、新聞なんかどうするんだよ」

「バカ野郎、読むに決まってんだろ。ここにはマンガもねぇから、暇つぶしに持って来たんだよ」

空手屋がからかうと、テーブルについたレスラーは、真面目くさった顔で紙面を広げた。

「なになに。トルコで地震、死者が一万四千人。ザイリュウ、ホウジン、一二〇〇人の、アンピを確認と。それから、川で女の死体だってよ。新宿区上落合の妙正寺川において、女性の死体が浮いているのを通勤途中の会社員が発見。被害者は二十代前後と思われ、身元確認を急いでいる。あいかわらず東京は物騒だな」

「おい橋本。食後に気色悪い記事を読むなよ」

「でも、字を間違えずに読めたのは、大したものだね」

「お前までバカにするのか沢村。クソ、てめえら覚えてろよ」

テーブルに新聞紙を叩きつける。それを拾いあげた沢村は、日付を確かめて落胆の色を見せた。

「この新聞、二週間前のじゃないか。留守録しておいた番組の、ゲストを見ようと思ったのに」

「本当だ。おい橋本、お前が読んだのは新聞じゃなくて、旧聞だぞ」

沢村から受け取った紙面を見て、空手屋は大笑いした。

「じいさん。あんたたちは、飯を喰わないのか」

ふいにルスカが、口を開いた。ひとりテーブルのすみにいた柔道家は、箸を置くと、のっそり立ちあがる。

「はあ。みなさんがすまされてから、あとで食べます」

立ちはだかる格好で睥睨《へいげい》するルスカの巨体に、宇田川は心持ちのけ反った。

「人間、飯を喰えるうちが生きてるってことだ。生きてるうちに精いっぱい、喰わなきゃな。死んじまったら、無理な相談だぜ」

言い捨てると、ルスカはつまようじをくわえて食堂を出ていった。

「どうしたんだよ、あの野郎。新幹線からはとんど喋らないでよ」

茶碗を湯飲みに代えて、橋本はルスカの消えたあとを睨んだ。

「さあ。芦原くん、ルスカくんと何か話したかい?」

「少しだよ。この旅行で、おれたちのなかで誰が一番か、決着をつけるとか言ってたな」

「へぇ。そんなこと言ったんだ。あいつ」

とたんに、橋本の面構えが好戦的になる。

芦原たちには、共通した性質があった。ふだんは比較的おとなしいし、無理すれば他人に敬語を使うことだってやぶさかではない。しかしいったんケンカとなったり、暴力の匂いを察知したりすると、人格が変貌してしまうのだ。欠席者の精龍を含めて、全員がお互いの性分を知っているからこそ、真剣にやりあったことは、いままで一度もなかった。

だが、その封印を、人の変わってしまった柔道家が破ろうとしている。

「では。おれは一休みしてから、腹ごなしにひとっ走りするよ」

わざとらしく腹をなでながら、芦原は席を立った。

「じゃあ、少ししたら、ぼくも出てみようかな」

「さっき風呂にはいったじゃないか」

「また、はいり直すよ」

肩にタオルを羽織った下着姿の沢村は、口を尖らせて立った。

「ごちそうさん」

同じくパンツ一枚の橋本も立ちあがった。

片づいたテーブルには、宇田川がひとり残された。去り際、芦原がふり返ると、こちらを見ていた老人は、なぜか視線をそらした。それでいて唇は、まだ何か言いたそうだった。

6

夜九時、胃袋を満杯にしてから、一時間半が経過していた。

やっと体が軽くなった。ベッドに寝ころんでいた空手屋は、よしと言う気合で起きあがると、トレーナーを脱ぎはじめた。

トランクス一枚になると、横倒しのボックスから引っぱりだしたバッグを開け、厳かに空手着を取りだす。昆布巻きのように、縦三つ折り横二つ折りにたたんである道着を丁寧にほどくと、洗いざらしの木綿の下をはいてから上着に腕を通す。そして、この二年間かかさず使用しているために、すっかり擦り切れてしまった黒帯を手にとった。

この帯を締めたとたん、芦原は自分という人間が変容していくのがわかる。頭からいっさいの邪念が消え、目が据わる。それまで、どんなにふざけていても、体調に不具合があったとしても、それらのすべてが意識の彼方へ逃げ去ってしまい、他人ごとのように感じられるのだ。

広い部屋のなかで軽く息吹を吐いてみる。握った拳から足刀まで、全身のすみずみに力がみなぎり渡っていくのがわかる。大丈夫だ、旅の疲れはまったく感じない。

右横蹴りを宙に叩きこむ。ズバン！　いつもの小気味よい炸裂音が響きわたった。

この半身の状態で、蹴り上げたときに発生するサウンドが芦原は好きだ。前蹴りや後ろ回し蹴りのときにはけっして出ないのだが、横蹴りを発射した瞬間だけ、必ずこの音が出る。道着のきぬずれなどでは絶対にない、この、爆発したような響き。おそらく自分の横蹴りは、音速を越えているのではないか、そしてそれが衝撃波を発生させるに違いない。おのれが速射するサイドキックは、ショックウェイブを生み出すほどの破壊力を持っているのだ。

二十一時をまわっている腕時計をはずして部屋を出る。骨格をむきだしにした、頑丈そうな鋼鉄の階段をカンカンカンと降りると、宇田川老人の声が耳にはいってきた。

「おひとり様でございますか。お仕事で。申し訳ございませんが、うちは、お客様のような方にお泊まりいただけるような、しゃれた宿ではございません。おとなりの島の休暇村をご利用なさったほうが」

電話の相手を、迷惑なタイプと判断したのだろう、宇田川は何とか断ろうとしているようだった。しかし、根負けしたらしく「はい、ああ、そうですか。それでは、お待ち申しております」と、見えぬ相手に頭をさげていた。

「これからトレーニングですか」

受話器を置いたあと芦原に声をかける。壁にかかったカレンダーの日付に、赤マジックで丸を書いているのが見てとれた。

「十二時前にはもどります。玄関を出て、右に行けばよかったんでしたっけ」

「そうです、そのあとのT字路も右ですよ。行ってらっしゃい」

老人のエプロン姿に見送られながら、玄関の下足箱で裸足にスニーカーをつっかける。客室の巨大なドアに比べて、この玄関は不自然なまでに普通の作りだった。

　夜道に足を踏みだして、あらためて建物の外観を見直した。月夜に浮かんでいたのは、打ち抜かれたコンクリートの方形のボディに球形のドームが被さる、想像どおりのシルエットだった。どこかの研究所か天文台、あるいは秘密基地のような、冷たく無機質で硬質の外観。普通の観光客であったなら、ひと目で来なければよかったと興ざめしてしまう殺風景なデザインだ。

　しかし芦原には、東京体育館が連想されて好感が持てた。もっとも、この宿がバラックだろうがトタン屋根だろうが、別に文句はないのだが。

　前の道を右に折れ、ペンションの周囲をぐるりと一周するコースを採ってランニングを開始した。宿舎の裏手方面に、海の見渡せる岬に広い原っぱがあると、食事中に宇田川から聞いていたので、そこを目指して速度を上げる。

　この島では、数少ない街灯の立つT字路に差しかかる。このまま直進すると船着き場へもどってしまうので、言われたとおり、さらに右折。脇道にそれてから二分もたたないうちに、唐突に視界が狭くなる。左右に立ちはだかる岩山は広くて平坦な頂上を持ち、まるで巨大なサイコロの山でもあるかのような、人工的なアウトラインを見せていた。

　涼しい。大きく開いた道着の胸元から間断なく風が吹きこんでくる。関西からこっちへはめったに来ないのでわからないが、この辺の九月というのは、これほど涼しいものなのか。まわりを海に囲まれているはずなのに少しも湿気を感じない。これなら、部屋に冷房設備がないのも納得できる。

脚が軽い。大枚はたいて手に入れたスニーカーのおかげで砂利道も苦にならない。空手屋は、いくらでも走っていられそうな心地になっていた。そして自分の走ることで起こる、風を楽しんだ。

砂利道を十五分ほど走り続けると、視界が開けた。一面に、芝生が元気よく生えそろっているそのむこうで、黒い波が轟音をたてて打ち寄せているのが夜目にも見てとれた。

呼吸を整えるため、その場で軽く足踏みをする。次に海風に抗するようにして立ち、両腕を前で交差してからふり下ろし、あらためてわきを締めながら拳を握り構えた。同時に腰を落としたまま、弧を描いて右足を擦りながら前へ出す。右の膝を内側に引き絞って金的を防御して立つ。

基本型の三戦《サンチン》立ちの姿勢で、芦原は中段突きから開始した。風呂のボイラーがとまる前にもどるつもりなので、今晩は各二〇〇本ずつと決める。次に上段突き。吹きつけてくる風が、空手屋の長髪を休むことなくなぶっていく。

上半身の動きが突きから受け手に変わったとき、後方に気配を感じた。

瞬間！　芦原は横へ跳びのいた。雑草の上を大きく一回転したあと、中腰の体制で構えて立った。

「素早い。映画を早まわしで見せられた感じだよ」

五メートルほどむこうで拍手が起こった。色黒のせいで、月夜では人相がわかりづらいが、その特徴が正体を特定していた。

「何だ沢村か、脅かすなよ。こう見えても、おれは気が小さいんだから」

「ごめん。でもさすがだよ。後ろからの殺気に対してはふり返ったり、すぐに攻撃したりすることはせず、まず逃げる。そして相手との距離を確保しておいてから状況を把握する。セオリーとはいえ、咄嗟のときに実践できるんだから大したものだね。リングでの試合を想定した練習しかしていないぼくには、とても真似できないな」

「はいはい、ありがとう。そのケンカ空手の心構えが、いつまでたっても選手権に出られない理由だということを、深く反省するよ」

「別に、そんなつもりで言ったんじゃ！　だって、今度の選手権には出るんだろう？」

「わかってるって、冗談だよ」

語気を荒らげて弁解する沢村。ふだんはなかなか好男子なのに、ちょっとからかうと、すぐむきになるのが玉にきずだ。

「いい所だな。快適だ」

「うん、月が明るい。眩しいくらいだ。まるでぼくたちだけ、別世界に堕ちてしまったみたいだね」

芦原は思わず吹きだした。この男とは長い付き合いになるのだが、それでも時々わからなくなることがある。

ここへ来るときもそうだったが、船酔いをからかわれただけで突然怒りだしたりするくせに、まるで文学少女のように感傷的な言葉を呟いたりもするのだ。

以前、成人式の帰りに、居酒屋でとなりのテーブルを占拠していた大学生連中に対して、この色黒のスイッチが突然ONになってしまったことがあった。

芦原たち五人が座っていたテーブルを跳躍し、大学生のひとりに飛び蹴りを見舞ったのだ。周囲が唖然としている間に、酔っぱらった大学生六人は、全員がわけもわからぬままに、のされていた。

学生らは、そのときボクシング談義に花を咲かせていて、ちょうど、ある日本人ボクサーの引退問題を話題にしていた。一九九一年九月十九日、グレグ・リチャードソンにTKOで勝利して世界チャンピオンになったあと、同じ日本人に敗れてしまった男の話だ。その後、彼は左目に網膜剥離を抱えてしまうことになるが、それでも再起を目指しファイターであり続けようとしていた。となりの大学生たちは、そんな態度を見苦しい、恥知らずと評したのだ。

いったん敗者に転じると、まるで女好きの芸能人でもなじるように野次を飛ばして愚弄する。日ごろ、怠惰な生活をしているくせに、努力する人間を罵倒し、こきおろしては酒の肴にする。そんな学生連中の卑俗な言動を、沢村は許さなかったのだ——。

そしてまた、ある日のこと。芦原はキャンパスのすみでしゃがんでいる一部学生を発見した。腹の具合でも悪いのかと心配して駆け寄ってみると、学生は地面を見て涙ぐんでいた。

「命なんてものは、この世に生きているものすべてに平等に与えられたはずなのに、人間が死ぬと大騒ぎになって、ほかの生き物はどうでもいいなんて、そんなの絶対におかしいよ。お前、かわいそうになあ」

誰に言うとなく訴えていた、彼の見つめる地面では、蟻が一匹つぶれていた。

居酒屋で、うむを言わせずに赤の他人をブチのめした暴漢も沢村なら、校庭で蟻ん子の死を悼んでいた哀れみ深い青年もまた、沢村なのだ。

そうかと思えば、夏休みなどは誰にも何も告げず、突然に行方をくらましてしまう。かつてのボクサー仲間などは、迂闊にも警官をのしてしまったために逃亡しているとか、逆に逮捕されて留置されていたのだと囁いたものだ。だがそれを聞いて、バカげた噂と一蹴する自信が、芦原にはなかった。

そして八月の終わり、この男は唐突にもどってきた。わけを言わず何もなかったかのように、キャンパス裏の木陰でサンドバッグ相手にトレーニングを再開する沢村に、芦原は何も聞くことができなかった――。

「やっと着いたか。道に迷っちゃったよ」

その声に、夜空を見あげていた芦原と沢村が同時にふり返った。

満月に負けない、まんまるな顔の橋本がタイツ姿で到着したところだった。少し遅れて、道着姿のルスカもやって来ていた。

「途中で逆に曲がっちゃってよ。何かの工場跡みたいなのがあるんだぜ、この島。気味悪かったな」

と後ろのルスカを見るが、柔道家は聞こえなかったのか、草むらの上で受け身を取りはじめていた。仕方なく、橋本もスクワットをはじめる。

沢村はシャドーボクシングを開始。月を背にして映る自分の影を相手に、文字通りのシャドーボクシングだ。

空手屋は三人と離れて、草むらへ座りこみ股割りをした。深く息を吸い、吐きながら開脚していく。十代のころにはなかったのだが、最近は酒を飲んだ翌日など、体がひどく硬くなっていることに気づく。柔軟体操は欠かせないトレーニングメニューになっていた。

「隙だらけだな」

地面にペッタリと体をつけ、うつ伏せ状態になっている芦原の上から声がした。首をねじると、月明かりで逆光になったルスカがいた。

「ふだんはしない。まさかケンカ相手を待たせて、目の前で柔軟をはじめるバカもいないだろう」

「やってるじゃねぇか」

殺気を感じた！　反射的に草むらを転がったが間に合わなかった。うつ伏せの横っ腹をルスカの蹴りが直撃した。

「何をするんだ！」

怒鳴ったのは沢村だった、芦原は身をよじって悶絶する。

だがルスカの攻撃は終わらない。芦原は転がりながら逃げ、何とか寝ころんだまま態勢を整えることができた。ちょうどモハメド・アリ戦で、アントニオ猪木がとったのと同じスタイルだ。しかし相手は柔道家だ、この体制はけっして有利とはいえない。

ルスカの行動は予想外だった。脚をつかんで寝技に持ちこむと思っていたが、飛びかかってきたのだ。

素早く体をかわす。宙に浮いたルスカの脇腹に、芦原が抜き手を刺した。

　今度は柔道家が地面を転がる番だった。同様に横っ腹をおさえて唸る。

　急いで立ちあがる芦原、だがルスカもすぐに起きあがる。

　柔道家は、殴りかかってきた。着弾すれば相当な力積になりそうなパンチだが、間違っても空手屋に当たるようなしろものではない。

　カウンターで上段突きを相手の下あごへはなつ、ヒット。ルスカは一瞬グラついたが、すぐに腕をつかまれた。まずい、このまま巻きこみに持っていかれたら折れる。つかまれた腕を引きながら、足ばらい気味のローキックを出して態勢崩しにかかる。しかしルスカは放さない。揉み合ったまま倒れる寸前、芦原は抜き手を刺したのと同じ個所に膝蹴りを入れた。

「グゥー!」

　これは応えたようだ、耳元で呻き声がした。

「やめろよ!　二人ともやめろ」

　ヒステリックに叫ぶ沢村。後方では、スクワットの脚をとめ、呆然と闘いを見守る橋本がいた。

　草むらで共倒れとなったまま、芦原は相手の頭部を器用に蹴り上げる。三発、四発と連射され、さすがに耐えきれずルスカはつかんでいた腕を放す。素早く引き抜き体を離すと、芦原は身を起こした。

　柔道家はしつこかった。立ちあがった空手屋の足を、蟹挟みでまたもやひっくり返そうとしてくる。

　芦原は面倒くさくなった。挟まれた左足を強引にふりほどくと、そのまま空中で一回転、ルスカの体に落下しながら顔面を蹴り跳ばす。回転回し蹴りの変形だ。だがルスカは、今度はその足を抱えようとする。

「やめろって！　もういいだろ」

怒鳴りながら沢村が芦原をとめ、橋本がルスカの顔に覆い被さって、やっとのことで対戦は中断した。

立ちあがった芦原は、ルスカを睨みながら乱れた長髪を払っている。橋本に起こされたルスカは、口から出血しているのが月明かりに黒く見えた。

「一体、どうしたってんだよ」

道着の草をはらうルスカは、レスラーの質問に答えようとしない。

するといきなり、今度はその橋本に頭突きを見舞った。ふいを突かれて、レスラーはアヘアへと腰が砕けてしまう。

「いい加減にしろ！」

語調の変わったキック・ボクサーの怒号一閃、次の瞬間、芦原のとなりにいたはずの体が信じられない跳躍を見せ、ルスカに飛び蹴りをはなっていた。

首筋に命中し、ガックリと膝を折ったところ間髪いれずにこめかみへ肘を入れる。呆気なく倒れた柔道家は、情けなく地面に這いつくばった。

「かかって来い、死ぬまでやってやるぞ！」

肩で激しく息をするルスカから、もはや戦意は感じられなかった。しかしスイッチのはいった沢村は、口調も目つきも別人になって挑発を続ける。

「もういいよ。いいって、沢村」

あわてて、沢村をなだめる芦原、橋本も頭突きされたひたいをさすりながら、加害者のルスカをかばっていた。

痛そうに左足をさすっている芦原を見て、沢村は、冷静を取りもどしてくれていた。

「ルスカ、どうしたんだ。ここんとこ、お前ずっとおかしいぞ」

芦原が言う。まだ四つん這いで起きあがれないルスカは、背をむけたままだ。

「言った、だろ。誰が強いか、決着するんだ」

「だったら、ルールを決めてやれ。お前がおれや橋本にやったのは、ただのケンカだ」

「ルールなんて。この世は勝ちゃいいんだ」

また沢村の顔が変わった。

「わかった。なら勝負をつけよう」

「いいから」

沢村を制した芦原の前で、ルスカは大儀そうに立ちあがると、頼りない足どりで歩きはじめた。

「大丈夫かよ」

「芦原、言ったろう。帰るときは人数、へってるぜ」

レスラーの心配をふり払い、柔道家は酔ったような口調で言った。

そして背中を、隙を見せたまま、ルスカはひとり、去っていった。

7

ややねじれた瓢簞《ひょうたん》型の湯船は、割り当てられた部屋と同様、だだっ広かった。

ジャグジーの勢いはジェット噴射のように強力だが、疲労した筋肉には応えられないほどに心地よく、やや熱めの湯は炎症で硬化した筋肉をほぐしてくれる。これで湯が温泉だったら、もう何も言うことはない。

瓢箪のふちに両腕をだらりと伸ばし、長髪をゴムで束ねた芦原が、全身をだらしなく湯に揺らめかせていた。

となりでは、本日二度目の入浴となる沢村が、タオルを頭に乗せて天井を見あげている。

「ルスカの奴、ちゃんと風呂にはいったのかな」

「と思うよ。ぼくたちより、一時間も前にもどったはずだし」

「橋本もかな。あいつも、すぐに帰った」

「どうだろう。さっきいちどはいったから」

どうでもいい話題で、二人は会話をつないでいた。

切りだせずにいた。なぜ、あのようなことになったのか。どうして、あいつが突然、あんな行動に出たのか。空手屋とキック・ボクサーは、お互いに、理由を訊ねてみたかった。

「お前、また強くなったな」

「そうかな」

「飛び蹴りから、肘へのコンビネーション」

「あんまり、覚えていないんだ。頭に血が上っちゃって」

「修行の成果なのか。今度は、どこへ行ってたんだ」

「別に」

「いい加減、戦意喪失したんじゃないかな、ルスカの奴。それとも明日になったら、リベンジを吠えまくって、またかかって来るのかな」

「そのルスカくんだけど」

沢村が、口火を切った。

「本当に言ったのかい？　東京へもどったら、もうぼくたちとは他人だと」

「そう言っていたな」

「寂しいことを、言うんだね」

「社会は厳しい、腕っぷしだけではどうにもならない。弱肉強食の世界では、別の武器が必要だからってさ」

　芦原は顔の汗を、両手ですくった湯で流した。

「確かに、暴力で解決できることなんて、何もないんだけど」

「だがルスカの言い方は、まるで、すでに負けた人間だったよ。就職にしたって、まだこれからだってのに」

「もしかしたら、それが原因じゃ」

　沢村は、ハッとした顔をする。

「何が？」

「就職試験だよ。ルスカくんは、試験に落ちたんだよ、きっと」

「あいつ受けたのか、おれたちに黙って。何の試験だよ」

「警察官だと言ってたけど」

「ケイサツ？　本当か」

「うん。ちょっと前に、さんざん聞かされたんだ。試験がどれだけ大変かって。

　でも話を聞くかぎりじゃ、試験自体は択　方式の教養試験が二時間と論文試験が一時間、それに二十分間の国語試験があるくらいだって言うから、真剣に勉強すれば、何とかなったと思うんだけど」

「けど、落ちた」

「うん。いや、それとも、逆に合格した」

「どういうことだい？」

「合格したから、ぼくたちのような連中と、付き合いを断つことに」

芦原は、なるほどという顔をした。

「それで青春の思い出に、誰が強いのか、はっきりさせておきたいんだろうね」

沢村の口から、また青臭い言葉が出てきてしまった。

「警察官の採用試験は、確か年間五回で、一回目は五月、二回目が七月だから、ルスカくんがすでに受けた可能性はあるよ」

「詳しいな。お前も受けるつもりなのか」

「いやいや。彼から熱い説明を受けたからね」

「それじゃ、何であいつ突然、おれにむかってケンカを売ってきたんだ。警察官がそんなことしたら、採用取り消しになるんじゃないのか」

「そうか。そうだね、じゃあ、やっぱり落ちたたのかな」

「すると、さっきのあれは、落ちた腹いせだったのか。そいつは許せないな、あいつ、ブッ殺してやる」

「ダメだよ、殺すなんて」

芦原は、笑いながら湯船を出た。激昂すると何をするかわからない男から、たしなめられたのが愉快だった。

頭を洗うため、風呂桶のひとつをひっくり返して、椅子代わりに腰を下ろす。となりでは沢村が、タオルをたすきに持って背中をゴシゴシはじめていた。前に貼られた、映画のワイドスコープのような鏡が、二人の上半身を靄《もや》のなかに映している。

こうして二人がならぶと、同じ打撃系とはいえ、格闘技の性格の違いが、肉体に如実に現れているのがわかる。

　フル・コンタクトでの破壊力を不可欠とする空手屋の肉体は、瞬発力と破壊力という相反する条件を要求されるため、骨太の体の上に分厚い筋肉を装備する必要がある。そのため盛りあがった大胸筋に負けまいと、双肩の三角筋がパンパンに腫れあがっていた。また、上腕部は三頭筋の発達が顕著だが、それに比べて二頭筋はやや貧弱であった。腕を曲げたときに力こぶを作ってくれる上腕二頭筋だが、これを過剰に発達させてしまうと、中段突きの際にブレが生じてしまうのだ。パンチの破壊力は、三頭筋と広背筋によるところが大であり、二頭筋は邪魔となる。

　対して、ムエ・タイひとすじの沢村の肉体はシンプルそのものだ。グラブをつけての闘技であるため、拳には芦原のような空手ダコはない。スピードとスタミナに対応するため筋肉は最小限のものしかなく、手や足にも無駄な肉はいっさいない。しなやかで長い手足に、一九〇近い長身と肌の黒さも加わって、まるで巨大なブラックスパイダーを想起させた。

「芦原くん、部屋はどこだっけ」

「二〇一だよ」

　節くれだった指で、シャンプーを髪にすりこみながら、空手屋は目を閉じたまま返事をする。

「じゃあ中央寄りの部屋だ。驚いたろう、あんまり広くて」

「ああ。四畳半の貧乏暮らしだからな、あんなスカスカな部屋じゃ、なかなか寝つけんよ。それに、おかしな形もしているしな、三味線のばちみたいだ」

「三味線？　ぼくの部屋はそんな感じじゃなかったな。どちらかというと卵とか、カプセルみたいな印象だったけど」

「何号室だ？」

「二〇四号、端っこの部屋だよ。変だな、このペンション、部屋ごとに形が違うのかな」

「どうかな。窓にガラスがないってのはどうだ？」

「きみの部屋もか。網戸というか、あれは鉄条網だね。オーナーの趣味なのかな。それともこの建物は以前、特別な病院だったりとか」

「ずいぶん気味の悪いことを言うじゃねえか」

「でも、タイのホテルでは、こういった話はよく聞くんだ。もとは病院だった建物で夜寝ていると、外を行進する足音で目が覚める。窓から覗いてみると、道路をいっぱいに埋めつくした日本兵が」

「わかったわかった。じゃあ上がったら、もういちど肝試しに出てみるか。さっき橋本が、道を間違えて工場の跡地を見つけたとか言ってたろう」

「遠慮しておくよ。そんな相手に出会っても、どう対処していいかわからない」

「怖がりだな。いまタイのホテルで見たって」

「話を聞いただけだよ。幽霊なんか、見たら」

突然、狂ったようにタオルで体をこすりだした。こすり過ぎてキック・ボクサーの体は真っ赤になっていたが、色黒なのでわからない。


腰にバスタオルを巻いた芦原がロビーに現れたとき、宇田川は待ってましたとばかりにソファから立ちあがった。

「すいません。十二時過ぎちゃって」

芦原が、確信犯的に謝罪する。

「いえいえ。こっちこそ急かせてしまって」

老人はボイラー室へ行きかけたが、立ちどまりふり返った。

「明日の朝なんですけれど、わたくしの仕事のせいで、早くから騒音をたてて睡眠のお邪魔をしてしまうと思いますが、どうかご勘弁願います」

ロビーの自販機で缶ビールを買っていた芦原は、一瞬、何のことかと訝ったが、すぐに思いだして、

「石山の切りだし。おれたちも早朝稽古があるんで、そう悠長には寝てないです」

濡れた長髪をタオルでゴシゴシやりながら、無造作に答えプルトップを立てた。

「恐れ入ります。朝食のほうは、そのあとしたくをはじめますので、八時ごろからになってしまいますが。明日の朝は何時ごろお目覚めですか」

「みんな遅くとも六時には起きます。でも稽古するんで、メシの時間はそれでいいです」

「そうですか。お風呂は朝からはいれるようにしておきますので。それでは」

トイレ奥のボイラー室に消えるオーナーを見送りながら、最初の缶ビールを空にすると、脱衣所から沢村が出てきた。ドライヤーでブローされた頭に、パジャマ代わりなのか黒いチャイナ服姿で、これから寝るとは思えない身綺麗な格好だった。そんな沢村も、胸ポケットの財布から小銭をひとつかみ取りだすと、自販機へたて続けに放りこむ。

「ぼくの部屋で飲まないか。ビーフジャーキーがあるんだ」

ビールが五、六缶、まとめて出てくるのを見ては、断る術などない。部屋でトレーナー姿にもどってから、芦原は沢村の部屋をたずねることにした。

沢村が言っていたとおり、二〇四号室は巨大なカプセル型であった。

分厚いのに恐ろしく反り返っているドアの形状が、早くも部屋の異様さを物語る。鉄扉の厚さは自分の部屋と同様であったが、妙に湾曲した形は、子どものころ夢中だったスーパーカーのガルウィングを連想させた。

それにしても、最近はこんな建築が流行なのだろうか。ドアをくぐった芦原は、あたりを見まわしながら持っていた缶ビールに口をつけた。つっかけたビニールスリッパでペタペタと音を立てながら、部屋のなかへ歩を進め、あらためて室内を見あげる。

カプセルという表現は極めて的確だった。壁はドームのように滑らかに湾曲し、それはそのまま上まで続いて天井となっている。つまり壁と天井に境目はなく、この部屋は曲線に囲まれた空間となっていた。かろうじて平面なのは床のみだった。

壁の弧に合わせたため鉄扉も湾曲、部屋は窓側から奥へむかってさき細っている。その頂点に相当する個所には、細長い三角柱が尖った角をこちらへむけて、曲がった天井まで伸びていた。この柱、現代日本における大黒柱を象徴でもしているのだろうか。だとしても、果たしてここを訪れた客の何人が、その意図に気づくだろう。

　柱から一メートルほど離れた、中途半端な位置にキングサイズのベッドが置いてあり、そこから窓側にむかって壁と天井が放射状に広がる。芦原が泊まる二〇二号室の床はラバーマットだが、こちらはフローリングだった。スリッパが間の抜けた音をたてるわけだ。拳でゴツンと殴ってみると、意外に低く鈍い音が返ってきた。しゃれた木の床を、何か頑丈な建材で補強しているようだった。

　そこへ芦原は、ひとりあぐらをかいて座った。沢村は、橋本を呼びに行っていた。が、間もなく帰って来た。

「橋本、部屋にいなくてさ。それで、はいりづらかったんだけど、ルスカくんの部屋を覗いたら、いたよ。少ししたら、来るって」

　沢村も、芦原の前で同じようにあぐらをかくと、缶ビールのプルトップを開けた。

「二人、何か話してたか」

「いや。神妙な顔だった。橋本は話しかけてたけど、ルスカくんのほうはベッドにひっくり返ったままだった」

　辛いビーフジャーキーをくわえながら、とりあえず二人で乾杯する。半分ほど流しこんだあと、芦原はしばらく天井のカーブを追っていたが、すぐに納得したような顔をした。

「このペンションの作り、何となくわかったよ」

「何が？」

「別に大したことじゃないけどさ。おそらく二階の、この四つの部屋は、対称になっているんだろう。おれの二〇二号の部屋をひっくり返してみると、この二〇四号の、こっちの曲がった壁と一致するもんな」

「そういえば、いま見てきたルスカくんの部屋も、ここと同じ作りだったたな」

「やっぱりそうか」

「床が固いフローリングなんで、受け身の稽古ができないだろう、自分のとこはゴムだから使っていいぞって、橋本が言ってた」

「そうか」

いい奴だ、橋本。それに引き換え、どうしたというんだ、あいつは。

二人で静かに飲んでいるところへ、鋼鉄の大扉を開け放ち、大男がぬっと押し入ってきた。

橋本は、ひとりだった。

「おう、お前、風呂はいったのか。ルスカは、どうした?」

芦原が缶ビールを放りながら、二つの質問を連続してする。

「サンキュー。はいったよ。でも寝る前に、またスクワットするけどな」

「好きだな。またインキンになるぞ」

「お前たちに迷惑はかけないよ。やりたくなるんだ、部屋の床が具合いいんでな」

一般人にとっては、スクワットをどこでやろうと、さほどの問題はないが、橋本のような巨漢になると負担が足首に集中してしまう。ラバーマットの床は、極めて好ましいトレーニング環境であった。

「あいつは、もうルスカじゃねえ」

車座に腰を下ろすと、橋本は吐き捨てるように言った。

「何を話してたんだ」

「いろいろよ」

「おれに不意打ちを喰らわせた理由、訊いたか」

「お前が、チャラチャラしてるんでムカついたんだと」

「チャラチャラ、おれが？」

　芦原の、ビールの手がとまった。

「どういう意味だ」

「わからねえ。とにかく、お前にかぎらず、オイラたち全員が、呑気に卒業合宿なんぞをしてるのが、気に入らなかったんだとよ」

「だったら、来なければよかったのに」

　呟くように、沢村が言った。

「そのとおりよ。けど、合宿しようって言いだしたのはルスカだぜ。この宿だって、あいつが見つけたんじゃねえか」

「おかしな野郎だ」

　宙を見据え、芦原はビーフジャーキーを喰いちぎる。

「ああ、おかしくてヘドが出るぜ。それで」

　橋本は缶ビールをひと口で開けた。

「それで、ふざけんなってことになって、奴をベッドから引きずりおろしたのよ」

「何だ、またやったのか」

「そしたら、あいつもマジになりやがって、吊りこみ腰で投げやがった」

　言われてみれば、橋本のランニング、胸元が伸びてしまっている。

「負けたのか」

　芦原が吹いた。

「ルスカの野郎ドアを開けやがって、オイラが立ちあがったところを、そのまま巴よ。まともに喰らって、部屋の外に投げだされちまった。そしたらあいつ、さっさと鍵かけちまいやんの」

聞いていた空手屋は、ふと不審を感じた。このレスラーの一三五キロの巨体が投げ飛ばされたのだ、しかも二度。しかし、この部屋には、震動はおろか何の物音も聴こえてこなかった。

「ルスカくん、警察試験のこと、何か言ってたかな」

沢村が、ポツンと言った。

「知らねえ。そんな話は初耳だぜ。でもまあ、あいつの柔道じゃメシは喰えないんだから、どこかに就職するしかないだろ」

「それは同じだろう。おれだって空手じゃ生活できない。卒業まであと半年なのに、本当は、こんなところで飲んでる場合じゃないんだ」

「オイラは決まってるぜ」

芦原の自嘲に、橋本が反論する。

「来年の四月二十三日、どこの団体でも構わない、その日に試合をやってるホールに殴りこむんだ。そこでプロの超新星レスラーとして、衝撃のデビューを飾るのさ」

「何だそれ？　どうして、四月二十三日なんだ？」

「あれ、芦原。お前、知らないの？　昭和五十六年のその日、いまはなき蔵前国技館に突如として現れたヒーローのこと。初代タイガーマスクがデビューした日なんだよ」

沢村と芦原は顔を見合わせる。次の瞬間、二人同時に笑い転げてしまった。

「お前ら笑ったな。覚えてろよ、オイラがスターになっても、サインなんかしてやんねえからな」

それからは、お決まりの格闘技談義となった。

芦原が十一月に出場する東京体育館での空手選手権大会に、エントリーが決定している他道場選手の評価にはじまり、プロになるにはテレビの生中継に殴りこみ、大衆とマスコミに顔を売るのがいまは一番の近道だと、橋本の物騒な就職相談に話題が移った。

「オイラたちの年代はさ、オリンピックには縁がなかったろ。だからもう、アマチュアの世界で名を上げるってのは無理なのよ。この肉体を存分に活用できて、それでメシを喰うとなると、やっぱりプロにはいるしかないやね」

やや巻き舌で言う橋本に、芦原は鷹揚にうなずいた。

空手とキック・ボクシングの芦原、沢村にあまり縁はないが、柔道とレスリングに青春を賭けていたルスカと橋本の二人にとって、オリンピック出場は、やはり見果てぬ夢であったのだ。

しかし残念ながら、彼らはタイミングが悪かった。大学一年のころは、二人ともまだ体ができておらず、技量も未熟であったため、アトランタ選考会では早々に敗退してしまった。その後、死にものぐるいのトレーニングの結果、二人は柔道とレスリングにおいて現在の位置を獲得したのだが、来年のシドニーには卒業を迎えねばならない。

もっとも、卒業しても実業団にはいって出場するなどの方法はあった。しかし現在の不況下において採用通知をもらうには、彼らの評判は悪すぎたのだ。

酒宴は、アントニオ猪木の引退試合の話題になっていた。レフトフック・デイトン、ミスターX、モンスターマン等の懐かしい名前がひととおり挙げられたあと、最期まで現役を通したジャイアント馬場の生きざまにしんみりもした。ヒクソン・グレイシーが純粋に柔道で闘った場合、どの程度の強さを発揮できるのかという議題も出たが、これはオーソリティのルスカが不在であったため次回に持ち越された。

辛いビーフジャーキーが底をつき、話題が一段落したので芦原は腕時計を見た。時間は、二時をすっかりまわっていた。

「そろそろ寝るかな」

言ったとたん、体が疲れを思いだしたのか、あくびが立て続けに出た。

「明日はルスカの希望どおり、最強決定戦だ。しっかり休んどかないと、本当に帰りは人数がへってるかも知れないぞ」

まだ喋り足りない橋本を強引に立たせて、芦原は鉄扉を開けた。

「芦原くん、明日になったら、もとのルスカくんにもどっているってことは、ないかな」

また少女みたいなことを。

「どうだかな。どっちにしてもおれは、今日の借りを返すことしか考えてないよ」

「殺すのは、ダメだよ」

真剣な顔で言う沢村に、芦原は笑って首をふった。

2　朝寝坊の死

1

いきなりの爆発音に、芦原は耳をつんざかれた。

炸裂した轟音に、反射的にベッドから飛びのいて身構える。

ベージュの壁、高い天井、見慣れない景色。

ここはどこだ！　核シェルターのなかにしては、むこうで窓がポッカリ開いている。どこかに、幽閉されているわけでもないようだ。

ああ、そうか。

自分のいる空間が、ペンションの一室であることを思いだすまで、芦原はわずかに時間を要した。夕べのビールも手伝って、すっかり熟睡してしまったようだ。到着時に感じた、部屋が広すぎて眠れないという不安は杞憂に終わっていた。

それでは、いまの音は石山からか。例の、じいさんの仕事がはじまったのか。

テーブルに放り投げてあった腕時計を手にとる。アラームの設定時刻になるまでは、まだ二十分ほど余裕があった。採石作業、早朝からやることは了解していたが、まだ六時前だった。

寝癖の押された長髪をかきながら、朝日の差しこむベランダに出てみる。ベッドの位置からすぼまって見える窓、そこには抜けるような空があった。

　ガラスのない窓サッシを開ける。昨夜、吊すことのできなかった空手着が、ベランダの床に置きっぱなしだった。長く突きだしたベランダは部屋にならって広いものの、物干しをするようなロープやフックが、いっさいなかったからだ。その代わり、となりとの間に分厚い仕切りがある。見あげると白塗りの鉄板が、建物を空へ突き抜ける形で立ちはだかっていた。

　拾いあげた道着に鼻を近づける。少々匂ったが、とりあえずは乾いていた。このまま着替えようかと迷いながら手櫛で長髪をなでつけ、芦原はぼんやりと景色を眺めた。

　昨夜はよくわからなかったが、遠くで煙る石山や、その手前に鬱蒼《うっそう》と立ち並ぶ雑木林が、今朝ははっきりと見てとれた。芦原に植物関係のことはわからなかったが、群生しているのはアベリアをはじめとするスイカズラ科の樹木で、みな一様に背の低いものばかりだった。

　右手に目を転じると、雑木林が一箇所だけ隙間をつくっていて、そこから石でできた一段高い細道が、山へ続いているのがわかる。歩き進むと、むこうの石山まで行けるのであろう。石の道のスタート地点となる岩の塊が、ベランダの前から迫力ある断面を見せて細道へ続いていた。まっすぐで滑らかな切削面からのびる道は、まるで舞台の花道だった。

「あれ！」

　そこに宇田川がいた。

「どうしたんです？」

岩の上で、老人は尻もちをついていた。ベージュのニッカポッカにグレーの作業服、両肩から手拭いをぶら下げた格好で動かない。歯の根が合わないのか、芦原の声にも応えることができずに、ただあわあわとあごを上下させていた。場所が舞台のような形状をしているだけに、座りこむ老人の驚いた顔が、コメディ芝居のワンシーンに見えて滑稽だった。

だが笑っていては悪い、腰を抜かした哀れな老人を救ってやらなければ。空手着を取りこんでから、芦原は部屋を出た。備えつけのサンダルをつっかけて玄関から、小走りに裏庭へまわりこむ。

岩の下には、宇田川自身が置いたと思われるスチール製の脚立があった。それを使ってよじ上る。

「大丈夫ですか」

きゃしゃな体を抱き起こしてやる。倒れた際に手をついたせいで、てのひらには石による擦り傷がついていたが、そのほかに怪我はないようだった。

「い、いやあ面目ない。大したことではないんです。ただ、ちょっとダイナマイトの数を間違えたようで」

爆風で足を滑らせたのだと、老人はきまり悪そうに照れ笑いをした。しかしまだ動悸が鎮まらないらしく、両手で胸をかばうようにおさえている。

「ダイナマイトの数を間違えた？　危ないなあ。こんなこと、ふだんからあるんですか」

「いえ、とんでもない！　いままで使っていた品が製造中止になったので、今朝は新しいものを使ったんです。そうしたら、見かけより強力だったんで、たまげました。半分でも間に合ったようです」

めったにないことだと、老人はしきりに弁解しながら、よっこら腰をあげる。その様子に空手屋は安堵した。宿の主人に大怪我でもされたら、せっかくの旅がぶち壊しだ。

「申し訳ありませんでした、すぐに朝ご飯の仕こみにかからせていただきますから。作業のほうは、これでおしまいにしますんで」

ニッカポッカについた土汚れを払い落としながら、宇田川は自分の足腰を確かめている。

「もうやめちゃうんですか、採石作業」

「はい、あれだけの爆発を起こしてしまったので、おそらくあの場所はもう駄目でしょう。埋蔵している原石もろとも、全滅でしょうね。勿体ないことをしました」

ため息まじりに宇田川が指さすさきは、まだ煙っていて、よく見えなかった。

「おおい芦原、早朝稽古だろ？　オイラもあとから追いかけるから、場所教えておいてくれよ」

老人をいたわりながら、脚立を降りるのを手伝っていると、ベランダから歯ブラシを片手に、橋本が現れた。

「場所って、昨日行ったのと同じ所だぞ」

「忘れちまったんだよ。夜だったし」

歯ブラシをくわえた口許から、歯磨きまじりのよだれを垂らしながら答えるレスラー。芦原は笑いながら、ふいにルスカが気になった。稽古からもどって以来、顔を見ていない。

「ルスカ！　出てこいよ。今日はお前の望みどおり、最強決定戦をやってやるぜ。ブッ殺してやるから、しっかり首を洗っとけ！」

柔道家の寝ている部屋にむかって、下から大声で怒鳴った。

「それとも、夕べ沢村に負けて、怖じ気づいたのか？　心配するな、橋本くらいはブッ倒せるだろ」

「おい、ふざけたこと言うなよ！」

垂れたよだれを手の甲で拭いながら、横から橋本が吠えた。

ほかの部屋と同様、窓にガラスはないのだから、芦原の怒鳴り声は確実に届いているはずだ。しかしいっこうに、ベランダから人影の現れる気配はなかった。

「橋本、部屋を出る前に、ルスカを起こしてやってくれないか」

仕方なく、怒鳴る矛先を変えた。

「オイラがか？　奴とは話したくねぇな。昨日の態度で、ウンザリなんだ」

「そう言うなって。今朝になったら、もとのあいつにもどってるかも知れないだろ」

芦原は、昨日の沢村の言葉を借りて説得した。

すると、となりのベランダから、当のキック・ボクサーが顔を出した。トレーナーや裸のほかの連中とは違い、彼だけパジャマだ。

「お早う、騒がしい朝だったね」

クローバーをあしらったグリーン系の木綿のデザイン。昨夜は黒いチャイナ服を着ていたが、あれはパジャマではなかったのか。まったく金もないのに、おしゃれな奴だ。芦原の失笑をよそに、色黒はあくびを手で隠しながら、残ったほうの手をこちらへふっていた。

潮風が心地よい。心拍数が上がるたびに、筋肉がパンプ・アップしていくほどに、汗が全身からほとばしり出てくる。それなのにダラダラと体を這う、あのいやな感触は微塵もなかった。

初秋の海風が、芦原の体から、むさ苦しい熱気を連れ去っていってくれる。芦原は風を思いきり吸いこんだ。肺が限界までふくらんでいく、心臓が嬉しそうに働く。いい気分だ。おそらくこの島には、残暑などという言葉は存在しないのだろう。

腹筋運動五〇〇回、腕立て伏せ三〇〇回をこなしたあと、シャドーボクシングの終わった沢村を相手に組み手稽古に移った。昨夜は、グラブでスパーリングをした二人だったが、今朝は素手での組み手を沢村が承知してくれた。

キック相手の組み手は勉強になる。芦原の出場する大会では禁じ手の肘打ちがムエ・タイにはあり、ムチのようにしなる回し蹴りの軌道も予測できなかったりして、常に緊張した闘いを強いられるからだ。小学校のころから幼なじみの沢村は、芦原にとって存在価値の大きい友であった。

組み手を開始して二十分ほどたったころ、雑木林の陰から、たるんだ巨体がぬっと現れた。黒のタンクトップ・シャツはすでに大汗でびしょ濡れで、体にぴったりとへばりついている。

橋本は、ひとりだった。

「ああ、やっと見つかった。まいったよ、またどこかで間違えた。結局、この島を一周しちまったぜ」

打撃系の長身二人を見つけると、サブミッション系の大男はほっとしたように歩を緩め、首から提げたバスタオルで顔を拭きはじめた。

「それより、ルスカはどうした。起こさなかったのか？」

友だち甲斐のない奴だとなじる芦原に、とんでもないと言ったふうに橋本は手をふった。

「呼んだよ。ドアだって何度も叩いたさ。けど、あいつ、いつまで待っても起きてこねえんだ。おまけにあのでかい扉には、しっかり鍵が掛かっているしよ。仕方ねぇから部屋にもどって、ベランダから、お前の部屋越しにも呼んだりしたんだぜ」

「それでも、ルスカくんは起きてこなかったのかい？」

ふて腐れて言い訳する橋本に、沢村が不審そうに訊く。

「うんともすんとも言わねえ。あいつ、わけがわからねぇ、もう始末に負えねえよ」

わけがわからないのは、芦原も同じだった。東京からここへ来るまで、終始むっつりと険しい表情だった上に、島へ着いたら自分たちとは縁を切ると言い放ち、おまけに昨夜は稽古中に突然襲いかかって来た。しかも、ここにいる間に、誰が強いか決めるなどとガキみたいなことを。

そして、その張本人が寝坊とは――。

寒けがした。芦原は肩をゾクッと震わせる。胸板が、突然さわぎはじめた。

「おれ、さきに帰るわ」

もう少しシャドーをしてからもどると言う沢村を残して、草と土のついた素足にスニーカーを履いた。

「沢村、あとでオイラとスパーリングやろうぜ、関節技を教えてやるよ」

「いいけど。ぼくはダブルジョイントだから、あまり効果ないんだ」

二人の会話が、不愉快に間延びして聞こえる。芦原は走った、これが胸騒ぎなのか。初めての感覚だった。


「お帰りなさい、早かったのね」

ペンションにたどりつくと、宇田川の女将さんに声をかけられた。食堂から出てきたところだった。

「さきにお風呂浴びてらっしゃい。上がるころには、朝ご飯できてるから」

芦原はロビーにルスカの姿を捜す。

「女将さん、ルスカの奴、起きてきた?」

「おや、外国の人なんて、いたかしらね」

「いえ、ニックネームみたいなもんです。四人のなかで一番、背の高い」

「ウチの旦那を、肩に乗せて来た」

「それは橋本。一番のデブです、レスリング専門」

「ええと、色が黒くて背のスラッ」

「と、しているのは沢村。ムエ・タイをしてる」

「ムエ? 外国の武道なのね」

「正確にはモワァ・タイと発音するらしいけど。キック・ボクシング」

「ああ、思いだした、ルスカさんね」

女将の「思いだした」という言い方に、芦原は少しむっとした。宿泊客はたった四人しかおらず、しかも全員、尋常ではない体格を持った連中ばかりなのに。

「見てないわよ。まだ寝てるんじゃない?」

そこへボイラー室から、灯油缶をぶら下げて宇田川老人が出てきた。早朝に爆風で抜けた腰は、元気になっていた。

どうしたんだ、ルスカさんて人が、まだ起きてこないんだってとの夫婦の会話を尻目に、芦原は二階へ駆け上る。

二〇一号室のドアが見えた。芦原は裸足でペタペタと音をたてながら、宿泊客の出てこない部屋に近づく。

レバーをまわしてもドアは開かない。さっき橋本が言った通り、閂状の鍵がかかっているらしく、鉄扉はびくともしなかった。

「おいルスカ、起きろよ！　相手になってやるから、出てこいよ。本当に怖じ気づいたんじゃないだろ？　そろそろ飯だぞ！」

力まかせに拳を叩きつけるが、グァングァンと低い反響音が返ってくるのみだった。芦原は手をとめた。

胸騒ぎが強くなる。

「ベランダから、はいるか」

となりは自分の部屋だ。

二〇二号室へはいると、窓へむかって走り、朝と同様ベランダに出た。

ベランダを仕切る鉄板に触れてみる。固定しているビスはすべて頭が潰されて滑らかだった。周囲を見まわしたが、ほかに手がかり足がかりになるような物はない。仕切り板は幅があり、芦原が両手を伸ばしても届かないほど大きかった。

これではとなりへ侵入するのは無理だ。落胆とともに、空腹が襲ってきた。

仕方がない。とにかく、風呂にはいるか。飯を喰って、あとはそれからだ。

「ルスカ！　もうすぐ飯だぞ。遅れたら、おれたちで全部片づけちまうからな！」

捨てぜりふを吐いて、芦原はもどった。

朝風呂からあがって、バスタオル一枚でロビーのソファにもたれ、ひと息ついていると、レスラーとキック・ボクサーが帰ってきた。

「何だ橋本、早かったじゃないか」

「朝はこんなもんだろ。すきっ腹なんだぜ」

来年はプロになると息巻いておきながら、トレーニングを一時間もしなかった橋本を、芦原は上気した顔で笑った。

「あれ、ルスカくんは、まだ」

「ああ。風呂にはいる前にも、呼んでみたんだが」

ぶっきらぼうな返事に、沢村は心配そうな顔をする。

「ほっとけよ。いい加減ウンザリだ。ガキみたいにすねやがって。オイラたちが謝れば出てくるってのか。何かしたか？　悪いこと。ケッ」

沢村の腕を引っぱって、橋本は浴室へ消えた。

結局ルスカは、朝食が終了しても起きてこなかった。

食後ロビーで三人は、しばし満腹感の恍惚に浸っていた。消化促進のつもりか、橋本だけが缶コーヒーを手にしている。

「なあ。あのじいさんたち、子どもいないのかな。オイラたちくらいの女子大生が、広島あたりでひとり暮らしとか」

「ルスカの奴、飯も喰わなかった」

話を無視した芦原に、橋本は、ニヤついた笑いを消した。

　突然レスラーは、一五〇ＣＣをいっきに空けると立ちあがり、階段を駆け上がっていった。

　鉄扉をガンガン叩く音と「おい、いい加減に起きろ！」というレスラーの怒鳴り声が、一階のロビーにまで響いてきた。怒声に驚いたのか、宇田川夫婦も食堂から、怪訝そうにこちらを見ている。

　橋本は四、五分ほどドアの前で叫んでいた。しかし二〇一号室の宿泊客は、いっこうにドアを開けてくれる気配を見せず、その頑丈な扉と同様、堅く口を閉ざしたままであった。

「おやじさん。こんな場合、どうやって起こしたら、いいんですかね」

　芦原は苦笑いをして訊ねた。

「さっき言ってた、ルスカさんでしたね」

「あいつ、朝飯を抜いたんですよ。人間、メシを喰わなかったら生きていけません」

「困りましたな。ここの部屋の錠は、内からかける仕組みのものしか、ついていないんです。ですから施錠されてしまったら、外側から開けるのは難儀なことですよ」

　宇田川の物言いは飄々としていた。客がひとり、部屋から出てこないというのに、まるで自分は無関係とでも言いたそうだった。

「開かない？　へえ。じゃあ、客が部屋に閉じこもってしまったら、ペンションの主人としては、お手あげなんですか。ゆがんだ部屋にガラスなしの窓、それに外からは絶対に開かない鋼鉄のドア。ここは本当に変わった宿だなあ」

　悪態をつく芦原を、となりで沢村が、たしなめるような顔で見ていた。

「こんなことは、いままでになかったもので。それに普通のお客は、うちのような所には泊まりませんしね」

言いながら、老人は食堂へ引っこんでしまった。

カチンときた。泊まりに来たお前たちが悪い、そう言いたいのか。面倒くさくなってきた。あのドアに、力まかせに体当たりでもかましてやるか。

そう思っていると、肩で息をしながら橋本が降りてきた。ランニングの肩が赤くなっているところを見ると、すでに試みたようだ。

「だめだ、ドアがびくともしねえ。これだけ怒鳴ってもだめなんだから、やっぱり部屋にいねえんだろ、ルスカ」

さきほど風呂で流したばかりだというのに、橋本の上半身は、もう汗まみれになっていた。緩い三角筋から大胸筋にかけて、油でも塗りたくったようにテカっている。それを見た沢村は、おもむろにソファから立ちあがると、自販機でスポーツドリンクを買い橋本に投げて渡した。

「いないって、お前。だったら、部屋に鍵がかかっているわけがないだろう。橋本よう。少しは頭を使ったらどうだ」

「おい芦原！　ルスカが起きてこねえからって、オイラに当たるこたぁねえだろうが。知らねえよ、もう奴のことなんざ、どうでもいいよ！」

「脚立だ」

芦原の皮肉と橋本の怒鳴り声を割って、沢村が呟いた。

「芦原くん。朝、ベランダで見てたんだけど、

「宇田川さん、脚立を使ってなかった？」

言われて、芦原は弾かれたようにソファを立った。

食堂へ駆けこむと、片づけ物をしていた老人につめよる。

「宇田川さん、さっきの脚立、貸してもらえますか」

「はあ。けど、二階には届かんと思いますよ」

それでも無いよりましだ。三人で肩車でもすれば、何とかなるかも知れない。

まだ裏に立てかけてあると聞いて、三人は飛び出した。

少しは頭を使えと橋本にイヤミを言いながら、自分も大して考えていなかった。玄関でスニーカーを履きながら、芦原は反省していた。

2

宇田川が言ったとおり、二階へは、脚立は一メートルほど足りなかった。

もっとも重量のある橋本が芦原を肩車し、その状態で脚立に乗ることにした。二人で二〇〇キロを超えるため、乗ったとたん脚立は悲鳴をあげはじめる。バランスを崩して、二人そろって何度か落ちたあと、努力の甲斐あって芦原は、二階ベランダの縁へ手をかけることに成功した。

懸垂の要領で体を引きつけると、右足をふり上げてベランダへ引っかけ、そのまま勢いをつけて飛び上がった。

「次は沢村、行くか」

いったん降りると、橋本は自分の首筋を叩いてみせた。

「それより、ドアの前で待っていよう。芦原くんが閂をはずしてくれるよ」

「ああ、そうか」

二人は脚立を残して玄関へもどった。

猫のようなしなやかさで二階へあがった芦原は、そこでスニーカーを脱ぐと二〇一号室へ侵入した。

窓は閉まっていたが、格子状に張られた金網は、芦原の部屋よりも間隔が広くてスカスカだった。編み目に手を差し入れると、空手屋の腕でもすっぽりはいってしまった。クレセント錠をまわすと、剛堅《ごうけん》なサッシは簡単に開いた。

窓が広くとられているとはいえ、太陽の明かりは、ベッドやドアのある奥までは届かない。

芦原はドアに近寄ると、わきのスイッチをひねった。ラピッド式の蛍光灯が、すぐに部屋の景色を浮きあがらせる。

沢村の部屋と同様、ここもカプセルを思わせる、さきぼそりの形状をもった部屋だった。広い窓口は奥へいくほど狭くなっていき、その内頂点には、やはり三角形の細長い柱状のオブジェがあった。手前の、中途半端な位置にはベッドが置かれ、これもまた沢村の部屋と同じであった。

柔道家は、部屋にいた。トランクス一枚の裸で、胸と腹を小山のように盛りあげて、角刈り男は目を閉じていた。

ベッドの上ではなかった。巨大なキングサイズのベッドから、窓側のほうへ転がり落ちて、横たわっていた。

芦原は、叩き起こしてやろうと思った。巨体の脇腹に、一発ローキックをお見舞いしようとして、寸前で思いとどまった。ベッドから落ちたきり、つぶれたカリフラワーの耳を天井にむけている姿を見て、それがもう、普通の状態でないことがわかったからだ。

ドアの外で、かすかに音がする。沢村たちが叩いているのだろう。彼らが力を加えても、鉄扉にはこの程度の衝撃しか与えられないのか。

芦原が閂をはずすと、堰を切ったように沢村がはいってきた。

「ルスカくんは？」

芦原は無言で指をさした。そのさきを見て、沢村は安堵の表情をしたが、ベッドの下で目を閉じているルスカを見て、すぐに顔が強張った。

沢村に続いて部屋にはいってきたのは、宇田川だった。長身の二人が邪魔で、すぐには泊まり客の状態がわからない様子だった。

「何だよ！　やっぱりいたのか、世話を焼かせやがって。こいつ、ベッドから落ちてるってのに、まだ呑気に寝てらぁ。まったく朝飯も忘れて、おめでたい野郎だ」

最後にやってきた橋本が、ルスカの無様な寝姿を見て、悪態をつきはじめる。

「橋本」

芦原が、呟くように言った。

「しかし、こいつ本当に寝相が悪いな。こんなでかいベッドから、落ちるか普通。信じられねえ」

「橋本」

「やいルスカ、この野郎！　さっさと起きやがれ。もっとも、今頃起きたって、貴様の朝飯は、もうなくなっちまったけどな！」

「無駄だよ、死んでる」

芦原の無感動な言葉に、レスラーの罵声がとまる。次の言葉が喉に引っかかったのか、口を開いたままだった。

「そんな、バカな」

沢村が、駄々っ子のように首をふった。前から欲しかったプラモデルが、誕生日がきて、買ってくれるという親の手を引っぱって息を切らせてオモチャ屋へ行ったら、店は潰れて貸店舗のプレートが下がっているのを、目の当たりにしたときのように。

「ルスカくん」

首筋に手を当て、胸に耳をつけて、沢村はルスカの体を揺すった。

ルスカに触れずとも、芦原にはわかっていた。顔色が、生きている人間のそれではなかったから、分厚い胸板が、ただのいちども呼吸で動こうとしなかったから。だが、沢村と同様、やはり信じられなかった。一九六センチで一二〇キロもある巨漢が、柔道でオリンピックを射程距離にとらえる実力の持ち主が、こんなところで、いとも簡単に。

「嘘つけよ。息をとめてるだけじゃないのか?」

かがんでルスカを覗きながら、橋本はまだそんなことを言う。

「脈が、とまってる」

「沢村、お前、知らないのか? 脈拍ってのはな、わきの下にボールかなんかを挟んだりするとよ、簡単にとまっちまうんだぜ。オイラもガキのころ、それでよくみんなを驚かしたもんだよ」

言っている、橋本の声が震えていた。

「それは手首で脈を訓るときのいたずらだ。ルスカくんの、首筋に脈がないんだ」

「そ、そんなことくらいじゃ、まだわかるかよ。第一、何で誰も、ルスカのことを起こそうとしねぇんだ。おいルスカ！　起きろよ！」

　橋本は叫ぶなり、床にひざまずいてルスカの体を抱き起こした。そしてカリフラワーの耳にむかって、何度も叫んだ。

「ルスカ！　起きろよ！　朝飯、さきに喰ったからすねてんのか？　だったら頼んで、また作ってもらうからよ。なあ宇田川さん！　ルスカの朝飯、作ってくれるよね？」

　絶叫の矛先をむけられて、宇田川は泡を食う。あわてて、何度も頭を縦にふっていた。

「ほら、作ってくれるってよ。よかったなあルスカ、いまから朝飯だぜ。食べ終わるころには昼飯になっちまうぜ。連チャンで喰えるんだ。よかったなあ」

　笑いながら、橋本は泣いていた。一三五キロの大男が、一二〇キロの死体を抱きしめ、揺すぶりながら泣いていた。

　その光景を、芦原は突っ立って、ただ呆けて見ているばかりだった。

　悲しい醜態を見かねたのか、沢村が橋本の肩に手をかけた。

「橋本、無駄だよ。ルスカくんは起きない。それに、あまり死体に手を触れないほうがいい。あとで警察に怒られるよ」

「うるせぇ！」

　橋本の激昂《げきこう》がはねつけた。

「沢村、お前、どうしてそんなに冷てぇことが平気で言えるんだ！」

「冷たい？　冷たいだって、このぼくが」

レスラーの濡れた目に睨みつけられて、キック・ボクサーの顔色が変わった。

「ああ、そうだよ！　お前は結局、自分のことしか考えてないのさ。夏だって、勝手にどこかへ行方をくらましやがって」

「ぼくのことは関係ないじゃないか。ぼくはただ、そんなふうに死体をかき乱してしまうと、ルスカくんの死因がわからなくなると思ったから」

「シイン？　死因って、何だよ」

今度は橋本の顔色が変わった。

「だから、死んだ理由、原因さ」

「そんなことはわかってるよ！　オイラがバカだと思ってなめるなよ！　沢村、お前は、ルスカが何で死んだと思うんだ」

「知らないよ。わからないから、それを調べるのが警察の仕事じゃないか。とにかく、ルスカくんが、何もないのに突然死ぬなんて、これは普通じゃないんだから。一刻も早く警察に連絡しないと。だから、そのためにもルスカくんをそのままにして」

「何だと」

ひざまずいて沢村を睨んでいた、橋本が立ちあがった。ルスカの体から手を離したとき、死体の頭部がフローリングの床にゴトンと音を立てた。

「ははあ、そうか。沢村、お前だな」

涙をためていた橋本の顔が、徐々に好戦的に、残忍なものに変貌していった。

「確かにルスカは、ただ死んだんじゃねえ。こいつが何の理由もなく、突然病気になったなんて、とてもじゃねぇが信じられねえ。部屋のどこかに頭をぶつけて死んだわけでもねえ。どこからも血が出てねえしな。ルスカは殺されたんだよ。お前が殺したんだ沢村！」

　相手を見据えたまま、橋本は人差し指を突きつけた。突きつけられた沢村は、目を怒りで真っ赤にしながらも、平静を装おうと、必死に努力していた。

「芦原くん。黙ってないで、何とか言ってくれよ。この単細胞に」

「え」

　呼ばれて、芦原は機械的にふりむく。そのとき空手屋は、まったく別なことを考えていた。

　目の前には、確かにルスカがいる。だがなぜか、それが芦原には、とても人間には見えなかったのだ。動かない腹、いびきの出ない鼻、とっくによだれの渇いてしまった口。そこにあるのは、どう見ても脱け殻だ。いや、ルスカのぬいぐるみ。暑い暑いと、汗だくの演者が出てしまったあとの、使い古された着ぐるみだった。

　人間の肉体など、ただの容器にすぎない。死んでしまえば肉の塊になって転がる。これほど厄介で、処理の面倒な生ゴミがあるだろうか
――。ルスカの脱け殻を見おろしながら芦原は、そんなことを考えていた。

「沢村、貴様は目の前で、仲間が死んでも平気なはずだぜ。自分が殺したんだからな！」

「何だと。ぼくが、どうして殺さなきゃならないんだ。橋本！　ぼくが、どうやって殺したって言うんだ。おい！　ふざけるな。ルスカくんの体には、どこも傷なんかないじゃないか。それで、どうして」

「傷ならあるぜ！」

沢村を睨んだまま、死体のこめかみを指さした。そこには昨日、沢村が飛び蹴りからのコンビネーションで見舞った、肘打ちの跡が痣を作っていた。

「夕べの傷じゃないか。ルスカくんが、あんまりしつこかったから」

「だから殺してもいいってのか。ルスカはこめかみにお前の肘を喰らって、そのせいで頭をやって死んじまったのさ」

「そんな……」

沢村の唇が震えた。

「そんなこと、いまの段階じゃ、わからない。だから、早く警察を呼んで」

「呼ばなくたってわかるさ。殺ったのは沢村、お前だ！　お前は昔っから、頭に血がのぼるとわけがわからなくなる性分だった。だから昨日も、手加減しないで」

「嘘だ！　ぼくはそんなことしない！」

混乱したキック・ボクサーは、ふたたび取り憑かれたように首をふりはじめる。

「だったら橋本、きみはどうなんだ！　最後にルスカくんと会ったのは、きみじゃないか。ぼくは部屋で芦原くんと飲んでいたんだ。きみはあのとき言った。ルスカくんと口論になり、ケンカになったが、投げられたって」

「ああ、言ったさ。それがどうした」

「あのときルスカくんは、すでに死んでいたんだ。きみは負けたと言っていたが、それは嘘で、ルスカくんを殺したんだ。そのあと、平気な顔でぼくの部屋へ来たんだ」

「言いたいことは、それだけかよ」

「いや、いや」

　芦原の目にも、沢村の異常なうろたえぶりは明らかだった。顔から、おびただしい量の冷や汗が吹きでている。

「そうだ！　可能性は、芦原くんにだってある」

　名を呼ばれ、芦原は背中を突かれたように沢村を見た。

「おれが？」

「そうだよ。きみは昨日から、ルスカくんを殺すって言ってた。ブッ殺すって、何度も」

　いささか衝撃だった。沢村の、痛々しいほどに正気を失くした態度と、自分を人殺し呼ばわりしたことに、芦原は軽い目まいを覚えていた。

「いや違う！　やっぱり橋本だ、きみがルスカくんを殺したんだ。きみは単細胞だから」

　瞬間、レスラーのはり手が炸裂《さくれつ》した。キック・ボクサーはもんどりうって壁際まではね飛ばされる。

「グダグダぬかすな。オイラは単細胞じゃねえ！　人間の体には細胞がいっぱいあるんだ。殺すぞ貴様」

　部屋の分厚い壁に、したたか背中を打ちつけたが、ボクサーはすぐに体勢を立てなおした。レスラーとの間合いがいっきに縮まった次の瞬間、右の内回し蹴りが相手の下あごにヒットした。

「そっちこそ殺してやる！」

　橋本と沢村の、悲しい殺し合いがはじまった。

「心臓は単細胞だ！」

　沢村の、意味不明なことを口走りながらの蹴りは強力だったが、相手も充分な朝食で体力が充実しているせいか、ダウンをとるまでには至らなかった。

「やめて、やめてください二人とも！」

宇田川が、芦原の後ろで金切り声を出した。

芦原は、動けなかった。二人の闘気に圧倒されていたのと、沢村から犯人呼ばわりされたことが、思考を混乱させていた。

芦原の背後で悲鳴があがった。顔面を沢村の肘打ちが直撃し、橋本の口から血が飛び散ったのを見て、宇田川が叫んだのだ。たちまち壁に鮮血の飛沫が描かれる。腫れあがった橋本の右目は、すでに視界を失っているようだ。関節をとろうとしながら、何度も空振りをしていた。

対する沢村も、目尻と鼻から血を流していた。橋本に比べて息が荒い。キックとパンチをいくら連射しても、みな脂肪にめりこんでしまい、思ったほどの打撃を与えられないからだ。

これほどの乱闘が演じられているというのに、部屋は堅牢だった。家鳴りもしなければ、ベッドのさきに立つ三角形の柱も倒れることはなかった。

「きゃあ！」

ふたたび悲鳴。物音を聞いて上がってきた宇田川の女将さんが、部屋の修羅場を見てヘタリこんだ。ドアが開けっ放しだから、怒号が階下まで届いたのだろう。

橋本が沢村をタックルに捕らえた。足をつかまれた沢村は、相手の肩甲骨を肘で打ち続けるが、スタミナが切れたのか引き倒されてしまう。

轟音とともに倒れこむレスラーとキック・ボクサー。両目が腫れあがった橋本は、沢村の腕をひしぐと逆十字に決めた。橋本は死んでも放さない覚悟だろう、力のかぎり締めあげる。苦痛で叫びをあげる沢村、ダブルジョイントとはいえ、これは耐えられない。

「危ない！」

沢村の腕が折れる。そう判断した瞬間、芦原は反射的に駆けだし、橋本のあごへ下段蹴りを入れた。

橋本は呆気なく気を失った。伸びきった腕を引き抜いて、沢村は痛そうに体を丸める。

「宇田川さん、一一〇番して、もらえますか」

芦原の声は、まだ感情を取りもどしていなかった。

「は、はい」

脅えていた老人は、渇いた喉を詰まらせて返事をする。部屋を出ようとして、座りこんでいた女将さんを見つけると、泣きだしそうな顔で抱き起こし、いたわるように背中をさすって二人で降りていった。

「大丈夫か？」

肘をおさえて唸る沢村に近づくと、乾いた声で言った。

キック・ボクサーが足元でうなずいたのを見ると、芦原は痛めていないほうの腕を持ち、立たせてやる。

「今度はおれとやるのか？　おれのことも疑ってるんだろ」

沢村は首をふる。苦しそうに喘いでいた顔の眉間に、悲痛な皺が寄った。芦原は色黒を壁にもたれさせると、ルスカの死体の前で腰をかがめた。

顔に、殴られたような傷はなかった。鼻血なども出ていない。裸の胸や腹にも、殴られたり刺されたりしたような跡は見られなかった。あるのは、橋本が言った、沢村に打たれたこめかみの薄い痣だけだった。

ルスカの死に顔から、芦原は目をそらした。

胸騒ぎがした、虫が知らせたのだ。すぐに脚立を借りることを思いついていれば、あのとき、呑気に朝飯なんぞ喰ったりしていなければ、あるいは、ルスカを死なせずにすんだのでは。

だが、それよりも。

ルスカが、これほどの男が、こうも簡単に死んでしまうものか。

不可解だった、この男の死が。死因が何なのかということより、この化け物じみた大男が、秋に追いだされたセミのようにこと切れて転がっていることが、不思議だった。

心筋梗塞、ストレスからくる突然死。テレビの情報番組で見た言葉が、ぼんやりと脳裏に現れては消えていく。

「警察に、電話をしようとしたんですが」

ふり返ると、宇田川老人がドア口に、オドオドしながら立っていた。

「電話機が、壊されておるんです。潰されたみたいに、グッチャリとなっていて。おまけに電話線も引きちぎられていて。一体、誰が、どうしてこんなことを」

腕をおさえて壁によりかかっていた沢村の顔から、苦痛の色が瞬時に消失した。

芦原は両眼をカッと開く。

老人の言葉に、空手屋の思考が活性化する。

電話が壊された！　なぜ？　島の外へ通報させないためだ。なぜ？

「壊されたのは、受付の電話ですか？」

「ええ」

「ほかに電話はないんですか？　携帯電話は」

「ないです」

「沢村。お前、携帯は」

「持ってない、解約してしまったんだ」

「どうして」

「今年は外国にいるほうが長かったから。国際電話でもできるんなら、使うけど」

舌打ちをする芦原。さきほどの狂乱が嘘のように、沢村は顔の血を拭いながら、申し訳なさそうに顔を伏せた。

「橋本起きろ！　携帯電話を貸せ」

まだ床で伸びているレスラーを、乱暴に揺さぶる。沢村に殴られて腫れた顔が、うさん臭そうに唸った。

「橋本！」

「あー、イテ」

覚醒したレスラーは、起きようとして顔をしかめ、あごをおさえた。

「芦原。さっき蹴ったろ」

「あとで謝る。それより、携帯持ってるか？」

「バッグにはいってる」

よし、とうなずいて、芦原は立ちあがる。だがドアの前で、老人にとめられてしまった。

「携帯の電話機は使えません、この島は圏外とかで。海が近いせいもありまして、海上の通信妨害になることもあるんで」

使えないと言い切る宇田川の顔が、やけに憎々しく見えた。

ルスカが死んだ。そして、外部との通信手段も絶たれた。

芦原の目が、ギラつきはじめる。

「沢村、橋本。ルスカは殺されたんだ」

殺された。その言葉に橋本の顔つきがもどる。

沢村は肘をおさえて、俯いたままだ。

「そしてそいつは、まだ殺し足りないようだぜ」

部屋に鍵はかかっていたが、その気になれば芦原がやったように、ベランダから侵入することは可能だ。

「どうやら明日の朝、迎えのボートが来るまで、おれたちをこの島に閉じこめておきたいらしい」

では、ベランダからはいってきた犯人は、どうやってルスカを殺害したのだろう。

「沢村、おれの質問に答えてくれ。お前は、ルスカを殺したか?」

「芦原くん、きみまで」

「黙って答えろ! ルスカを殺したか?」

沢村は、唇を震わせながら、首をふった。

「橋本、ルスカを殺したか?」

「殺す前に、オイラに倒せると思うかい?」

ユラリと立ちあがり、不敵に笑う。

「わかった。沢村、おれに質問しろ。殺したかって」

意図がわからないといった顔をしながらも、沢村は訊いた。

「芦原くん。ルスカくんを、殺したかい」

「絶対にやってない」

言ったあと、芦原は二人を均等に見た。

「おれはいま、お前たちが言った言葉を信じる。だから、おれのことも信じてくれ」

うなずく沢村。それを横目で見ていた橋本も、腫れた顔で、一応うなずいてみせた。

「ルスカを殺った奴は、電話機も壊している。橋本、どうしてそんなことをしたと思う」

「電話が、嫌いなのか」

「おれたちのことも、殺すつもりなんだと思う」

「オイラたちを？」

橋本が笑う。だがすぐ真顔にもどった。

「ルスカを、こうやって殺しちまったほどの奴だ。油断するなよ」

「わかった」と橋本。

「だから、おれたちが揉めるのは意味がない。ここで殺し合いにでもなったら、相手の思うつぼってことだ。だから、もうケンカはなしだ。いいな」

沢村と橋本、二人そろって同意の表情をする。

「よし。二人とも傷の手当てをしろ。そのあとで、山狩りだ。いいな！」

ふたたび二人そろってうなずいたあと、沢村は手の甲で橋本の顔を拭った。なでられた猫のように、顔の肉が持ちあがり、そのまま橋木は笑顔になった。

「宇田川さん、二人を手当てしてもらえますか？」

「ああ。じゃ、ロビーに」

言われて、戸口に立ちっぱなしだった老人は、思いだしたように動きはじめた。橋本に押されて、部屋を出ていく。

「なあじいさん、オイラの質問に答えてくれ。あんた、ルスカを殺したかい？」

「はあ？　わたくしが、ですか」

不謹慎な冗談を言う、いつもの橋本だった。

3

ルスカの死体は、部屋の床に寝かせたままにしておいた。沢村が言ったように、現場の保存というやつを考えたからだ。しかしそのままでは、寝相が悪くてベッドから落ちたようで、いくら何でもかわいそうだからと、橋本が毛布をかけてやっていた。

その橋本が持っていた携帯電話、一応試したが、やはり宇田川の言ったとおり、圏外で使い物にはならなかった。

芦原は、一階へ降りるとまっさきに受付部屋へ行った。古びた事務机と丸椅子がある程度の小部屋で、赤い丸印でところどころ埋められたカレンダーの下に、潰れた電話機が転がっていた。

正確には、電話機ではなくファックスだった。大きめのプッシュボタンが配列された胴体部分が、万力で挟まれたかのように、ペシャンコにへこんでいた。電話線が伸びていたが、たどると途中で引きちぎれていた。

ため息をついて受付部屋を出る。

ロビーのソファに腰を下ろすと、芦原は難しい顔をして天井を見た。

横では、橋本と沢村の手当てで、宇田川夫婦がおおわらわだった。女将さんは、昨夜のような軽口こそ叩かなかったが、ルスカの死体を見て腰を抜かしたあとにしては、テキパキと動いていた。橋本たちの血まみれの顔にも動じず軟膏を塗る姿には、頼もしささえ感じられた。

「困りましたねえ。一体誰がこんなことを」

血を拭き取ったおしぼりを片づけながら、宇田川が目をしょぼつかせる。女将さんと違って、こちらは少し老けこんだように見えた。

「最後に電話機を見たのは、いつなんです」

「今日の朝です。五時ごろに来て、ボイラーを上げたあとで、採掘をするんでここを出る際に、受付部屋を覗いたのが。本土の人間は、家が離れていることを知っていますから、朝早くや夜遅くに、電話が鳴ることはないんです。けど、たまにファックスが届きますんで、何か出ているかと、確かめたのが最後でした」

「それ以降は、まったく受付には行かなかったわけですか」

「鳴れば、食堂くらいまでは聞こえるほど大きくしてありましたので。お前、最後に電話を見たのは、いつだ」

「最後も何も、近寄らないよ。機械はおっかないからね」

芦原は長髪をかきあげた。宇田川夫婦の管理不備を、どこかで責めたい思いがあったが、日常からあまり電話に依存しない生活を送っていたのでは、それも仕方のない話だった。昨今、急速に進化している携帯電話。携帯がなければ仕事にならない、果ては生きていけないとさえ言い切る連中とは、この夫婦は別の世界にいるのだ。

「連絡をとる手段は、本当に何もないんですか」

「小さいボートが、あるにはあるんですが、ちょうど先週エンジンの調子が悪くなってしまいまして、本土へ修理に出しておるところなんです」

芦原は鼻をならした。これはまた、自分たちはタイミングの悪いときに来たものだ。

「どれ、コーヒーでもいれようかね。みんな、飲むでしょ？」

橋本のまぶたに絆創膏を貼り終えた女将さんが、ヨイショとテーブルを立った。

いただきますと頭をさげる沢村、すんませんと言う橋本を見て、いそいそと厨房へ消えていく。あわてて芦原も、おれも飲みますと背中へ声をかけた。

やがて、厨房から官能的な匂いがして、熱いコーヒーが運ばれてきた。セピア色の、やや大きめの武骨なカップ。おかげでレスラーと空手屋は、安心して飲むことができた。居酒屋などで、うっかり握ったグラスを割ってしまうことが多いのだ。この二人と、死んだルスカは。

うまい。カフェインが睡眠バランスを崩すという理由から、ふだんは缶コーヒーすら飲まない芦原だったが、このときは純粋に、うまいと思った。

「あいつもコーヒー、好きだったんだぜ」

橋本が、絆創膏だらけの顔で遠い目をした。

「初めて聞く、そんな話」

沢村が、牛乳を注ぐ手をとめた。

「コーヒー好きなんて言ったら、お前たちに笑われるからって、体に悪いのどうのって、言われるからって黙っていたのさ。オイラと二人っきりのときだけ、こっそり飲んでいたんだ。けど」

橋本は、そこから涙声になった。

「昨日は、飲まなかったんだ。オイラ、持っていったんだよ、あいつの部屋に。朝から変だったから、機嫌なおせって缶コーヒー。けど、あいつ、もう飲まないって、突っ返しやがった」

ほっぺたの絆創膏が濡れていた。泣きながら、宇田川に言った。

「すんませんね。部屋に死体なんか置いて。でも明日の朝には、連れて帰るんで勘弁してください。それから東京へ帰っても、ここで死人が出たなんてことは、黙ってますんで」

泣きながら宇田川に頭をさげる。その震動でコーヒーをこぼしそうになりながら、老人と女将さんは泣き笑いのような顔を見合わせた。

少々ピントははずれていたが、ペンションの主人に対して、橋本なりに感謝と謝罪の気持ちを伝えたかったのだろう。

「ルスカの奴、いつごろ、くたばったんだろうか」

鼻をすすりながら、芦原を見た。

「わからんよ。警察がきて、鑑識とかいう係の人間に調べてもらわないと」

「あいつが、夕べのうちに死んじまったんなら、まだ幸福だよ。けど、今日の朝に死んだとしたら、あんまりかわいそうだよ。昨日はさ、ここで腹いっぱい、飯を喰ったもんな。でもよ、朝になっちまえば、また腹へるしな。朝だったら、あいつ、腹空かしたまま死んだことになるよ。腹の虫、ぐーぐー鳴ってるのに、そんなままで、あの世に逝っちまうなんて、そんなのあんまりだよ」

そこまで言うと、レスラーはテーブルに突っ伏して壮絶に泣きだした。そして立ちあがると、走ってロビーを出ていってしまった。

うしろ姿を追う、沢村の目もうるんでいた。

芦原は、また天井を見あげた。

自分はルスカを殺した奴のことを考えている。そいつが今度は自分たちを殺しに来る、その前に見つけださないと。そのことで頭がいっぱいだ。だが、あいつは、あの男の頭には、死んだ友への哀悼しかない。

「ルスカさんて方、何か病気だったとか、そんなことはないんですかね」

飲み干したカップをテーブルに置いて、宇田川が訊く。芦原は苦笑いした。ルスカが病死なら、電話が壊された件はどうなるのか。まあいい、年寄りの言うことだ。

「あいつの持病といったら、せいぜいイボ痔か、インキンくらいのものですよ」

ジョークでなく、事実であった。

「それじゃあ、一体どういう理由で」

呆けた質問に、これ以上答えるつもりはない。芦原は話題を変えた。

「訊きたいことが、あるんですが」

「はあ、何なりと」

「このペンションを手に入れた理由というか、経緯を教えてもらえませんか」

「と、言いますと?」

「ここ、ずいぶん変わっているでしょ。ひと部屋ひと部屋が、いちいちだだっ広いし、作りも大げさにゴツイ。部屋のドアなんか、分厚い鋼鉄のうえに太い閂まで付いてる。そもそも、ペンションとして建てられたものなんですか? 人間の寝泊まりする宿というより、動物園の獣舎みたいな感じで」

「すみません」

過ぎた言葉に、横から沢村が代わって謝った。

「いえいえ、そう言われるのは、もっともですよ」

女将さんがお代わりをつぐのをよそに、宇田川は膝を乗りだした。話は長くなりそうだ。

「昨日も少し、お話ししたと思いますが、わたくしは定年まで、石材の輸出会社で働いておりまして。この島は、そこの持ち物でした。ところが、十年ほど前から産出量がへってしまって、採石効率が悪くなって。それでとうとう、閉山というか閉島というか、見切りをつけて引き上げてしまったのです。会社にとっては不要な固定資産なので、できれば売却したかったのですが、何せこの不況ですから、なかなか思うにまかせぬようでした。

しかし島が用なしになったとはいえ、観光地が近くにあったりすることもありまして、会社側はそうそう無人島のままで放っておくわけにはいきません。いつ何どき、どこの誰が無断で上陸して来るかわかりませんしね。当時はまだ、高価な採掘用の機材が置きっぱなしの状態だったんですよ。

島の処置が決まるまでの間、誰か住みこみで管理をしてくれる人間はいないものかと、人事のほうで人探しをしようとしていた矢先、折よくわたくしが定年で退職したのです。それで渡りに船とばかりに家を引き払い、家内と一緒にここへ移ってきました。

わたくしは若いころから、あまり人付き合いのよいほうではありませんでしたし、都会のような騒がしい場所も元来、好きではありませんでした。ですから老後は人のいない、こんな場所で静かに過ごすのが夢だったんです」

「じゃあ、そのあとで島にペンションを。このゴツイ建物は、趣味で」

「いえ、ここはもとから建っておりました。採掘作業者たちの宿だったようです。作業者たちが下請けの会社別に、二階の四つの部屋に別れて、タコ部屋状態で寝泊まりしていたと聞いております」

「肉体労働者用の、宿舎だったのですか」

沢村が言うと、意外にも宇田川は首をふった。

「結果として宿舎に使われたのですが、建てた目的は違ったようです。わたくしも詳しいことは知りませんが、何でも社長の知り合いの息子さんが、趣味で設計したのだとか。いろいろ本人なりの、難しい理屈がこめられているそうですよ」

「金持ちの馬鹿息子が、道楽で建てたペンションか。窓にガラスはない、壁はいびつ。道理でイカレてると思った！」

芦原は吐き捨てた。親の金で遊び呆け、何もせずに地位も女も手にはいると信じて疑わない、そんな手合いが、死ぬほど嫌いだった。

「まったくそのとおり。わたくしも会社から、島には住居が建設済みだと聞いていたものですから、もうすっかり、ここに住む心づもりでおりました。ですが、さきほど言われたように、これでは動物園の獣舎と変わりゃしません。しかし世の中、すべてうまく行くほうが怖いですから、この程度の玉にきずは、まあいいかと。島で生活できることに希望はふくらんでいましたが、家内と二人きりで、こんなところへはとても住めません。部屋など無意味に広いくせにクローゼットなんか何もついていないでしょう。物を置くにしても、壁が妙に曲がっているせいで据わりが悪いし。それで結局、ここから少し奥へはいった場所に、新しい家を建てることにしたんです」

この、人間の住みにくい建物を、社長の知り合いという息子が設計した理由、ゆがんだ部屋を作った意図は何だったのだろう。もっとも、自分が住めないような建物を使って、ペンションをはじめた宇田川も宇田川だが。

「石はいいです。石を見ていると、気持ちが落ち着くんですな。あの固さと、磨かれたときの滑らかさは、そりゃあなた。ダイヤモンドにも負けない輝きを見せてくれます」

気がつくと、いつの間にか老人の話題は、また石になっていた。

「触ってみるとわかりますが、ただ堅いだけでなく、温かみが感じられるのです。呆れてしまいますよ。石のくせに、その辺の人間などはとても及ばない、優しい温もりを持っているのですから」

コーヒーをご馳走になっている手前、その話は昨日聞いたと、芦原は言えなかった。

「好きな物に囲まれて、何よりですね」

「でも、石といっても、いい石の話ばかりじゃないんです。去年の春でしたか、体が動かなくなってしまいましてね。大慌てで辰っつぁんに電話して、ボートで本土へ連れていってもらったんですが、病院で検査したら、尿管結石だと言われてしまいましたよ。もちろん手術をという段取りになったのですが、この年になって、腹を切るというのが、ひどく怖くなりまして。これまで病気らしい病気をしたことがなかったものですから、そりゃあ、なおさらのことでした。お恥ずかしい話ですが、手術はいやだと、そのときかなり駄々をこねてしまいました。そうしましたら先生が、最新の医療設備を整えた病院を紹介してくれまして、結局のところは、腹を切らずに治してもらったんです」

「ほう、手術しないで。よかったですね」

興味なさげに、芦原は相槌を打つ。

「現代の医学ってのは、大したものですな。でも、病院の大部屋に長くいたせいでしょうか、ここへ帰ってから、寂しく感じることが多くなりましてね。ちょうど還暦を迎えて、人生も最後の坂に差しかかっていたせいもあったのだと思いますが。このまま、人間社会から隔離された世界で死を待つことが、何だかひどくやりきれなくなってしまって。静かに老後を過ごしたいと思っていたくせに、人間というものは、本当にわがままで勝手で強欲な生き物だと、わたくしは自分自身で痛感しました。しかし、そうはいっても、いまさら都会に住む元気などはありません。そこで、どうしたものかと思案したのです。


それで思い立ちました。いっそ、ここを利用して、お客を呼んだらどうかと。

ところが、結果はさんざんでした。こんな辺《へん》鄙《ぴ》なところに、まともな客なんか来てくれません。やって来るのは、アダルトビデオというんですか、いかがわしい撮影目的の人たち、サバイバルゲームとかに興じる目つきのおかしな集団」

「それに、突然ケンカをおっぱじめる大男の四人組、ですか」

そんなことはと、宇田川は否定したが、ひどく笑っていた。となりで聞いていた女将さんが、代わりに話を続ける。

「前は、窓にもちゃんとガラスをいれて、暖房冷房の設備をしていたこともあったのよ。けど、いま言ったおかしな人たちがガラスを割っちゃって、それで、やんなっちゃったの。別に、こんな宿やらなくたって、この人の年金なんかで充分やっていけるし、米も野菜も贅沢言わなきゃ、ここで作ったので食べていけるし、ねぇ」

と、老人に相槌を求める。

「冷暖房器具を壊されたときは、さすがにやる気が失せてしまいました。もう、ペンションなんかよそうと思って、観光協会に広告を出すのもやめてしまって。ですから、みなさんが予約されたときも、ずいぶん迷ったんですよ」

聞き流していた芦原の横で、沢村の表情がゆがんだ。

「すみません。いま、ペンションを、やめようと言われたのですか」

「はい。もう、気持ちが萎えてしまいました」

「広告を出すのも、やめてしまった、と」

「情けない話です」

「芦原くん」

「どうした」

「このペンションを、見つけてきたのは」

「ルスカだよ」

「ルスカくんは、どうしてここを知ったのかな。宇田川さんは、観光協会に広告を出していないのに」

そこへ橋本がもどって来た。どこから持ってきたのか、両腕に鎖を巻いている。

「おい、行こう。山狩りだ。ルスカを殺った奴を、八つ裂きにしてやろうぜ」

レスラーは上気した顔で、泣いていた男とは別人の、本来の橋本にもどっていた。

「どうしたんだ、その鎖」

「ブロディみてぇだろ」

来年の春に華々しくデビューするらしいが、どう見てもこの男は悪役だ。

「どうした二人とも。腰が抜けたのか」

「わかったよ」

挑発されて、芦原は立ちあがった。

「肘、痛むか」

空手屋の心配に、沢村は大丈夫と言ったが、腕をまわす顔は曇っていた。

「じゃ、行くぞ」

空手屋、レスラー、キック・ボクサーの三人は、肩をならべてペンションを出ていく。すると思いがけず「わたくしも、行きましょう」と、宇田川がついてきた。

「無理すんなよ、じいさん」

「わたくしがいなければ、また道に迷うかも知れんですよ。昼食のしたくは、家内だけで出来ますから」

「そうじゃねぇ。大怪我するかも知れないぜ」

「平気です。だって」

宇田川は、巨体の上の、絆創膏だらけの顔を見あげた。

「わたくしは、あなたから疑われるほど、強いですから」

橋本は、ケッと顔をそむけた。

4

三人とひとりは、女将さんを残して山狩りへ出発した。

ペンションの玄関を出ると右へ進む。歩きはじめてすぐに、宇田川の息があがりだしたので、三人は仕方なく足をゆるめた。

「だから、やめとけって言ったのに」

ふり返り、遅れてついてくる老人を見おろしながら、橋本は手を引いてやる。

「それともじいさん、また担いでやろうか」

鎖を巻いた腕を見せると、宇田川はあわてて両手をふり、結構ですと言った。

「その鎖が、当たって痛そうですから」

豪傑笑いの橋本、胴間声《どうまごえ》が島へ響きわたった。

T字路に差しかかった。右を行くと、ルスカが芦原に襲いかかった岬の原っぱがある。

「芦原、オイラはここで別れる。まっすぐ行ってみるぜ」

「船着き場か」

「オイラたちのあとに、誰かが来たんなら、何か残ってるはずだからな」

じゃあなと別れ際、レスラーがふり上げた腕の、鎖が頭を直撃しそうになって、宇田川は肝を潰した。

「大丈夫ですか。気はいい男なんですが、どうも無神経なのが」

悠々と歩き去る橋本に代わって、沢村が老人を気づかっていた。

「おれは、工場跡地ってやつを、捜索してみる」

昨日、橋本が道を間違えて見つけたと言っていた場所だ。

「ぼくは、岬を見てみるかな」

「あっちは、昼間は風が強いですから、あまり崖に近寄らんほうがいいですよ。うっかり落ちたりしたら、大変だ」

宇田川の助言に、沢村は歩きながら黙ってうなずく。そして下唇をかむと、芦原を見た。

「どうした、橋本に決められた肘が、痛いのか」

「いや、それは大丈夫だけど」

口ごもったあと、長身の色黒は何か、しきりに逡巡している様子だった。

「言いたいことでもあるのか」

いつの間にか、老人は前を歩いていた。雲の出てきた遠くの空を見ながら、皺の寄った目を眩しそうに細めている。

沢村は、思いきった顔になり、となりを歩く芦原に言った。

「芦原くんは、この島のどこかに、ルスカくんを殺した奴が隠れていると思うかい」

「わからんよ。だから探しに来てるんじゃないか」

「ルスカくんを殺したのは、ぼくだよ」

芦原は立ちどまった。沢村も、歩をとめる。前の老人は、ひとりでずんずん歩いていたが、二人が来ないことに気づき、もどってきた。

「殺したのは、きっとぼくだよ」

悲痛にゆがむ横顔を、黙って見つめていた芦原は、すぐに合点した。

「橋本の言ったことを、気にしてるんだろ」

朝、ルスカの死体を前にくり広げられた大乱闘。橋本は、ルスカの体は無傷でないと言い、沢村がつけたこめかみの痣を指してみせた。

「さっきは、橋本がやったって、言ってたくせに」

「あいつは違う、殺してない。さっき組み合ったとき、わかったんだ。嘘はついていないって」

拳を交えて、初めてわかる男の友情ってやつか。

「ルスカくんは、ぼくに受けた傷で、後遺症が出たんじゃないだろうか」

沢村の顔は、いまにも泣きだしそうだった。

「うっかりしてた。いくら腹が立っていたからって、頭を攻撃したのは、いけなかった」

柔らかい風が吹き抜ける道ばたに、二人の大男。ひとりは相手を見つめ、もうひとりは目をしきりにこすっている。その光景を、小さな老人が遠巻きに眺めていた。

「聞いたことがあるんだ。自動車事故なんかで頭を打ったりしても、はねられた直後は興奮しているから痛みなんか感じない。でもしばらくして落ち着くと、とたんに頭痛や吐き気があったり、意識不明になったりして、そのまま死んでしまうこともあるんだって」

芦原が、ただのケンカ好きから足を洗うべく現在の道場の門を叩いたとき、先輩から言われたことがあった。ストリート・ファイトで、相手が頭を殴ってきたら、迷わず殺せ、と。物騒な助言に、はじめは寒けを感じたが、説明を聞いて少し納得した。最初から頭を狙ってくる相手は、自分に対し殺意を抱いている。だから殺される前に、殺ってしまえということだった。芦原は幸運にも、これまで頭部を攻撃してくるような手合いには出会わずにすんだから、こうして警察沙汰にも障害者にもならずに生きている。

「看護婦だったお袋さんに、聞いた話か」

沢村にとって、お袋さんという表現は適切ではないのだが、芦原は構わず使う。

「電話機を壊したのも、お前なのか」

「それは、違う」

「なら、殺したのも違うさ。それとも沢村、お前はルスカを殺した人間と、電話を壊した奴は、別だと思ってるのか」

沢村は、わからないと首をふった。

「ルスカが死んだのは、お前のせいじゃない。犯人は、おれだよ」

顔をあげる沢村。その前で空手屋は、意地の悪い笑いを浮かべていた。

「おれは昨日から、あいつのことをブッ殺してやるって、何度も言ってたからな」

「それは」

「だって、さっきお前が言ったろう。おれにも可能性はあるって」

「ごめん、本当にすまなかった。あのときは、カッとなってつい」

精いっぱいに体を縮めて謝る、キック・ボクサーの哀れな姿を見て、芦原は笑いだした。

「いいさ。これでスッキリしたぜ」

肩を叩いてふたたび歩きだす。宇田川もあわてて爪先をもどした。

やがて脇道が見えてきた。工場跡地はここからが近いと宇田川は指をさす。

「沢村、冷静にな。犯人を見つけても、殺すなよ」

きまり悪そうに笑ってみせたあと、沢村はまっすぐ歩いていった。

「宇田川さんは、どうします。おれと行動をともにしますか」

「それでもいいですが。この脇道の途中に、うちでやっている田畑があるんで、そっちのほうを探してみます」

脇道も、砂利道だった。これが土だったなら、不審者の足跡を見つけられたかも知れないが、島に文句を言っても仕方なかった。

「いまの人、体格の割に、ずいぶん感受性が強いんですね」

「沢村ですか。昔はよく、からかったもんです。あんな奴が、どうして格闘技なんかやってるのか、不思議に思うことがあります。将来は、保育士っててんですか、保育園の先生になりたいとか言ってたな。幼稚園ではなく、保育園がいいって、妙にこだわってたけど」

たわい無いことを話していると、左手に畑が見えてきた。

「気をつけてくださいよ。むこうが空腹なら、作物を抜いて喰ってるかも知れないんで」

「見つけたら、急いで知らせにいきます」

急いでといっても、その足ではすぐに捕まってしまうと心配したが、逃げ道はいくらでもあるからと、老人は離れていった。

「工場跡地か」

老人に合わせていた足を速めると、芦原は目的地を目指した。

どんな奴が、ルスカを殺したのか。

いや、それ以前に、一体どうやって、あの男を殺すことができたのか。そして敵は、自分でも橋本でも、沢村でもなく、なぜルスカを選んだのだろう。歩きながら、そんな疑問が頭を吹き抜けていった。

わからない。わからないが、自信はあった。自分だけは、絶対に殺られない。

どこのどいつだか知らないが、おれの前に現れてみろ、そのときが最期だ。蹴りをあばらの隙間にブチこんで、抜き手で眼球をえぐり出してやる——。

芦原は残忍な笑みを浮かべると、足をさらに速めた。

瀬戸内海の九月の空は、見る間に雲が増えていった。

3　なぶられる死

1

芦原は、砂利道を突き進んだ。

遠くの送電線を眺めながら、あたりに注意を払い、空気に耳を澄ませながら。いつ何どき相手が現れても、背後から襲いかかられても対処できるよう、神経を研ぎながら歩を進めた。

突然、視界をさえぎられた。巨大な廃墟が、行く手に姿を現したのだ。

工場跡――。漠然と聞いていたが、それは想像していたもの、いわゆる工場とは別の様相を呈していた。

建物は二階建て、あるいは三階建てだった。しかしどれもが十メートル近い、あるいはそれ以上の丈を持っていた。壁面は一様にはがれ落ちて灰色の地肌をあらわにし、枯れ果てた蔦状の植物が、毛細血管のように絡みついている。

宇田川は、かつてここに石材の採掘と輸出を商う会社の施設があったと話した。だが芦原が見あげているそれらは、人に見捨てられて半世紀は経過しているのではと思わせるほど、風化腐食が進行していた。

壁のいたるところに鉄梯子が見受けられる。整列して打ちつけられた巨大なかすがいのような物もあれば、途中で折れ曲がり錆びた一連梯子もあった。

ここへ来たとたん、妙な蒸し暑さを覚えた。鬱蒼と生い茂る樹木に囲まれているせいか、あまり風が流れてこない。この島の木々は、みな背の低いものばかりと思っていたが、そうではなかったようだ。

このあたりに身を隠すとなると、いささか辛抱を強いられることになる。もっともルスカを殺し、自分たちをも殺そうとしている相手だ、このくらいは苦でもないのだろう。

そんなことを空想していた、芦原の足がとまった。

耳を澄まし、呼吸をとめる。

風はない。代わりに激しく打つ、自分の心臓がやかましい。

聞こえる！　音がする。何か、金属がこすれるような音。

芦原は猫足立ちになった。枯れ葉の落ちている場所を避け、足音をたてぬよう、金属音の聞こえるほうへ、静かに歩きはじめた。

三階建ての廃墟を過ぎると、別棟がむこうに見えるが、その途中に中庭のような空間があった。建物に沿って、地面には排水管の跡が伸び、これも建物同様に損傷しながら奥へ続いていた。

音は、奥から響いてくる。

本能的に壁にはりついた。ボロボロの壁が背中に気持ち悪かったが、芦原はそのままの態勢で、音源に近づいていった。

途中で、扉のない入り口にぶつかった。金属音は、そこからする。連続したり、しばらく間をおいたりと、音は不規則だ。

足元を見ると、バッグが放りだしてあった。

誰かいる！　おれたちのほかに、人がいる。

芦原は両の拳を握った。

仇をとってやる、失敗は許されない！　ゆっくり深呼吸すると、いっきに中へ飛びこんだ。

「誰だ！」

対峙したとたん、回し蹴りをお見舞いするつもりだった空手屋は、相手の一喝で動きをとめた。「あ、いや」

攻撃を仕掛けた芦原に対し、ふり返った相手は反射的に防御の姿勢をとっていた。目の前に、一眼レフのカメラを固定した三脚があった。

「あんた、ここで何をしてるんだ？」

「見ればわかるだろ、写真撮影だよ」

オレンジ色のＴシャツに、ポケットだらけのベストを着た男は、一八〇センチ程度の背丈しかなかったが、それでも一般人にしては締まった体だった。

芦原は拍子抜けした。ルスカを殺った相手が、そして自分たちをも殺そうと舌なめずりしている敵が、ここで機をうかがって潜伏しているものと、てっきり。

「こんな廃墟の中で、撮るものなんか、あるのか」

三脚に乗せられたカメラ、そのさきには朽ちて腐った机が、足を失くし倒れているだけだった。

「こんな？」

男は一瞬、眉間に皺をよせたあと、わずかに笑った。

「きみのような若い人間には、こんな廃墟なんだろうな。しかし戦争を体験した人や、私のような報道にかかわる者にとっては、ここは忘れてはならない場所なのさ」

諭すような物言いだった。芦原を哀れんでいるようにも聞こえる。

カメラマンの男は、おもむろに芦原へ背をむけると、撮影を再開した。パン棒を緩め、雲台を微調整したあと、シャッターを押す。さきほどから聞こえていた金属音は、カメラのシャッター音だった。

別の音がした。モーターが巻きあげられるようなノイズだ。カメラマンは夢からさめた顔をファインダーから離した。

「どいてくれ」

芦原があとずさりすると、カメラマンは入り口に置きっぱなしだったバッグを引っつかんで、もどって来た。

バッグを開けると大量のフィルムが出てきた。男はその一本を拾いあげると、カメラの背面から抜き出した使用済みフィルムと、手際よく交換をはじめる。

「プロの、カメラマンなのか」

「そんなところだ」

「どうして、ここに」

「言っただろう。この周辺の工場跡を、撮りに来たんだ」

やはり、ここは工場だったようだ。だが、なぜ石材会社の工場なんかを、写真に撮る必要があるのだろう。

数枚シャッターを切ったあと、カメラマンは三脚を担いで、撮影場所を変えた。ずいぶんゴツイ三脚だった。位置を決めるとふたたびシャッターを切りはじめる。十字の枠だけが残る、かつて窓だった四角い穴から、木漏れ日が差しこんでレンズのむこうにさまざまな影を作っていた。

「まだ、何か用があるのか?」

黙々と作業をする男を前に、芦原は戸惑っていた。さきほどまでの殺伐とした精神状態から、いっきに平凡な現実世界へもどされた、そんな居心地の悪さを感じていた。

「用がないのなら、そこのバッグから、フィルターを取ってくれないか。ＬＢＡの十二番だ」

「え?」

「曇ってきたようだ。コントラストが出ないんで、変化をつける」

空手屋は、バッグの中を覗きこんだ。四角い煎餅のような封筒が見えた。おもてにＬＢＡ12と書いてある。言われるままに、封筒をカメラマンに渡した。

「私を、誰かと勘違いしていたようだが」

レンズの先端に装着されたフォルダーを開け、カラーフィルターを貼り付けながら、カメラマンは事務的に言った。

「あの、ここには、いつ」

「さっきだよ。一時間くらい前かな」

「ど、どうやって」

「送迎のボートに乗せてもらって。多分きみたちと同じじゃないかな、忠海の桟橋だったから」

芦原は、耳を疑った。

「話好きの、気のいいおじいさんだったな。そういえば昨日、大男を四人も運んで大変だったと言ってたけど、きみのことだったのか」

バカな!　ボートは明日の朝になるまで来な

いはず。だから自分たちは、ルスカの死を見ながら何もできず、島で孤立させられ戦いていたのだ。

「それじゃ！　帰るときも、ボートに乗るのか」

勢いこんで訊ねる。

「もちろん。明日の朝になるが」

明日の朝、か。

「今日は、島のペンションに泊まる予定だけど、もしかしたら、きみも泊まってるんじゃないかな。宿は、この島に一軒だけだって聞いたから」

愕然とした。

何ということだ。この日も、泊まり客があったのだ。宇田川は、宿泊の予約を受けていながら、どうして言わなかったのか。事件が起こっているのだ、死者が出たのだ。いまは辰のモーターボートだけが、外部へ凶報を知らせる唯一の手段だというのに。

芦原は混乱した。頭に血が上っていくのを自覚する。

いや、待て！　待てよ。思考をリセットする。

この男、さきほど訪れたと言った。だが本当だろうか。昨日、あるいはそれ以前から、すでに到着していながら、嘘をついていることだって考えられる。それに、島に来ているのが、この男ひとりとはかぎらない。

気を許すことはできない——。

「ペンションに泊まるのは、やめたほうがいい。悪いことは言わない。写真を撮ったら、さっさと帰れ」

「指図してほしくないなあ。それにボートは、明日まで来ないんだよ」

「命の保証は、できないぞ」

取り付けたカラーフィルター越しに、ファインダーを覗きながら、男はバカにしたような含み笑いをした。

「『八つ墓村』みたいなことを言うんだな。私の命だ、別に、きみに保証をしてもらう必要はない」

「冗談じゃないんだ。おれの仲間が死んだんだよ！」

カメラマンの手がとまった。

「何だって？」

表情のなくなった顔で、芦原を見る。

「どうして」

「殺されたんだ」

「誰に」

「わからない」

カメラマンは無表情のまま、芦原を足元から眺めあげた。醜いタコで腫れあがった拳に、その視線がとまる。

「ケンカで、殴り殺したんじゃないのか」

「違うよ！　そりゃ、ケンカはしたけど、それが原因で死んだんじゃない」

「どうして、断言できるんだ」

「昨日の夜までピンピンしてたんだ。そいつは、仲間うちじゃ一番の大男で、柔道の達人だった。おれや、ほかの奴が殴ったり蹴っ飛ばしたりしたぐらいで、ポックリ逝くようなタマじゃない」

「では、きみたちよりもはるかに強い誰かが、その柔道の達人である友だちを、殺した」

「そうかも知れないが、わからない」

芦原は、激しく首をふった。長髪が顔のまわりを舞う。

「わからない、とは？」

「今朝、部屋で死んでいるのを見つけたとき、奴の体は無傷だった。昨日のケンカの痣が、少し残っていたくらいだったんだ」

「部屋の中に、争った跡は、なかったのか」

「多分。ベッドから落ちていたけど」

「どうして警察に連絡しないんだ」

「電話が、壊されたから」

　カメラマンの、目の色が変わった。

「携帯電話を持ってた奴が、いたんだけど」

「このあたりじゃ使えない、か」カメラマンは宙を見つめる。そして、厳しい視線を芦原にむけた。

「いまのは全部、本当の話だね。悪ふざけで言ってるんじゃ、ないんだね」

「本当だ」

「わかった」

　事務的にうなずくと、カメラマンは機材を片づけはじめた。

「案内してくれないか」

「どこ？　ペンションに」

「この状況じゃ」カメラマンは、なぜか窓の外をあごでしゃくった。「明日の朝に迎えが来るまで、県警を呼ぶこともできない。それまでに現場を、確認しておきたいんだ」

「取材するのはいいけど、あんただって、殺されるかもわからないぜ」

「自分の命くらい、自分で守れるさ。これでも何度か、修羅場をくぐって来てるんだ」

　三脚とバッグを両肩に担ぎあげると、男は廃墟をあとにする。あわてて芦原も続いた。

　バッグの重みで、男のTシャツから出た上腕筋が、小振りながら膨張していた。芦原は、このカメラマンにまだ気を許していなかったが、ついて歩きながら、不思議に安堵を感じていた。直面している危急を、他人が共有してくれたことに、気がやすらいだのかも知れない。

瀬戸内海の空は、すっかり雲に覆われてしまっていた。

芦原は来た道を、新しい島の訪問者とともに引き返していた。

「昨日の状態で、この島には、どんな人がいたんだろう」

「ペンションに泊まったおれたち四人と、主人の宇田川って年寄り夫婦だけ」

「六人か」

「いまのところは。ほかにも誰かいると思って、手分けして山狩りをしてたんだ」

「それで私を見つけたとき、反射的に攻撃を仕掛けようとしたんだね」

「ええ」

「私を、友だちを殺した犯人だと思って」

「すんません」

芦原は、ボリボリと長い髪をかいた。

「どうして、あそこで写真を撮ってたんです？」

ならんで歩きながら、話題を変える。

「さっきも言ったろう。戦時中の日本を語る上で、あそこは欠かせない場所なんだって」

「だってあそこ、石材会社の、加工工場でしょう」

「石材会社だって？」

カメラマンは立ちどまり、空手屋の顔をまじまじと見た。

「きみたちは何の目的で、ここへ来たんだ」

「来年で卒業なんで、記念の、合宿旅行で」

「みんな柔道をするのかい。きみは、空手みたいだけど」

「バラバラです。あとの二人は、レスリングにムエ・タイ」

「それで巨漢ぞろいだったのか。辰さんが、大変だったわけだ」

納得したように、歩きだす。

「きみをはじめ、四人はそれぞれ格闘技に長けていた。なのに、その猛者のひとりが、ペンションで死んだ」

「ええ」

「殺しても死なないような、大男だったのに」

曇天を見あげるカメラマンは、厳しい顔にもどっていた。

「きみ、名前は?」

「あ。芦原です」

「芦原くん。さっきの建物は、石材会社の工場なんかじゃないよ。あれは毒ガス検査場だ」

「え」

「第二次大戦中に作られた、毒ガス兵器の、検査施設だったんだ」

また頭が混乱してきた。宇田川の話と、どっちが本当なんだ。

「だってペンションのオーナーが、ここは前、石材会社の島だったって」

「以前はね。けど採掘加工工場は、すっかり取り壊されてしまって、影も形もない。いま、この島に残っているのは、毒ガス工場だけさ。

なんて、したり顔で話せる立場じゃないけどね。かく言う私も先月、新宿の区民ギャラリーで催された展示会を見るまでは、知らなかったんだ」

　芦原は記憶をたどる。昨日、ボートの上で船酔いした沢村が、同じようなことを言っていなかったか。

「毒ガス、ですか」

「そう。毒ガスと聞いて、きみのような若い人は何を連想するかな。お笑い芸人の毒舌漫才や、本音タレントと称する手合いの、無節操な放言を思い浮かべるのが普通じゃないか。もっとも、四年ほど前に東京の地下鉄で、サリンが撒かれる大事件があったが、あれは毒ガスというよりも、化学兵器の印象が強かった。

　だから私も最初は、スカンクや、イタチの最後っ屁といったものを思い浮かべてしまったよ。毒ガス、少なくとも平和な現代に生きる我々にとっては、あまりなじみのない言葉になっているんじゃないだろうか。

　でも展示物を見て、私は自分の無知が恥ずかしくなった。そのギャラリーでは、人体実験を再現した模型や、毒ガス製造を強要され、現在でも後遺症に苦しみ続ける人々の実情と写真が展示されていた。つまり、日本が戦争中に毒ガスを製造していた事実を、糾弾するものだったんだ」

「キュウダン、ですか」

「その毒ガス、どこで造っていたと思う?」

「この島ですか」

「となりだよ。すぐとなりの、大久野島にあったんだ」

　聞きながら、ただ、うなずくことしかできなかった。知らなかったというより、芦原はそういうものに興味を持ったことは、ない。

「大久野島には毒ガス資料館がある。帰りに寄ってみることを、勧めたかったよ。ここで殺人事件なんかが、起きていなければね」

積乱雲に埋めつくされた空が、見る間に暗いグレーに変容していく。カメラマンは小さく舌打ちした。曇天では、写真がうまく撮れないからだろうか。

「亡くなった、きみの友だち。体に目立った外傷はなかったと、言ったね」

「ええ。まあ」

「殴られたり首を絞められたり、刺されたり、銃で撃たれたのでも、ないわけだ」

「はあ、おそらく」

こめかみの、痣の件は黙っていた。沢村について、余計なことは言いたくなかった。すると、

「私は、きみの友だちの死に、毒ガスが関係しているんじゃないかと、思うんだ」

カメラマンが、突拍子もないことを言いだした。

「けど、それって戦時中の話でしょう。もう少しで、二十一世紀ですよ」

思わず芦原は、失笑してしまった。

「毒ガスに年月なんか関係ない。終戦になって、日本軍は使用しないまま用済みになってしまった毒ガス弾を、いたるところに捨て去ったんだ。日本軍が埋設したまま置き去りにしてきた毒ガス兵器の残骸は、一九八〇年代になってからも、中国の人々を苦しめている。工事現場などで掘削中に、埋められていた砲弾が出てきて破裂し、何の罪もない作業者たちが甚大な被害を受ける。そんな報告が、現在でもあとを絶たないそうなんだ。我が国のずさんな兵器管理

のおかげで、体に障害を負ってしまったにもかかわらず、何の補償も受けられない人々が、中国には少なくない。

　公表されていないけど、毒ガス弾は、日本にも廃棄されたそうだ。この島のとなりには大久野島があり、その関連でこの島にも、検査工場と格納倉庫が敷設された。当然のこと、ここが毒ガス弾の廃棄場所にされていたとしても、少しもおかしくはない。戦争が終わって実に五十年以上が経過しているというのに、国家レベルの殺し合いが生んだ忌み子には、忘却という言葉は存在しない、存在してはいけないんだ」

　そうだったのか。芦原はきまり悪そうにあごをなでる。なでながら、無神経に笑った自分を恥じていた。

2

　カメラマンを連れてペンションに帰りつくと、まだ玄関にスニーカーは一足ももどって来ていなかった。

「あら、どちらさんですか」

　ロビーを掃除していた女将さんが、新しい宿泊客に不審顔をむける。

「本日、一泊だけ世話になります」

　受付前に荷物を置きながら、カメラマンは快活に言ったが、女将さんは顔を曇らせたままだった。

「チェックインの時間には早いと思うんで、荷物だけ置かせてもらいます」

　しかしカメラマンの言葉を、女将さんは「聞いてないんですけど」と素っ気なく返すだけだった。

「聞いてないって、どういうことですか。確かに予約しましたよ」

「そう言われてもね。今日は取りこんでるんだよ」

「昨日の夜に連絡しました、九時ごろだったと思います。ご主人が電話口に出られたんです」

昨夜の記憶が巻きもどされる。芦原が稽古に出ようと二階から降りたとき、宇田川が電話を受けていた。

「だったら、主人がもどってから、出直して来てくださいよ。知らない人間を勝手に上げたりしたら、あたしが怒られるんでね」

その後も女将さんは、取りこんでるから、を連発。取りつく島がなくなり、カメラマンは絶句してしまった。


「女将さん、受付部屋で、確認したらどうです」

「確認たって、そっちのことは亭主に任せっきりだから、わからないよ」

「カレンダーに丸印があるはずですよ。おれ、見たんだから」

促されて、しぶしぶ受付部屋にはいっていく。散乱しているファックス電話機の破片を踏まないよう、女将さんは遠目にカレンダーを見た。

「今日の日付のところに、しるしがあるけどねぇ」

女将さんは納得していないようだった。

「この人を上げてもいいでしょ？　事件のことも、話してしまったんだし」

宇田川夫人が、なかなか首を縦にふらないので、空手屋は面倒になり勝手にカメラマンを二階へ案内してしまった。

「お客さん、昼ご飯は出ないよ」

下から、投げつけるような声が響く。

「ほかの人間は、まだ山狩りをしているんだろうね」

「だと思います」

「あの女将さんは、ずいぶん肝っ玉が太いんだなあ。犯人が島に隠れているとしたら、このペンションへもどる可能性だってあるはずだ。なのに、玄関は鍵もかけずに開けっ放しだった」

言われてみれば。階段を上りながら、芦原は首を傾げる。しかし、すぐに反論を思いついた。

「きっと、自分たちは大丈夫だと思ってるんでしょう。おそらく相手の標的は、おれたちだけですよ。だって殺すつもりなら、おれたちがここへ来る前に、あの年寄り夫婦はとっくに殺されてるんじゃないですか？」

「そうだろうか。目的がきみたちだけだとしたら、なぜ相手は犯行の場所に、ここを選んだのだろう。それに、きみたち四人がここへ来ることを、どうやって知ったんだろう」

わからなかった、考えたこともなかった。芦原の頭には、ただルスカを殺した相手を見つけ、この手で半殺しにしたあとで、警察に突きだしてやることしかなかったのだ。

「沢村と相談しましょう。ムエ・タイをやってる奴ですが、そいつは結構、頭がいいほうなんで」

そんな答えしか、思い浮かばなかった。

大きく湾曲した壁面、巨大な金属扉、風変わりな部屋。

招じ入れられたときのカメラマンのリアク

ションは、初めてここを訪れた芦原のそれと変わらなかった。

　カメラバッグと三脚を担いだ新しい宿泊客は、床に横たわるルスカの前で、立ちどまった。

「彼が、柔道の達人だった、友だちなんだね」

「ええ。ルスカです」

「ルスカ。オランダの？」

「本名は、隆州勝也というんですが、呼びにくいんで」

「ルシュウ、カツヤくんか。珍しい名前だね」

　先祖は、公家とか華族だったとか。そんなことを、かつて芦原は、本人から聞いたことがあった。

「写真を撮らせてもらうよ。スクープ目的なんかじゃなく、明日、警察に提出するためにね。遺体はなまものだ、いまわかることが、明日になってしまえば迷宮入りってことにも、なりかねないから」

　説明しながら、足元に降ろしたバッグから、カメラとストロボを取りだして装着をはじめた。

　ルスカは変わらず、ベッドから転げ落ちた格好でいた。かけられた毛布は、ベッドに負けず劣らずのサイズだったが、ルスカの顔をすっぽり覆うように被せてあったため、全身すべてを隠しきれず両足の脛から下がはみ出ていた。

　カメラマンは、ルスカの前にかがみこむと目を閉じ、手を合わせる。そしてすぐに毛布をめくって検めはじめた。

　まぶたを開いて眼球を確認し、口を覗いて咽喉内の吐瀉物の有無と、歯列の状態を見る。頭部をなでまわして陥没跡を見極めたあと、角刈りの髪をかきわけた。かさぶたの跡などを調べているのだと、芦原に説明した。

　こめかみの痣で、カメラマンの手がとまった。芦原は仕方なく、昨日のケンカの一件を話すことにした。これを橋本がなじり、沢村が過剰に気に病んでいたことも。

「その、沢村くんには申し訳ないが、可能性は否定できないなあ。頭蓋骨の打撲で硬膜下血腫を起こし、その血腫が脳を圧迫してしまえば」

「死んでしまうんですか」

「素人判断だから何ともいえないけど、これだけの巨体が死に至るとなると、血腫もそれ相当の量が必要になるんじゃないかな。詳しいことは、やっぱり明日、専門医が検視してからだね」

　芦原は目を伏せた。ルスカの死を、沢村の責任にしたくない。あいつの人生を、こんなことでぶち壊しにしたくなかった。

　いや、大丈夫だ。電話の件があったじゃないか。ああ、そうだった。どうも、すぐに忘れてしまう、まったく頭が悪いぜ。芦原は自嘲しながら、安堵する。

　カメラマンは、ルスカの体を調べ終えて、腰をあげた。

「きみの言うとおりだ。この遺体には、ほかに外傷は見受けられないね。お尻のあたりに、死斑が現れはじめているほかは、打撲や裂傷、擦過傷などといった跡も見当たらない。ただ、注射針なんかの刺さった形跡となると、ここでは調べられないなあ」

「いろいろ、詳しいんですね。ずいぶん手慣れているみたいだし」

「あまり自慢にならないが、殺人事件に巻きこまれたのは、初めてじゃないんだ。知り合いに、異常にトラブルを持ちこまれる男がいてね。とばっちりを受けたことが、何度もあった。まったく、いい迷惑だ」

口では言いながら、カメラマンの顔は、そうでもなさそうだった。

「しかし、ここはおかしな部屋だなあ。こんな所にひとりで泊まったりしたら、普通の人間は変調をきたすんじゃないか」

部屋の奥の、もっともせばまった頂点にあたる部分に立ちつくす、芸術性の一片も感じられない三角柱のオブジェクト。丈の低いナイトテーブルにカラーボックス。壁から天井をぐるりと円く一周している室内を見渡しながら、カメラマンはあらためて感想を述べた。そしてベランダにむかって歩いていき、巨大な窓辺で立ちどまった。

「この窓は、一体どういうことなんだろう。ガラスがなくて、代わりに金網が巡らされているのは」

「前に泊まった客が割って帰ったとか、そんなようなことを言っていました。空調設備も、壊されたとか盗まれたとか」

「その状態で、修繕もせずに客を泊めてるのかい？」

「だから、ここのところは受け付けていなかったって」

「それなのに、きみたちは泊まりに来たのか」

「ルスカが、予約を取ってきたもので」

と、ベッド前の死体を指さした。

「彼は、ここにペンションがあることを、誰から聞いたんだろう」

カメラマンは腕組みをしてルスカを見おろす。そういえば沢村からも、同じ疑問を投げられた。

「原因は、毒ガスっぽいですか」

「わからない」

中年男は難しい顔で、ほっぺたをポリポリかいている。

「顔に赤みがさしたり、目や呼吸器なんかの粘膜に症状が出ると聞いていたから、ある程度は外観で判断できると思ったんだが」と首をふる。

「もっとも使用された物が、私の素人知識の及ばない種類の毒ガスだった可能性もある。ただ……」ガラスのない窓を指さした。

「この部屋は、密閉状態にはできないんだ。こんな所でガスを噴射すれば、被害はこの部屋だけではすまないよ。ほかの部屋にも、人が泊まっていたんだろう？」

「ええ。となりはおれです」

「だが、ピンピンしている。ここでガスなんか使ったら、ペンションにいたきみたちは、全滅していたはずだよ」

「それじゃあ、ルスカが死んだ原因は」

「いまのところ、もっとも可能性が高いのは、やはりこめかみの打撲だろうね」

ドクンと、空手屋の心臓が大きく打った。

「沢村ですか。でも、電話機が壊されて」

「それも、沢村くんがやったとしたら」

「何？」

「あくまでも、可能性の話だよ。沢村くんが、ほかに犯人がいると思わせるために、カムフラージュでやったとも考えられる」

「ちょっと、犯人って。これをやったのが、ルスカの死んだ原因が沢村だったとしても、それはわざとじゃないでしょ。なのに、どうしてそれをごまかす必要が」

「ルスカくんの死を、きみが発見する以前に、すでに沢村くんが知っていたとしたら、どうだろう。過失致死にしても、罪の意識と恐怖で気が動転してしまい、隠蔽工作に走ることはある」

芦原は、胸が苦しくなってきた。

「あいつは、やってないですよ」

「そういう考え方もできるって、ただそれだけの話だよ」

「沢村は、関係ない！」

「わかった。もう出よう」

カメラマンは、空手屋の感情を無視するように、背をむけた。

不愉快な中年が部屋を出ていったあと、芦原は言いようのない怒りを静めるために、必死だった。

「ルスカ、だいたいお前が悪いんだぞ。こんな所で、ひとりで死んでんじゃねえよ！」

部屋を出ると、鉄扉を力まかせに閉める。背後でグアンと、凄まじい音が響いた。

3

ロビーにかかった時計は、そろそろ針を昼にむけつつあった。

ペンションには、まだ芦原とカメラマンの二人しか、もどって来ていなかった。

ほかの連中は、まだ犯人捜索に腐心しているのだろうか。カメラマンと遭遇したことで、担当分が終わった気になってしまった自分を、芦原は後悔していた。

むかいのソファに体を預けながら、カメラマンは缶コーヒーを飲んでいた。どこか遠くを見つめているような、妙に冷めた表情だった。

「きみたち四人は、いつごろからの知り合いなのかな」

聞くともなしに訊いてきた。芦原は、この男とは話をしたくない心境だった。二階で沢村を犯人呼ばわりされたことが、まだ腹立たしかった。

「高校時代からですよ。沢村だけは、初めて会ったのは小学校だけど」

「小学生からの友だちか、羨ましいな。私なんか、子どものころから転校ばかりしてたから、そのころの友だちは、誰も私のことなんか覚えていないんだ。もっとも、そういう私だって、どの学校がどこにあったかなんてことさえ、ほとんど忘れてしまったけどね」

そう言って、ひとりで笑った。

そのとき、玄関から、ジャラジャラと鎖の鳴る音が聞こえてきた。

「何だよ芦原、もう帰ってたのか。山狩りするって言いだしたのは、テメェのくせに」

「途中で人と会ったから、連れて来たんだ」

橋本は、沓《くつ》脱ぎ前に鎖を捨て置くと、さすがに重かったのか肩をさすっていた。だが、ロビーに見慣れぬ人間がいるのを知ると、すぐに戦闘的な目つきになった。

「誰だ、お前」

お前呼ばわりされ、カメラマンも顔つきを変える。

「名前を訊ねるときは、自分から名乗るのが礼儀だ。それとも空手や柔道と違って、レスリングの世界は無礼者でも通用するのかな」

「何だとゴラァ！」

いきなり突進してきた。カメラマンは咄嗟に飛びのき、ソファの後ろへ転がり逃げる。芦原も退避しながら、中年男の身のこなしに感心していた。

標的を見失ったレスラーは、そのまま無人のソファに突っこんで、家具ごとひっくり返っていた。

「ちょっと！　何してんの！」

騒ぎを聞きつけて女将さんが、割烹着に三角巾姿で食堂から飛びでてきた。

橋本は起きあがるとカメラマンを探し、姿を捕らえて体勢を立てなおす。そこへ女将さんが、割ってはいってきた。

「この人は、うちのお客さんだよ」

女将さんに睨みあげられて、橋本は動けずジリジリするばかりだ。

「暴れるんなら、昼ご飯は出さないよ！」

この言葉は応えたらしい。橋本は毒気を抜かれた顔になると、おずおずと構えた手を下ろした。

女将さんは頭の三角巾をむしりとると、なおも橋本を睨みつけながら、食堂へもどっていく。芦原が仲裁に出るまでもなく、レスラーは呆気なく静かになった。

いつの間にか、客として認められたカメラマンは、擦りむいた腕をさすると、橋本が転がしたソファを起こして何事もなかったように座り直した。床に缶コーヒーが転がったが、飲み干していたため周りを汚さずにすんだ。

「この人は、今日から一泊する予定で来たんだ。だから関係ない」

「いつ、来たんだよ」

「今朝らしい。工場の跡地のところで、バッタリ会った」

「今朝？　じゃあ、今日の朝、モーターボートが来たのか？」

　橋本の語気が荒くなる。

「だったら、何でそのときに」

「どうやら宇田川のじいさんが、忘れちまっていたようだ。女将さんも、この人が泊まることは聞いてなかった」

「ふん」

　苦虫をかみつぶした顔で、レスラーは鼻をならす。見ると顔から体から、また汗が流れていた。

「よろしく」

　カメラマンは軽く挨拶をしたが、橋本は、ふて腐れた顔をそむけた。カメラマンは芦原に、困ったなという顔を傾けていた。

「話したのか、ここで起こったこと」

　ロビーにドッカリと腰を下ろし、床の上であぐらをかきながら、橋本はそむけた顔のまま言った。

「ああ。この人を見つけたとき、危なく蹴りを入れるところだったからな。説明しないと、納得してもらえんだろう。ルスカも、上で見せたよ」

「何だと？」

　ふて腐れていた顔に、また怒りの色が染まってきた。

「何で、見せる必要があるんだ」

「調べてもらおうと思ったんだ」

「調べるって、このオッサンは、医者か警察だってのか」

「私はカメラマンだよ。フリーのね」

「芦原、それじゃ何か？　お前はこの観光客のカメラマンに、ルスカの死体を見物させたのか。ルスカを、見せ物にしたってのか」

気色ばんで食ってかかる。

「そんなつもりで見せたんじゃない。死んだ原因とかを」

「へえ。それで、ルスカが何で死んだか、わかったのかよ」

芦原は困った顔を、カメラマンにむける。

「私なりに調べてはみたが、残念ながら、わからない。わかるのは、せいぜい死亡時刻くらいかな」

「ほら見ろ」

ふたたび立ちあがると、橋本は挑むように芦原を見おろす。皺の刻まれた眉間から、憤怒《ふんぬ》の拳が突きでていた。

「結局、何にも変わらねぇんだよ。ただ、この新しい客に、暇つぶしをさせただけだ」

芦原は、言い返せなかった。となりでカメラマンが、申し訳なさそうに鼻をこすっている。

「カメラマンさんよ。見つけたのが芦原でよかったな。沢村だったら、あんた殺されてたぜ」

「沢村は、そんな単細胞じゃない」

「ケッ」

悪態をつきながら、橋本は汗だらけの体を揺すり浴室へむかう。

浴室の戸を開けようとして、ふとレスラーが手をとめた。

「あんた、いま死亡時刻は、わかるって言ったよな」

ふり返って、カメラマンを見る。

「もちろん素人判断だから、正確さには欠けると思うが」

「いつ死んだ。昨日か、今日かだけでもいい。ルスカは、いつごろくたばったんだ」

「触った感じの体温の低下具合と、死後硬直がわずかだったこと、それに死斑の薄さからみて、ルスカくんが亡くなったのは、今日の朝だと思う」

「今日か。あいつは今朝、死んだのか」

とたんに肩を落とすと、レスラーは浴室へ消えた。

「怒ったり、がっかりしたり。いそがしい男だな」

「短気で単純だけど、いい奴なんですよ。あいつ、気にしてたんです。ルスカが死んだのが、今朝だったらかわいそうだって。腹を空かせたままだから」

うさん臭そうにしていたカメラマンの表情が、変わった。

「そうか。そういうことか」

しばらく浴室のドアを見つめていたが、微笑しながらポケットだらけのベストの、ポケットのひとつに手を突っこんだ。中から棒状のチョコレートを、一本取りだす。

「きみも食べるかい」

「もうすぐ、昼飯なんで」

「私は、どうなんだろう。さっき宿泊客として認めてもらえたようだけど、食事は、やっぱり出ないのかな」

「親が死んでも食休み、のくちですか」

「どういうことだい？」

「目の前で何が起こっても、飯だけはしっかり食べる」

「ああ。さっきルスカくんの遺体にさんざん触ったあとで、よく食事の話ができるなって意味か。事件でも災害でも、腹がへっていては、冷静な対処はできないからね。でも」

包装紙をむき、チョコの半分をかじりながら、カメラマンは言う。

「いまのは違うな。どんな場合でも、食後の休憩は取れという意味だよ」

「あ、そうなんですか」

これでも芦原は、来年で大学を卒業する。

「ルスカは今日の朝の、いつごろ死んだんですか」

話題を変えた。変えるにはふさわしくない話題だったが、ほかになかった。

「うーん。普通なら、六、七時間前とみても差し支えないと思うんだが」

口をモゴモゴさせながら、腕時計を見ている。つられて芦原も、壁の時計を見あげた。

「死後硬直のタイミングなど、ルスカくんや、きみたちのような体格の人間は、普通の人間とは違うことが多いんだ。死斑なんかにしてもね」

死斑か。

死斑の話を、芦原は、どこかで聞いた記憶があった。

そうか、沢村だ。高校時代、クラスの仲間が交通事故にあい、脳挫傷で命を落としたことがあった。その通夜の席で沢村が、唐突に話しだしたのだ。

「芦原くん、知ってるかい？　死斑ってのは、健康だった人間には、なかなか出ないものなんだ」

「シハン？」

「体内の血液が沈降してできる斑点だよ。母親が言ってたことを思いだしたんだ。ぼくが四年生のころ、となりの枕元で探偵小説を読んでいたら、いきなり怒りだしてね。死んでから、こんなすぐに死斑が出るなんて、被害者は寝たきり老人か、だって。そういうの、我慢できなかったらしいんだ。ぼくのお母さ……、母親、看護婦だったから」

「お母さんでいいよ」

あのときも、季節は夏の終わりだったろうか、どこかで虫が鳴いていた。柩の置かれた農家で、まだ学生服を着ていた空手屋とキック・ボクサーは、縁側で足をブラブラさせて、そんな取りとめのない話をした。

「ねえ芦原くん。死ぬって、一体どんなことなんだろう。ぼくが、ぼくであるという、そんな意識は、死んでからも残ってくれるんだろうか。死んだら、どうなるんだろう。死ぬって、夢を見たまま、ずっと目が覚めないでいるような感じなんだろうか。それとも、それを考えることさえ許されずに、すべてが押しつぶされてしまって、何もなくなってしまうんだろうか。いままで生きてきたのが、全部なかったことにされてしまうんだろうか。泣いたり、怒ったりしてきたことが、当たり前のようにやってきたことが許されなくなる、それが死なんだろうか。だとしたら、死ぬことそのものが、地獄だよね」

沢村は、いまもそのころも、少女のようなことを話す。対して芦原も、変わらず笑殺してきた。

「さあ、どうだかな。おれはそんなの、考えたこともない。腹いっぱいに飯が喰えて、とりあえず柔らかい布団で寝られて、そして自分の突きや蹴りが風を切り続けていれば、それで満足だな。幸せだよ。

人間なんて、みんな死ぬだろ? 大山館長だって、ケンカ十段のあの人だって、やっぱり避けられなかったしな。死んだらどうなるかなんて、そんなことは、死んでからゆっくり考えるよ、おれは」

「いいなあ、きみは。そんなふうに考えることができて」

冷たい縁側に寝ころんで、夜空を見あげる芦原を、となりで沢村が、羨ましそうに見つめていた——。

その沢村は、まだもどらない。芦原は、急に不安を感じはじめた。

「いま、何か聞こえなかったかい」

カメラマンが言った。

「何がです」

「何か、泣き声のような。赤ん坊の」

「さあ。ほかのことを考えていたもんで」

壁時計を見直す、もう昼を過ぎている。

「空耳か。うちの奥さんから、帰るたびに子どもが欲しいって言われるせいか、こんな所へ来てまでも、幻聴に悩まされるようになったかな」

「おれもう一回、出てきます。もうひとりが心配なんで」

「沢村くんか。私も付き合うよ」

芦原が立つと、カメラマンはチョコレートをいっきにほおばった。

　玄関には、橋本が放りだした鎖が、置きっぱなしだった。

「ものものしいな、橋本くんは」

「ブロディのつもりだったようです」

「ブルーザー・ブロディ？　鎖なんか下げてたかな。もっと知性的な印象があったけど。むしろグレート・アントニオのほうだ」

「誰です、それ」

「子どものころにいたんだ。体にやっぱり、こんな鎖を巻きつけて、バスを引っぱってみせた怪力レスラーがね」

　スニーカーを履いていると、いつの間に外に出たのか、女将さんが玄関前を掃いていた。

「おや、また行くのかい。お昼にしようと思ってたんだけど」

「すぐに帰ります、さきに出しててください。橋本の奴は、待てないと思うんで」

　わかったという顔で、女将さんは竹のほうきを片づける。するとそこへ、老人が帰って来た。

「あら、あんた！　どうしたの」

　あわてる声に、二人が急いでペンションを出てみると、そこには濡れネズミ、全身水浸しの宇田川が立っていた。

「あんた、大丈夫」

　老人は寒そうに体を震わせ、ヨタヨタしながら玄関にたどりつく。そして、そのまま崩れるように倒れこんだ。

「宇田川さん！　何があったんですか」

「沢、村さんは」

　抱えようとする芦原の手を払い、老人は喘ぎながら、熱っぽく上気した顔をあげた。

「まだ、もどってないです。これから探しに行こうと思って」

答える芦原のとなりで、カメラマンが、宇田川のずぶ濡れの上着を手際よく脱がせる。

「奥さん、すぐに着替えを。いや、このまま入浴させたほうがいいな」

うろたえながらも女将さんはうなずき、浴室へ走った。橋本が、まだ呑気に浸かっているはずだ。

老人は、難儀そうに唾を呑みこむと、震える指を外にむかってさした。

「岬の、原っぱのところで、沢村さんと会ったんです。近道を通って、行ったら、沢村さんが崖のそばで、何か見つけたような」

「見つけた?」

芦原はカメラマンを一瞥する。

「それで、どうしたんです」

とカメラマン。

「あ、あなたは?」

「今日一晩、こちらにお世話になる者です。昨夜お電話したんですが、どうも伝わっていなかったようで」

宇田川は、蒼い顔に思いだしたという表情をした。芦原は、いまは老人の健忘を責めるより、話のさきが聞きたかった。

「何かを見ていたようなんで、近寄ろうとしたら、いきなり背中を押されてしまって。わたくしは、そのまま海へ落ちてしまいました」

「一体、誰がそんなことを」

カメラマンの質問に、宇田川はぎこちなく首をふる。

「泳ぎはできるのですが、さきほどから波が荒くなって来ておりまして、岸へあがるのに苦労しました」

「それで、沢村は」

芦原は思わず老人の手を握る、ひどく冷たい。

そのとき、ロビーからドタドタと、無神経な足音がした。

「海に落ちたんだって！　じいさん大丈夫か、早く風呂にはいれ！」

バスタオルを腰に巻いた橋本が、心配そうに覗きこんだ。

「海に流されながら、崖の上を見たんです。沢村さんが、いました。襲われていました」

「誰です！　相手はどんな奴です」

「沢村さんしか、見えませんでした」

そこまで言うと、老人はグッタリしてしまった。


「クソッ！」

宇田川を床に寝かせると、空手屋はペンションを飛び出した。

「沢村ぁー！」

叫ぶ、走る。騒ぐ胸のおもむくままに、芦原は全力で走った。

あとからカメラマンが追ってくる。だが幼少期にグレート・アントニオを見ていた中年の足が、友の危急を憂う命懸けの走りに、追いつけるはずもなかった。

T字路が見えた。スピードを落とさぬまま、強引に曲がりきる。

視界が開けた、岬にたどりついた。昨夜、四人全員で稽古をした場所、ルスカが突然、襲いかかってきた場所だ。

崖っぷちにむかって、ふたたび走る。空は、嵐の前触れのように黒ずんでうねっていた。崖の下でも、海がまけじと黒い波を岸壁に叩きつけている。

「沢村！」

沢村は、いた。波が際限なく押し寄せる岩肌に、もたれかかるようにして、沢村がいた。

「沢村ー！」

芦原は何度も絶叫したが、すべて波飛沫にかき消されてしまう。

「いたのか！」

ゼイゼイ息を切らせながら、やっと追いついたカメラマンが、いまにも座りこみそうな体を必死に支えて立っていた。

「危ない！」

飛び降りようとした芦原を、カメラマンが必死にとめる。

「沢村が！」

「落ち着くんだ！　階段があるから」

カメラマンの言うとおり、短い丸太を組んでならべた階段が、岬の先端から下へ続いていた。

「気をつけて、滑るから」

芦原は、それでもいっきに駆け降りる。

潮が満ちているためか、そこから沢村のいる場所まで、道はなかった。岩肌を伝って行くしかない。

芦原は海に飛びこんだ。荒波をかきわけながら、泳ぎ進んでいく。

「大丈夫か！」

カメラマンも怒鳴りながら、岩肌をつかんで横ばいに進みはじめた。目の前に、ひとかたまりの岩が突きでている。どう姿勢を変えてみても、それ以上さきへ進めそうになかった。わずかな立ち往生のあと、面倒になったのか、カメラマンも芦原に習って波に飛びこんでいった。

何度も波に呑まれながら、芦原は岸へたどりついた。

ずぶ濡れの体で、ヨロヨロと近づいていく。そこに沢村はいた。芦原と同じで、色黒で長身のこの男も、またびしょ濡れだった。違うのは、その全身に、凄まじい殴打の跡があったことだ。沢村は、なぶり殺しにされて、そこに捨てられていたのだ。

雨が降ってきた。芦原は、沢村の体を抱き起こして、泣いた。沢村の腫れあがった顔に、自分の頬を押しつけて、泣いた。芦原の長い髪から滴り落ちる海水と、次第にひどくなっていく雨と、涙がごちゃ混ぜになって、沢村の体を流れていった。

しばらくして、カメラマンが上がってきた。命懸けの水泳を終え、ひどく疲弊した顔で、その場にへたりこむ。

「どこの野郎が。一体、誰が殺りやがったんだ！」

土砂降りの雨が、芦原の頬を叩きつけ、また慟哭《どうこく》も消し去った。

4

死体の回収は、手間取った。

沢村を連れて波を渡るのは骨が折れたが、芦原はやった。着ていたジャージの上着と、沢村の着衣を結んで紐を作り、それで自分と沢村を縛って、泳ぎきった。カメラマンが、現場保存などと大人の忠告をしたが、きかなかった。あんな場所に置きっぱなしでは、やがて波にさらわれてしまうに違いない。魚や鳥の餌になるために、沢村は死んだのではなかった。

豪雨のなか、芦原は沢村を背負ってペンションまで歩いた。

帰りつくと、誰もいなかった。橋本が片づけたのか、鎖は、もうなかった。芦原は、ロビーで沢村を下ろすと、ソファに寝かせた。

浴室からバスタオルを取ってきたカメラマンが、一枚を芦原に渡し、一枚を沢村にかけ、一枚で自分の体を拭いていた。

「風呂にはいってくるよ。芦原くんも、体を壊す前に温めたほうがいい」

「おれたちは、鍛え方が違うんで」

立ちつくし、沢村を見つめたままの芦原に、カメラマンはもう言葉をかけず、浴室へ消えた。

女将さんが帰って来た。何やら文句を言いながら、しきりに玄関で傘をふっているのが聞こえる。だがロビーへきて、横たわる沢村を見るや、悲鳴をあげた。

続いて橋本も、もどって来た。

「ちくしょう。すっかり降られちまったぜ」

朝に貼ってもらった絆創膏は、すっかり濡れていた。

「ねえタオル、持ってきてよ」

言われた女将さんは、死体から逃げるように浴室へ走った。そして、そこでも小さな悲鳴をあげた。カメラマンが着替えていたのだろう。

「どうした芦原。沢村の奴、まだ見つからないのか」

芦原の背に不審を感じたのか、タオルを待たずに、橋本は玄関をあがった。床にできた水たまりが、また少し大きくなっていく。

「沢村は、いない」

「何だって？」

長い脚が、だらりとソファの下から伸びていた。

「何だよ、いるじゃねえか」

橋本には、ソファの沢村が、眠っているように見えたようだ。

「だったら、もっと近くへ来てみろよ」

レスラーは、芦原を押し退けるようにして、死体へ近寄った。

「信じられねぇ」

沢村の屍を見て、しばらく絶句したあと、橋本はそう言って、蒼ざめた顔をひねった。

「何が？　沢村が死んだことがか」

「死んだんじゃねぇ。殺されたんだろうが、この傷は」

絆創膏がはがれ、切れて開いたまぶたの傷をなでながら、橋本は絞るような声を出した。

「この男に、これだけの傷を負わせられる奴が、いるってことが、オイラには信じられねぇんだ」

「だが、確かにいる。この島のどこかに、宇田川のじいさんを崖から突き落とし、沢村を殴り殺した奴が」

「けど、じいさんは見なかったって言ってた」

橋本の、妙に冷静な態度が、芦原のカンに障った。

「やけに落ち着いてるじゃないか。橋本」

「そんなことはねぇ。けど、一日に二人も死んだんだ。こうたて続けに死体を見せられりゃ、神経も鈍くなるよ」

ひどく言い訳がましく聞こえた。

突然、芦原の脳裏をひらめくものが通過した。

「そうか。そういうことか」

ギラついた目で、橋本を見る。

「何だ、どうしたんだ芦原」

「お前、いま言ったじゃないか。沢村を、ここまで痛めつけられる奴が、いるのかって。確かに、素手じゃ無理だ。おれだってできなかったろうよ。けど」

と、残忍な笑いを浮かべる。

「武器を持っていたら、できないことはない。たとえば、鎖なんかどうだ」

「何だと！　芦原、まさか貴様」

「おかしいと思ったんだ。朝、山狩りに出るとき、わざわざ腕に鎖なんか巻きつけて」

「あれはお前、敵と出くわしたときに、むこうがどんな武器を持ってるかわからねぇから、それで」

「違う！　お前はあれで、沢村を殺したんだ。じいさんを崖から突き落としたあと、鎖でメッタ打ちにして、なぶり殺しにしたんだ」

「ふざけるな！　何でオイラが、そんなことをしなけりゃならねぇんだ。わけを言ってみろ、わけを」

「それを訊くのは、おれのほうだ！」

言い終わらぬうちに、芦原は宙を飛んでいた。飛び後ろ回し蹴りが橋本の側頭部をとらえる。ふいを突かれてレスラーは、ガックリ片膝を着いた。

その隙を逃さず芦原は足をふり上げ、脳天かかと落としを炸裂させた。後頭部を直撃し、橋本は床に這いつくばる。

間髪いれずに脇腹を蹴る。第四肋骨と第五肋骨の、あばら骨のもっとも隙間の広い個所を狙って正確に叩きこむ。

激痛に耐えかね、レスラーは空手屋の足をつかんだ。つかまれた足を軸に、芦原は体をひねるように橋本の背中へ倒れこむ。肩甲骨めがけて、全体重をかけた肘打ちを見舞った。

普通の相手なら、これで片腕は使用不能となり、同時に戦意も喪失するのだが、橋本の体はこれを簡単に吸収してしまう。

レスラーの反撃がはじまる。うつ伏せから似合わない素早さで回転すると空手屋の体を両足でホールド。見た目は、上になった芦原がマウントを取っているようだが、実際は下から足で締められ、空手屋は下半身を殺されている。

上半身だけで応戦する芦原、何発かは顔面にヒットするが、左手をつかまれてしまった。残った右手で戦機をうかがう空手屋、下で攻撃を待ち構えるレスラー。

「やめろ、やめないか！」

浴室から出てきたカメラマンが、二人を一喝した。

「沢村くんの前で、どうしてケンカなんかできるんだ！」

芦原を胴締めしている、橋本の足を解きながらカメラマンは叱りとばす。

体を解かれた二人は、それでも睨み合ったまま、痛めた体をさすりながら起きあがった。

「一体、どうしたって言うんだ。何が原因なんだ」

カメラマンは、まだ濡れているジーパンのみで、上半身は裸だった。ずいぶんな中年のはずだが、芦原の肉体と比しても遜色ないほど、鍛えられた腹筋と大胸筋をしていた。

「こいつがいきなり、オイラが沢村を殺ったたって、突然かかって来たんだ」

「本当なのか、芦原くん」

「橋本が、鎖を持ってたから。おれは、それを凶器に使ったと、思ったから」

「何か証拠でもあるのか、根拠のあることなのか！　橋本くんの持っていた鎖と、沢村くんの体についた打撲痕が、一致でもしたのか」

芦原は下をむき、唇をかむ。

「よく確かめもしないで、どうしてそう、簡単に殴り合えるんだ。きみたちは、同じ釜の飯を喰った、仲間じゃないのか」

まるで、不良生徒を叱る体育教師だった。

「ケッ、うるせえよ。テメエだって、沢村が死んだってのに、のんびり風呂にはいってやがったじゃねぇか」

唾を吐く真似をする橋本の傍らで、女将さんが脅えた顔で立っていた。橋本を怒鳴る元気は、もうないようだ。手にバスタオルを持っている。

「どうも」

タオルを受け取ると、橋本はまたふて腐れた顔で、二階へ上がってしまった。

「きみも、早く風呂にはいったらどうだ。風邪をひく前に」

「いまので、温まったから」

そう言うと、芦原は沢村の体を抱きかかえた。

「どうするんだ」

「上で寝かせてやるんです。ここに置いてたら、みんな気色悪くて飯も喰えないでしょ。関係のない人間にとっては、特に」

芦原は、自暴自棄になりつつあった。

沢村が死んだことは衝撃だったが、その亡骸の前で、子どものように橋本と取っ組み合った自分と、それを出会ったばかりの他人に仲裁され諌められたことが、恥ずかしくてならなかった。

一日で、二人も友を失くしてしまったことが耐えられず、そして友を殺したのが誰なのか、なぜ殺したのかを考える力のない自分が、情けなくてたまらなかった。

「どう思うんですか。沢村が死んだこと」

気がつくと、言葉が口をついて出ていた。

「どう、とは?」

沢村を抱えあげた芦原を、カメラマンは訝る。

「さっき、ルスカは、沢村の肘打ちが原因で死んだ可能性が高いって、言ったじゃないですか。肘電話は、それをごまかすために壊したって。肘の件については、橋本からひどく言われた。それでこいつ、ずいぶん気にしてたんだ。だから、責任をとって自殺した。そうは、考えられませんか」

「だが、宇田川さんが突き落とされている。沢村くんが、誰かに襲われているところも、見たと言っていたじゃないか」

「それも、この男の、沢村のカムフラージュなんじゃ、ないですか。ほかに犯人がいると、思わせるための」

「まさか、そんなことは」

「だめですか。でもおれの頭じゃ、こんなことくらいしか、考えられないから」

芦原は笑いだした。沢村の死体を抱えて歩きながら、ひとりでゲラゲラ笑っていた。

何も、わからなかった。もう、どうにでもなれと、空手屋は笑いながら、流れる悔し涙をとめられずにいた。

4　五人目

1

雨は激しく、勢いがおとろえることは少しもなかった。コンクリートの壁のせいか、部屋の形状のためか、雨音が室内で幻想的に反響している。

重くのしかかる雲に隠されたまま、空は暮れようとしていた。

いつの間にか暗くなった部屋では、巨大なベッドの横でルスカが、今朝と同じ姿で横たわっている。ただ、いまは少し違って、となりには新入りがいた。

ならんで寝ている二人の前で、男があぐらをかいていた。男は、自分のあぐらに顔をうずめるように、前のめりの格好で動かない。

体が熱い。カメラマンの忠告をきかず、入浴しなかったせいか、風邪をひいたようだ。

でも、どうでもよかった。このまま、こじれて死んでしまってもかまわなかった。そうすれば、少なくとも正体不明の相手に、殺されることはなくなる。

そこまで考えて、芦原はフッと笑った。

わずかに軋んで、鉄扉が開いた。

「やっぱり、ここにいたのか」

壁のスイッチが押されて、にわかに部屋が明るくなる。芦原は、眩しそうに顔をあげた。

「オイラの部屋によ、ちょっと付き合ってくれねえか」

橋本は、体に鎖を巻きつけていた。朝と同じ、勇ましい出で立ちだった。

「何の用だ」

「頼むよ。ここじゃ、ルスカと沢村に迷惑をかけちまうんだ」

面倒だったが、橋本にしては珍しく、しつこく言うので、芦原は仕方なく腰をあげた。

二〇三と書かれたプレートがビス留めされた、鉄扉を開けて通されると、カメラマンが手持ち無沙汰で立っていた。

「大丈夫かい。顔が赤いようだけど」

気づかいの言葉も、いまの芦原には鬱陶しいだけだ。

「ここも、ルスカくんの部屋に劣らず、おかしな形をしてるんだね。何だか、三味線のばちみたいだ」

初めて部屋を見たときの芦原と、同じことをカメラマンが言った。この中年とは、感性が似ているようだ。もっとも、いまはそんなことも、どうでもいいが。

「オッサンの部屋は、どうなってるんだ。一階なんだろ」

「うん。まあ普通だったよ、窓にガラスもあったし、冷暖房も完備していた」

橋本からオッサン呼ばわりされたのに、カメラマンは動じることなく返答していた。

「ただ、そのガラスが一風変わっていてね。何というか、ステンドグラスの失敗作のような、色とりどりのガラスがはめこまれたデザインになっている。よかったら、あとで見に来るかい」

芦原に対しての誘いだったが、返事はしなかった。それより、自分を部屋へ引っぱりこんでおきながら、理由を話さないのが不可解だった。

「そりゃ、オイラたちの部屋とは大違いだ。こいつは、差別ってやつだな」

「だが、ここほど広くはないよ。何もないのは、同じだけど」

「オッサンて、奥さんとか、いるのか？」

「いるよ」

「どこで知り合ったんだ」

両肩から鎖を下げた橋本が、少し羨ましそうな顔で聞く。

「こう見えても、若いころは役者を目指していてね」

「おい」

つまらない世間話にしびれを切らした芦原が、口を開いた。

だが橋本は、背をむけたままだ。

「用は何なんだ」

カメラマンも聞こえないふうで、キングサイズのベッドに腰かけて、天井を見ている。

「橋本、話がないんなら、おれは」

ふりむきざま！　レスラーが鎖をはなった。

咄嗟にしゃがみ、鎖の直撃は避けたが、すぐ次の攻撃が襲ってきた。

芦原は床を転がり、叩きつけられる金属音を耳元で聞く。

立ちあがると鎖が、今度は横殴りに飛んできた。跳躍して空中で膝を抱え、寸前でかわす。

「やめろ！」

声を発するのは、それが精いっぱいだった。レスラー橋本の攻撃は容赦なく、空手屋の手足を封じようと狙っていた。

わけがわからない。なぜ、突然に攻撃を仕掛けてきたんだ橋本。そしてなぜ、カメラマンはベッドに腰かけたまま見物しているんだ。どうして昼間みたいに、仲裁にはいらないんだ。

橋本がふりまわしているのは、アンカーチェーンだった。思いのほか重量のある船舶用具である。ときたま狙いがはずれ、先端についたエンドリングが壁にあたり、激しい音をたてて跳ね返った。

攻撃から逃げながら、芦原は、アンカーチェーンの軌道が単調であることに気づきはじめた。レスラーは鎖を投げ縄のようにふりまわし、回転の勢いがのったところで投げてくる。だが鎖自体に重量があるせいか、冷静に見れば、その速度はけっして脅威といえるものではなかった。

同時に橋本の表情が、場違いに冷静であることにも気づいた。

やがて、冷静だったレスラーの息があがりはじめた。ふりまわすアンカーチェーンが、遠心力にのれず床をこする頻度が高くなっていく。

芦原は賭けに出た。

鎖のリーチは相当だったが、やってやれないことはない。またもやチェーンが床を叩いた瞬間、レスラーめがけて跳躍、飛び蹴りを見舞った。

飛距離は何とかレスラーまで届いてくれた。右足はレスラーの鎖骨部分を捕らえ、左足で鎖を持つ腕を叩いた。そして倒れざま、もういちど右足を相手の脇腹にいれた。芦原は、三段蹴りをはなっていた。

　蹴り飛ばされてもレスラーは鎖を放さない。しかし首はガクンと後方へ倒れ、体が大きく崩れ落ちた。ラバーマットの床は、橋本の体を柔らかく受けとめていた。

「そこまでだ！　芦原くん」

　高みの見物をきめこんでいたはずのカメラマンが、突然しゃしゃり出てきた。

　両足を投げだして座りこんだ格好の、レスラーのあごへローキックを決めようとしていた芦原は、あげた膝をのばす寸前でとめていた。

　足元では橋本が、精根つきはてた顔でゼイゼイいっていた。絆創膏のなくなった、腫れた目をつらそうに、しばたたかせている。

「使えねぇな、鎖ってのは。見かけだけで」

「どういう、つもりだったんだ」

　橋本を見おろしながら、芦原も荒い息をしている。

「一体、どういうつもりなんですか」

　レスラーが答えないので、空手屋はベッドのカメラマンを問いつめた。

「すまなかった。しかしこうでもしないと、いきなりはじめないと意味がなかったものでね」

　カメラマンは、困ったような顔で言い訳をする。

「何の、意味があったんですか」

　今日出会ったばかりの中年と、昼間に沢村の前で殴り合った男が、結託して自分をリンチにかけようとしたが、予想に反して旗色が悪くなってしまったため、取ってつけた理由で、何とか丸めこもうとしている。そんな図式が芦原の中で踊っていた。

「橋本くんが、私に言ってきたんだ。きみから、沢村くんを殺したと疑われたことが、ひどく心外だと。それで、疑いを晴らしたいが、何かいい考えはないかって」

「その考えってのが、おれと橋本に、殴り合いをさせることだったんですか」

「すまない」

カメラマンは申し訳なさそうに、頭をさげた。

「ひでえ野郎だな、あんた。社会人のふりをした、クズだよ。さっきはロビーに婆さんがいたから、常識人ぶって仲裁してみせたけど、心のなかでは、面白がって見てたんだろ。それで続きが見たかったから、橋本をそそのかして、おれと殴り合いをさせたんだ。いい年をして、テレビの対戦ゲームを現実にしたかったんだ！どうだ、面白かったか？　これで満足したか」

「芦原、違うんだって」

「何がだ橋本！　いい加減に気づけよ。いくら今日一日で、二人も死んじまったからって、バカばかりやってんじゃねえぞ」

「聞けって。お前、オイラに勝っただろ？」

「だから何だ」

「オイラ、マジにやったんだぜ。手抜きなんか、しなかった」

「それは、そいつを使ったのが、裏目に出たからだ」

床でとぐろを巻いている、鎖をあごでしゃくった。

「ああ、そうだ。オイラも、そう思うぜ」

こんな状態でも負け惜しみか。つくづく救われない奴だと、芦原は笑った。

「原っぱでよ、オイラが沢村を殺したとしたら、この鎖で奴を襲ったとしたら、うまくいってたと思うか？」

　電撃が走った、平手打ちをされた気がした。芦原の頭に上った血が、さがりはじめる。

「チェーンてのは、これだけデカくなると、まったく使えねぇんだな。ふりまわすだけでヘトヘトになっちまう。全然だめだ鎖は、チェーンは、鎖。どっちだっていいや」

　そういう、ことだったのか。

「それとも芦原。お前は、自分は勝てたけど、沢村の奴には避けられなかったとでも、思うのか」

「いや。あいつのほうが、動きは切れるし、手足も長いから」

　橋本は、身の潔白を証明するために、敢えてこんな暴挙に出たのだった。

「ずいぶん無礼な検証とは思ったんだが、沢村くんが急襲されたことを想定して、きみを油断させておいてから、いきなりはじめるよう橋本くんに助言したんだ」

「そうだったんですか」

　頭の血がさがりすぎたのと、取り乱した羞恥で、芦原は軽い目まいを感じていた。

「でも、どちらかが大怪我をしたら、どうしようかとハラハラしたよ。とにかく無事でよかった」

　ひどく乱暴な検証手段ではある。だが、それでも口頭で説明されるよりは、彼らにとっては納得のいく方法だった。芦原は、カメラマンに吐いた暴言を撤回し、謝罪した。

「いいんだ。実を言うと、私も勝負がどうなるのか、少し興味があったし。しかし二人とも、強いなあ」

　カメラマンは、屈託なく笑った。

　芦原は、手をさしのべて橋本を立たせた。

「朝は沢村と取っ組み合って、昼はおれと殴り合い、そして今度は鎖をふりまわしてのリターン・マッチか。いそがしいな」

「口で言っても、わかってくれねぇと、思ったからさ」

「わかった。よくわかったよ」

　ねぎらうように、橋本の背中をポンポンと叩いた。

「ひと風呂浴びてこよう」

「今日は、よく風呂にはいるぜぇ」

　用のなくなった鎖を拾いながら、レスラーと空手屋は鉄扉を開けた。出ていこうとして、足をとめた芦原がふり返る。

「チョコレート、ください。海に浸かったズブ濡れのでも、いいんで」

　カメラマンは指で、ＯＫの形を作っていた。

2

　ルスカと同様、カメラマンは沢村についても、死体の状態を調べた。橋本は、今度は文句をつけなかった。

　全身に殴打の痕跡を残す沢村の体には、崖から落下した際についたと思われる裂傷、擦過傷以外の傷、刃物による刺し傷や切り傷、あるいは銃火器による跡などは見られなかった。代わりに、鎖骨や肋骨のことごとくを折られていた。

内出血の状況からみて、折れた骨が内臓を傷つけたことによる失血死ではとカメラマンは言った。

しかし、ドス黒く腫れあがった体の前面に対し、背中や後頭部は綺麗なものだった。これはつまり、被害者が背後から、ふいを突かれて襲われたのではないことを物語っていた。

沢村は敵と、まっこうからむきあって闘ったが、相手のケタ違いの強さに手も足も出ず、応戦虚しく敗北してしまった。そして、すでに戦意を喪失していたにもかかわらず、敵の攻撃は執拗に続き、メッタ打ちの末、絶命してしまった。そう考えるのが自然と思われた。

もしも犯人が普通の人間だとして、毒物か何かで、沢村を絶命させたとする。そのあとでゆっくり、サンドバッグ代わりに死体を弄んだとしたら、これほどの内出血や痣は現れない、ここまでの生活反応は出ないと、カメラマンは説明した。

「生活反応ですか」

湿った棒状のチョコレートをかじりながら、芦原は聞き慣れない言葉を反芻する。

沢村のことで、芦原は昼食をとっていなかった。だからこの時間になると、さすがに空腹は耐えがたいものになっていた。

「仲間が二人も死んだってのに、それでも腹はしっかりへる。人間なんて、悲しい生き物ですね」

芦原が、チョコをほおばりながら言った。空手屋らしくない発言だった。カメラマンが、いたわるような表情をむける。

「二階でも、ちょっと話したが。私が芝居をやっていたころにね、別役実の戯曲を演じたことがあったんだ。オムニバス芝居だったんだが、そのなかの一本に、お通夜の席で、男がおならをしてしまうというものがあった。その男の心境がつまり、いまの芦原くんと同じなんだよね」

「上での話、本当だったんですか」

「そうだよ。どうして？」

「てっきり、おれを油断させるための、作り話だとばかり」

「そんなに嘘はつけないさ」

「それじゃ、一階の部屋の、ステンド何とかって話も」

「見てみるかい？」

同意して立ちあがると、夕食までの時間つぶしに、芦原はカメラマンの部屋をたずねることにした。

そこは、二階で一晩をすごした目には、ひどく退屈な部屋に見えた。四角い空間、高くない天井、平凡な照明。足元まである窓には、ステンドグラスと評された、ずいぶん頑丈そうなガラスが破片のようにはめこんである。（図三、参照）型は古そうだが、空調機械も備えつけてあった。

「この部屋なら、鍵をかけさえすれば、誰もはいってこられないですね」

「まあね。窓に換気扇があるから、完全に密閉されるわけではないけど、二階のような、スカスカな印象の部屋よりは、落ち着いて眠れるかも知れないね」

「この部屋に泊まっていたら、少なくともルスカは、死ななかったのかな」

色分けされた、窓の厚いガラスを眺めながら、

4. 五人目

図3

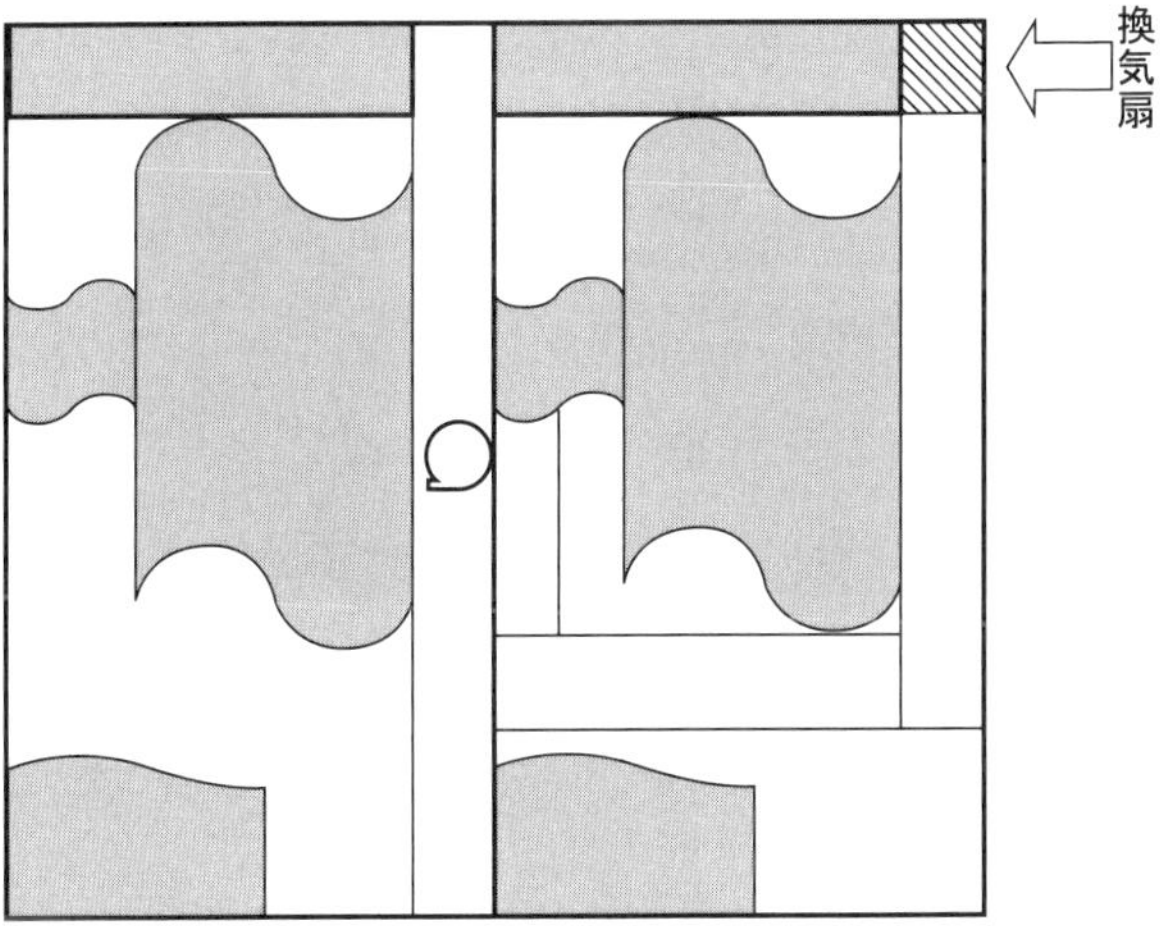

芦原は呟いた。

「芦原くん。その件なんだが」

カメラマンは咳払いをした。

「私は、ルスカくんと沢村くんを殺したのは、別の人間じゃないかと、そんな気がしてきているんだ」

二人を殺した人間は、同じではない。では、犯人が複数いると言うのか。

「だとすると、ルスカはやっぱり、沢村の肘打ちが原因で」

「そのことなんだけど。さっき橋本くんから、きみからの疑いを晴らしたいと相談されたときに、聞いたんだが。ルスカくんてのは、柔道家のくせに頭突きが得意だったんだってね」

「頭突き?」

「今年のはじめに二人で、東中野で飲んだそうなんだ」

「何しに、東中野へ行ったんだろう」

ルスカのコーヒー好きに続いて、芦原には、それも初めて聞く話だった。

「突然、口論がはじまった。焼きとりはタレがうまいか、塩がいいかってのが発端だったらしいんだけど。それで、表へ出ろってことになった。ところが、決着は呆気なくついてしまった。橋本くんの負け。組んだとたん、ルスカくんの凄まじい頭突きを喰らって、伸びてしまったって話だ」

光景を想像して、芦原は唇を曲げた。

「ルスカくんの死因を、こめかみを打たれたせいだと最初に主張したのは、橋本くんだったそうだね。でも話しているうちに、彼はいまの逸話を思いだした。沢村の肘は強力だから、さすがのルスカもグラついたけど、それでくたばるほど、ヤワな頭蓋骨はしていなかったって。もちろん、こめかみが急所であることに違いはないが、この件にこだわり過ぎてしまうのは危険だ。そのために視点を変えられず、重大なことを見落としてしまっては、何も解決できないからね。

人間の思考というものは、いちど誤った方向に傾いてしまうと、修正という作業が、人生最大の決断になり得るほど困難になってしまう。それはまた、しばしば不可能という言葉に置き代わる場合もある。そして、その呪縛には、知性と教養をひけらかす手合いと、純粋で素朴な心を持つ人間ほど、たやすくとらわれてしまうものだ」

「何ですか、それ」

「私の友人が教えてくれた、格言だよ」

「ずいぶん、エラい友だちなんですね」

「確かに。ずいぶん偉そうな男だ」

苦笑するカメラマンに、空手屋も笑った。

沢村は無実。芦原は、胸のつかえがとれた思いだった。二階にあるのと同じ、キングサイズのベッドに腰を下ろした。下手くそなステンドグラスを流れている雨が、いまは心地よく見える。

「それで、二人が別々の相手に殺られたってのは？　ルスカは沢村以外の奴に、その沢村は、どこかの誰かにってことですよね」

「まずは単純な理由だが、二人の殺害現場が異なっている。ルスカくんは、二階の自分の部屋で、沢村くんはペンションから離れた岬の、崖の下で見つかった。次に遺体の状態。特別な外傷も見受けられず、眠るように死んでいたルスカくんに対して、沢村くんは全身が腫れあがるほどに殴られ殺されていた。ブロンズの肌でも、はっきりとわかるほどの痣を残してね。そしてルスカくんのときは、いつ電話機を壊したかもわからないほど、犯人はまったく手がかりを残していないのに、沢村くんの場合は、宇田川さんを崖から突き落としたあとで、堂々と闘いを挑んでいる」

言葉を確かめるように言いながら、カメラマンはベッド脇のテーブルに行儀悪く座った。

「それに、もし犯人が同一人物だとしたら、気配も残さず簡単にルスカくんの息の根をとめてしまったほどの相手だ、そのときになぜ、沢村くんも一緒に殺してしまわなかったんだろう。さらに、これからもまだ犯行を続けるつもりなら、どうしてまとめて始末しないんだ。沢村くんにあれほどのダメージを与えて倒した犯人だ、コソコソ隠れたりせずに姿を現して、さっさと我々を殺してしまえばいいだろうに」

我々——。カメラマンは、自分も犯人の標的になっていると思っているらしい。

「あなたは大丈夫ですよ。むこうが狙っているのは、おれたちだけです。その証拠に、宇田川さんは無事だった」

「でも、崖から落とされた。打ちどころが悪ければ死んでいた。いや、それは考えすぎかな。殺すつもりなら、わざわざ突き落としたりなんかしない。だがそれなら、なぜ犯人は、宇田川さんを海へ落とす必要があったんだろう。殺意はないが、岬にはいてほしくなかった。それはつまり、顔を見られたくなかったってことか」

　そこでカメラマンは沈黙した。自問に対して自答できず、苦しそうな表情をしている。この中年は、懸命に考えてくれている。自分にも何か、言うことはないのか。

「あ、あのじいさんが犯人なんてのは、どうです。実は拳法の達人で、本当はメチャメチャ強いとか」

「なるほど。それじゃ検証するため、これから宇田川さんに組み手を挑んでみるかい？」

「ジョークです。そんな真剣にとらなくても」

「何だい、冗談なのか」

「すみません」

　冗談ではなかった。芦原が、まじめに考えた結果だった。

「だが、あり得ない仮定じゃない。けどそうなると、ルスカくんをどうやって殺したのかが問題に」

「いや。だってさっき、二人は別々の人間に殺されたって」

「ああ、そうだった。そう考えたほうが、スッキリすると思ったんだ」

　カメラマンは、恥ずかしそうに頭をかく。こういうとき、中年は高校生のような表情になる。

「しかし、きみたち四人は、昨日からここで食事をしているんだろう」

「ええ。おれは今日の、昼飯は抜いたけど」

「そのおかげで、私は食事にありつくことができた。宇田川さんが犯人なら、別に拳法の達人なんかじゃなくても、私たちはとっくに死んでいるよ。食事に毒をもられて」

　なるほど、言われてみれば。芦原は感心した。不謹慎だが、カメラマンの話は聞いていて楽しかった。いままで、こんなふうに頭を使ったことがなかったからだ。

「それから、さっき言い忘れたんだが、沢村くんの体を調べさせてもらっていて、気になったことがあったんだ」

話題が沢村にもどり、芦原は神妙な顔になる。

「もし、きみが敵に襲われたとしたら、相手が誰であれ、反撃や防御をするだろう。当然だよね」

「ええ」

「しかし沢村くんは、しなかったようなんだ。顔や体には、敵の攻撃をまともに受けた跡が無数にあるのに、腕と肘はいたって綺麗なものだった。そして膝や脛も、拳にも傷はなかった」

芦原の左目が、ピクッと痙攣した。敵が攻撃を仕掛けている間、沢村はまったく何もしなかったというのか。相手が殺意むきだしで挑みかかって来ているというのに、なすがまま、殺されるがままに身を委ねていたと。

「信じられない。どうして、沢村は何もしなかったんだ」

「どうしてかなあ」

化け物。芦原の脳裏に、この言葉がふたたび現れた。

同時に、岬で相手と遭遇した、沢村の姿が映しだされる。

なぶられながら、応戦も防御もしない。敵の格違いの強さに、キック・ボクサーは逃げることも忘れ、恐怖で萎縮してしまっていた。こんな相手に、生半可な格闘術など歯が立たない。ひと目見て闘いを放棄した、あきらめてしまったのだ。もしかしたら、命乞いすらしたのかも知れない。だが敵は容赦しなかった。けっして許しはしなかった。なぜなら相手には、人間の言葉など通じないのだから——。

「バカな、化け物なんか」

「ん、化け物？」

思わず、口をついて出てしまった言葉を、カメラマンは聞き逃さなかった。

「いや。いまちょっと、沢村を殺したのは、本当に人間なのかと、思ったんで」

今度は空手屋が、照れ笑いで髪をかきあげた。

「化け物か。そう考えると、納得がいくかな」

荒唐無稽な想像で言っただけなのに、中年は真剣な顔だった。

「この島には、化け物のような、未知の生物が棲息している。だからこの建物を、ここまで頑丈にする必要があった。いや、むしろここはもともと、その生物の住居として建設されたんじゃないか。そう考えると、ペンションの存在理由が成立する。

そして相手は、生まれもった闘争本能から、きみたちのような肉体を持った人間を好んで襲う。宇田川さんが対象外にされたのは、そんな理由からだ」

言ったとたん、カメラマンは苦笑した。

「けど、それじゃ電話機を壊した説明がつかないか。それとも、その化け物は、人間並みにオツムがいいのかな」

首をグルグルまわしながら、カメラマンは立って窓の外を見ている。未だ降りやまぬ雨に苦い顔をしていた。写真撮影と同様、推理も暗礁に乗りあげてしまったようだ。

そのときドアがノックされた、反射的に二人は身構える。

二階の部屋と違い、極めて普通のドアが開いて、普通の人間が顔を見せた。宇田川だった。

「ああ、ご主人。よろしいんですか、お体の具合は」

「はい、もう。さきほどは、ご迷惑をかけまして」

目をショボつかせて恐縮する老人は、しかしたった半日でひとまわりも痩せたように、ゲッソリしていた。

「それから、本日は申し訳ありませんでした。新しいお客さんが来るのを、すっかり忘れてしまって」

そう言って、カメラマンにもまた恐縮する。

そうだった、これは重大なミスだ。だが目の前の、しょぼくれた年寄りを責める気は、いまの芦原にはなかった。

「年なんですな。家内にまで言い忘れとって」

言ったあとで、宇田川は、思いだしたという顔になった。

「家内から聞きました。沢村さんは、やっぱり」

「オーナーが無事だったのが、不幸中の幸いでしたよ。けど、気をつけてください。殺されなくても、風邪で死ぬことだってあるんですから」

芦原は、言いながらカメラマンを見た。中年も、老人をいたわるようにうなずいている。

「夕飯のしたくが整いましたんですが、どうしましょうか」

「もちろん、食べますよ」

芦原は元気に言った。

「橋本さんは、どちらに」

「上で寝てるはずです。朝からいろいろあって、さすがにくたびれたようです。おれが行って呼んできますよ」

そう言うと、空手屋は部屋を走りでていった。

3

カメラマンは多弁だった。夕食のテーブルで彼は、ひとりでよく喋った。

芦原も橋本も、それともうテーブルにつくことのない二人にしても、食事中は食べることに夢中で、いっさい喋らない。ただ黙々と料理に闘いを挑むのみであった。

「牡蠣だぁ。食卓にこんなにならんでるのを見るのは、初めてだなあ」

カメラマンは小学生のような歓声をあげ、さっそくパクついた。

「プルプルしてる。ナマコみたいに歯ごたえがあるんですね。牡蠣って、いままでは酢でしめるのが普通だと思ってたんだけど、ただ当たらないための用心だったのかな。あれ、臭いがないや。スーパーの生牡蠣と違って、新鮮なのは無臭なんだな。これは新発見、カルチャーショックだ」

まるで直面している事件を忘れたかのように、食卓でひとり興奮していた。

「島の宿というと、食事は海鮮料理になるのが普通ですが、こちらではそんな偏りはないんですね。生牡蠣があるかと思うと、鳥の唐揚げがある、それに野菜も豊富だし」

「はい。この辺ですと、海の食材にはことかかないのですが、わたくしも家内も、あまり魚好きではないものですから」

テーブルには宇田川夫婦もいた。朝からの事件続きで、不安と寂しさから一緒に食べたくなったのだろう。

「勿体ないですね、こういう場所にいて魚が嫌いだとは。このあたりの海だったら、ずいぶんいろいろ獲れるんじゃないですか」

「春から夏にかけては、タコがおいしいと聞きます。春ですとタイ、マグロ、ヒラメですかね。初夏になるとシマアジ、カツオ、それから車海老も出てきます。今頃の季節ですと、穴子でしょうかね。まあ、好きな人にはたまらないのでしょうが」

好きではないと言いながら、老人は海の幸に詳しかった。

ここでカメラマンが、宇田川の仕事について訊いてしまった。とたんに老人の顔がほころぶ、また長い話がはじまる。芦原と橋本は、自分たちは関係ないというふうに、女将さんに飯のお代わりを差しだした。

宇田川は昨日と同じ話をくり返した。以前は石材会社に勤務していたこと、この島がその会社の持ち物であること、定年から島への転居、建物をペンションにしたものの、素行の悪い観光客に悩まされたこと。尿管結石を患ったが、最新医療設備のおかげで腹を切らずに治ったこと。話は石採掘の趣味に移り、そのおかげで今朝、芦原たちは宇田川の仕掛けた、ダイナマイトの爆発音で叩き起こされたこと――。

カメラマンは箸を休めずに、最後まで楽しそうに聞いていた。

「それでは私も、明日の朝はダイナマイトで起こされるわけですね」

「お客さんは一階ですから、それほどは。二階と違って、一階の部屋は方角が違います。それに窓も、しっかり閉まりますから」

「ところで、つかぬことをお訊きしますが、この島に住んでいて、おかしなことはありませんでしたか」

　味噌汁を飲んでいた芦原の手がとまった。自分でも訊くのが恥ずかしいことを、この中年は、平気でたずねようとしていた。

「おかしなこと、と言いますと？」

「この島では、建物をことさら頑丈に作らなければならない、特別な理由でもあるとか」

「台風のことですか。いえ、ここは見てのとおり、瀬戸内海に位置しておりますので大した被害はありません。もっとも、そんな穏やかな気候条件だからこそ、本土から島まで海を越えて、いっきに電線を差し渡すようなこともできるのでしょうけれど」

「いえ、そうじゃなくて。その何と言うか、これほどまでに、防御力の高い建造物にしなければならないほど、身の危険を感じさせるようなものが。その、巨大生物とか、怪物とか」

「怪物ですか」

　カメラマンの異様な質問に、宇田川はショボつかせていた目を、さらに細めて小首を傾げる。反対にとなりでは、女将さんが、そういえばと手を打っていた。

「あれ、あの話があるわよ」

「やっぱり、あるんですか！　この近辺で過去に、おかしな事件が起こったことが」

　興奮して膝を乗りだすカメラマン。口に手を当て、吹きでそうになる唐揚げをおさえながら、女将さんは喋りだした。

「浮島《うかしま》ってとこがね、厳島の合戦で全滅して、人っ子ひとりいない、無人の島になったことがあったの。時代が変わって、開拓っていうの？　大勢の人がやって来たんだけど、その時分の浮島には、人間がいない代わりに大蛇や大ネズミが、そりゃもう、たっくさんいたんですって」

「はあ。厳島の合戦ですか」

「みんな困ってしまって、悪霊払いを巫女さんに頼んだら、神様を祀りなさいってお告げが出たの。それで、磐尾神社を建てたんですって。昔は、江ノ浦明神って呼んでたそうだわよ」

「お前、そりゃ三〇〇年以上も昔の話じゃないか。それに浮島は、ここからずいぶん離れとる」

「だって、このお客さんが怪物っていうからさ。この辺で聞くのは、そんな話くらいだからねえ」

唐揚げを呑みこんでから、女将さんは口を尖らせた。

「すみません。何だか、お客さんの話を茶化してしまったみたいで」

女房をたしなめながら、宇田川はカメラマンに愛想笑いをする。

「いえいえ、そんなことはありませんよ。収集する情報は、多いに越したことはないんです。重要なのは、それを取捨選択するこちらの能力ですから。しかし磐尾神社というと、確か山口県ですよね。大蛇や大ネズミが、そこからこの島まで渡って来たと考えるのは、ちょっと」

箸を休め、腕を組むカメラマン。横で見ていた芦原は、少しバカバカしくなった。

「いまの時代に、そんな化け物や怪物がいたら、まず浮島の人たちが襲われるんじゃないですか」

「確かにそうだ」

　空手屋の助言に、中年は真顔でうなずく。

「この島で怪物話は、聞きませんですな。いままで暮らしてきて、わたくしも家内も、見たことはありませんです。それに、そんなものがいるようでしたら、木造の掘建て小屋に寝泊まりしているわたくしどもは、とっくのとうに喰い殺されておりますよ」

「そうですか。そうですよね」

　さすがに子どもじみた質問だったと気づいたのか、カメラマンは照れを隠すように、飯を激しくかきこんだ。

「ただですね、もしも怪物というものが、この世にいるとするならば」

　宇田川は、皺の深い目を遠くに走らせた。

「それはきっと、人間の心のなかに巣くっているのではないでしょうか。年寄りの年金を巻きあげようとする悪徳商法。権力を利用して、女子社員を自由にしようとする管理職。無節操な肉欲の結果、誕生した新しい生命を、勝手に生まれたのだから知らぬと、平気で捨ててしまう無秩序な若い人。世の中すべて、お金で片づくと思っている都会の人間こそ、奢りと妄念が固まってできた怪物そのものではないでしょうか」

　突然、ガマガエルが鳴いた。橋本の、ゲップだった。


　いつでも動けるように、ソファに浅く腰かけて、芦原はロビーで食後のコーヒーを飲んでいた。朝にひきつづいて、女将さんがいれてくれたのだ。これほど多くコーヒーを口にした日は、人生でかつてなかった。

橋本は、いなかった。腹ごなしのトレーニングだと言って、夜の雨を出ていった。沢村をあんなになるまで、なぶり殺しにした相手は、島のどこかに隠れている。獲物を待ち構えて、静かに息づいているのだ。そんな中に夜、ひとりで出ていくなど自殺行為。そう言って老人やカメラマンは制止したが、橋本はきかなかった。

犯人に会ってみたい。想像を絶する強さをもった相手、人知を超える戦闘能力を有した敵の、顔を早く見たい。レスラーは不敵で残忍な笑いを浮かべて、出ていった。相手がどんな技を使うのか、どんな動きを見せるのか、その姿を、自分の目で確かめてみたいという溶岩のような思いが、橋本から陳腐な恐怖を吹き飛ばしてしまったようだ。

それはまた、芦原も同じだった。格闘の世界に生きる人間にとって、この衝動は本能として根づいてしまっているようだ。強さを求めるゆえ、自分より強い相手に敵愾心《てきがいしん》を抱き、同時に憧憬《しょうけい》の念をもってしまう。芦原も、沢村を殺した相手を憎みながら、その強さにどこか憧れを感じていた。

ただ、橋本と違ってペンションに残ったのは、予備知識を持たずに相手の前へ出ていくことを、好まなかったからだ。空手屋は少しだけ、レスラーより警戒心が強かった。

そんな芦原は、ロビーでひとり寂寥を感じていた。コーヒーと同様、これもかつてない経験だった。

テレビも、有線放送もひかれていないここは、痛いほどに静かだ。窓を叩く雨も、この頑丈な建物には何も伝えてこない。

カップをすする。音のない世界で、無理に音をたてたが、すぐに消えた。

長髪をソファに流し、目を閉じてみる。すぐに沢村の顔が現れた、笑っている。目をギュッとつぶったが、まぶたの裏で、色黒の幼なじみは、まだ笑っていた――。

芦原が小学生のころ、転校したさきに沢村がいた。二人には負けん気と、同じ正義感の強さがあって、すぐに打ち解け仲良くなった。だが彼は親の都合で、間もなく転校していってしまった。それが高校で再会することになったのは、偶然というか奇縁というか。

沢村は、子どものころから背は高かったが、それでも自分より大きくなっていたことには驚かされた。そして、その一八八センチの身長はもとより、無駄なく鍛えあげられた肉体と、精悍な顔つきにも面食らってしまった。灼熱の太陽に焦がされたようなブロンズ色の全身と、ムチのように長い手足を見せられたとき、芦原は旧交を温めるよりさきに、気後れを感じたものだ。

しかし曲がったことが大嫌いで、子どもや年寄りに対しては、過剰に優しく親切に接する彼の物腰と性格は、昔と少しも変わっていなかった。

そして彼は、女にモテた。

ほかの四人と違って、脂肪太りや過剰な筋肉でガチガチに固めた体ではなかったため、Tシャツにジーパンといった、ラフなスタイルが憎いほど似合った。黒い肌に笑うと歯が白く光る。高校でも大学でも、この男の存在を放っておく女はいなかった。

ところが不思議なことに、当の本人は異性にまったく関心を示さなかった。かといって、あっちの趣味があるようにも思えなかった。沢村の頭は、いつも別のことを考えていたようだ。

世話をしてくれる者が近くにいるわけでもないのに、毎朝、洗いざらしとはいえ清潔な身なりで登校してきた。

五人で街を歩くと、いつも沢村だけが浮いていた。毎朝、髪をいじるのが面倒と角刈りを通したルスカ。理髪店に行く金が勿体ないと髪を伸ばしている芦原、金がないとの理由で伸ばしっぱなしの橋本。髪があると頭が熱をもって集中力がそがれると、少林寺の僧のように坊主だった精龍。まじめな学生と、それにまとわりつく不良三人に理屈好きの国立大生。どうしてもそんな構図になってしまうのである。

料理がうまく、ゴミの分別にうるさく、どんなに電車が空いていてもシルバーシートには座らなかった。初めて会った人間なら、どこかのお坊ちゃんかと見紛《まご》うような上品な風貌だったが、しかし突然、暴力の衝動を解き放つ瞬間があった。

成人式の居酒屋事件を別にすると、芦原が現場にいあわせたのは二度。電車で飲み干したジュースの空き缶を、シートの下に置いたまま降りようとした茶髪と、映画館で携帯電話の着信音をさせ、座席で平然と通話をしていたオールバックの中年。

沢村に肩を叩かれた茶髪は、ふりむきざまに脳天かかと落としを、オールバックの中年は顔面に膝蹴りをブチこまれた。

頭から噴水のように出血、あるいは口から泡を吹いて悶絶している相手を見て、沢村はそこで初めて、自分のしたことを認識する。オロオロしながら、どうしようと泣きそうな顔になる。そんな沢村を見るたび、芦原は、この友がやがて行き着くであろう場所を想像して、憂鬱になってしまうのだった。

しかし、そんな心配も、今日かぎりで必要なくなった――。

ペタペタと、足音が近づいてきた。資料整理をしたいと、自室に引っこんでいたカメラマンだったが、すぐに食堂へ消えた。そして、また現れた。

テーブルをはさんで腰を下ろす。手にはコーヒー入りカップと、角砂糖のはいったボックスを持っていた。

カメラマンのつまんだ白いキューブが、たて続けに四個も沈んでいくのを見て、芦原はカップの手をとめた。

「家では、こんなに入れさせてもらえないんだ」

スプーンでグルグルかき混ぜて、甘党の中年はコーヒーの湯気を眺めた。

「また、なんか話を聞かせてくださいよ」

暇つぶしに芦原は、食事中喋りっぱなしだったカメラマンに話題をふった。

「そうだな。カメラや写真の話なら、うなるほどあるんだが、興味のない人間には退屈だろうから」

天井を見あげて、カメラマンは視線をとめた。煩雑にならべて取り付けられた電球たちが、部分的に不規則な点灯、消灯をくり返していることに気がついたようだ。

「何だろう、これは」

芦原に答えられるはずもない。無言で首を傾げるだけだった。

「本当におかしなペンションだねえ。二階の部屋はカプセルみたいなのと、三味線のばちみたいな形のと。橋本くんの部屋なんか、壁が横に湾曲していて、まるでシネラマの画面を見ているようだったよ」

「シネラマ。何です？」

「昔あったのさ、そういう映画の上映方式がね。スタンダードの映写機を三台ならべて、横長のワイドスクリーンを構成するんだ。初めての劇映画は『西部開拓史』だったんだけど、三台の映写機同士の、映像の継ぎ目が気になって、目が疲れてしまってかなわなかったそうだ。これは父親の感想だよ、私はまだ生まれていなかったからね。私が初めて見たのは『二〇〇一年宇宙の旅』だった。そのころはもう七〇ミリフィルムを流用していたから、画面には継ぎ目なんかなかった。そのあとは『パピヨン』だったな、アンリ・シャリエールの自伝を映画化した。

でも、その時分はもうシネラマだけじゃなくて、トッドＡＯ三五だとか、ディメンション一五〇などといった上映方式が乱立する時代になっていた。中学生の私には、何がどう違うのかさっぱりわからなくてね。そのうち、シネラマはすたれて、なくなってしまった。銀座にあったテアトル東京という専用の映画館も、いまは建て代わって銀座セゾン劇場になっている。こんな昔の話も、退屈だったね」

「いいえ、そんなことは」

「それじゃ。私の考えを、また聞いてもらおうかな」

　カップをひと口してから、カメラマンはあらたまった口調で芦原を見た。

「さっき私は、二つの殺人は、それぞれ別の人間の仕業だと言ったよね。もちろんそれは、私の勝手な想像で、真相はまるで違うかも知れない。でも、そう考えたほうがスッキリする部分もあるんだ」

　話題をいきなり事件にもどされて、芦原は顔に残っていた微笑を消した。

「沢村くんの場合は、さっきも話したように、犯人は格闘において常識はずれな強さを持つ相手であると思う。犯人といっても、まだ人間だと特定はしていないけどね」

　芦原は、黙ってうなずく。

「ここで、沢村くんの件はいったん置いて、最初の、ルスカくんについて考えてみたんだ。

　彼はこのペンションで殺された。二階の部屋で、入り口のドアは厳重に閉まっていたけど、窓側はまったく無防備の状態だった。窓サッシにガラスはなく、代わりに金網が張ってあるだけだ。網といっても、隙間から手がはいってしまい、外側から簡単に錠が開けられてしまうほど頼りない。半密室なんて言葉があるかどうか知らないけど、いってみればそんな状況だった。

　死体を発見したのは、芦原くんたち。閂が降りていたせいでドアからはいることができず、宇田川さんから脚立を借りて、ベランダからはいった。きみたちが部屋にはいったとき、ルスカくんはすでに死んでいた。それで、間違いなかったよね」

「はい」

「ルスカくんの体に、これといった外傷はなかった。わずかに、沢村くんが昨夜つけたこめかみの傷が残っていたけど、いまは、この件は除外して考えることにする。

さっき、部屋で考えたんだ。果たしてあんな大男を、外傷も残さずに、あれほど見事に殺せるものかってね」

無表情で、カメラマンは、またカップをすすった。

「沢村くんの場合は、相手と格闘したことが歴然だった。だがルスカくんについては、なぜ死んだのか、どうやって殺されたのかがまるでわからない。つまり、証拠が残っていないんだ。

証拠が残らない、痕跡がない。もしかしたらルスカくんも、ベランダから侵入してきた相手と、凄まじい格闘をくりひろげたかも知れない。けれど二階の部屋は、分厚いコンクリートの壁で防音されているから、なかで何が起こってもわからない」

防音については承知していた。昨夜、橋本がルスカに巴投げで部屋から追いだされたとき、沢村の部屋には何も聞こえてこず、芦原はビーフジャーキーをかじっていた。

「沢村くんを倒した相手と同様、ルスカくんを殺した犯人もまた、相当な腕を持っていたと仮定する。しかし、ルスカくんの体には外傷も打撃痕もない。それなのに打ち倒してしまうなんて、そんなことが可能だろうか。しばらく考えているうちに、私はひとつだけ、それを実現できる手段に思い当たったんだ」

芦原の頭を、何かがはじけて飛んだ。これが、ひらめくという症状なのか。

「中国拳法！」

「そう。さすがに格闘家だ、理解が早いね。そうなんだよ、中国の武術なんだ。

　中国武術は一般的に、揚子江を境界線にして二つに大別するらしい。北側で発生した拳法を北派拳術、南側のものを南派拳術と呼ぶんだそうだ。

　そして北派拳術は、さらに二つに分類される、その攻撃の方法によってね。中国武術には『勁《けい》』という概念があって、気功のようなものらしいんだが、これを内にためておいて、いっきに放出させて相手を倒すのが内家拳。拳や蹴りなど、筋肉の伸縮で発生させるものを外家拳と呼ぶんだ。相手の肉体は傷つけずに、内部からダメージを与えるのが内家拳、打撃で外部から攻撃するのが外家拳だね。この区分けでいくと、空手やキック・ボクシングは外家拳に分類されるのかな」

「つまりルスカは、内家拳の使い手に、殺された」

「あくまでも、可能性の問題だがね」

　そのとき、芦原の脳裏には、すでにひとりの男が現れていた。犯人の顔が。

「内家拳には、どんな拳法があるんですか」

「我々になじみのあるものでは、太極拳がそうだね」

「詠春拳はどうです」

「エイシュンケン？　確か、ブルース・リーが少年時代に習っていた。南派拳術だったはずだよ。南派のほうは内家、外家という分け方はないんだ。しかし打撃主体の武術だと聞いてるから、外部から攻撃する武術だろうね」

芦原の前に映った犯人は、すぐに無実を証明されて、去っていく。だが、まだ納得できてはいなかった。

「実は、おれたちの仲間でひとり、この旅行に来なかった人間がいるんです」

芦原は、五人目の男、精龍の存在を話した。とはいっても、芦原は精龍という人間を、ほとんど知らなかった。

芦原は、精龍が苦手だった。試合観戦でも酒の席でも、精龍とはもっとも離れた位置に席をとった。

熱っぽく武術論を語り、在野の格闘家を列挙しては長所、欠点を分析してみせる理論家肌な態度が、芦原には鬱陶しかった。殴られたら殴り返す、それで殴られたら、どうして殴られたのかを、初めて考える。そしてまた殴りにいく、それが空手屋のやり方だった。理屈ではなく、体で考える。それが基本スタイルだったから、タイや中国で武者修行をして来たと言いながら、演舞や技のひとつも見せようとしない精龍を、陰では国立大へ合格できるほど受験勉強に、時間を割いていたようなこの男を、芦原は内心で軽蔑していた。沢村が、精龍くんの動きは美しくて無駄がないと賛辞してやまないから、おとなしくしていただけのことだった。

「ほう。その、精龍くんという友だちが、詠春拳を使うのかい」

「はい」

「だが、それを、きみは見たことがないわけか」

「おそらく、沢村だけだと思います」

「南派の武術を体得した人間が、同時に北派の内家拳を修行するものだろうか。その前に、精龍くんがマスターしていたのは、本当に南派の詠春拳だったのかどうか。本人がここにいない以上、沢村くんに訊くしかない。けど、それももう不可能だ」

　カメラマンはイライラしながら、頭をかいた。

「宿泊場所を、このペンションに決めたのは、ルスカくんなんだよね。私は忠海で、辰さんから島にペンションがあるって聞いたから、予約することができた。けどルスカくんは、観光協会に広告も出していないここを、どうやって知ったのか。それもいまは、訊くことができない」

「コーヒーお代わり、持ってきましょうか」

　空気を変えるように芦原が言うと、苛立っていたカメラマンは、すまないと言ってカップを飲み干した。

　二つのカップをさげて食堂へ行くと、宇田川が食卓のすみで、丸い背を見せて立っていた。何気なく肩ごしに覗くと、バインダーに綴《と》じたファイルを広げている。配線図の載った、文字のびっしりならんだ説明書のようなものだった。

「コーヒー、もらえませんか」

　芦原が声をかけると、老人は肩をビクッと震わせてふり返った。

「あなたでしたか」

「驚かすつもりは。すみません」

「ポットを持ってきましょう。家内が、もう帰ってしまいましたので」

　そう言うと、ファイルをつかみ取るようにしてテーブルから離れた。だが途中、厨房へ行きかけて、老人は立ちどまり、ふり返った。

「あの、申し訳ないのですが」

しきりに下唇をなめたあと、消え入りそうな声を出した。

「芦原さん、でしたよね」

「ええ」

「部屋を移っていただくのは、無理でしょうか」

「と、言いますと？」

「まだ、確かなことはわからないのですが、雨のせいで、電気関係がいたんでしまったようなんです。それで、いまから調べて、すぐにでも修理をはじめなければならんと考えておるんですが。どうやら、やられた個所が二〇二号の天井からでないと、見えないようになっとるみたいなんです」

「こんなときに、明かりまで消えたら弱っちゃうな。いいですよ、部屋を移るのは。荷物もバッグひとつだし」

「部屋は、沢村さんが使っていた、二〇四号になってしまいますが、よろしいですか」

沢村の亡骸は、二〇一号室でルスカと一緒に寝かせてある。すでに空室となった部屋で寝泊まりするのに、問題は何もない。芦原は気軽にうなずいた。

「助かりました！　本当にすみません」

もじもじしながら、伏し目がちに喋っていた宇田川は、芦原が了解したとたん別人のように顔を輝かせた。それほど、電気の修理はせっぱつまったものだったのか。

「では確かに、お願いしましたよ。二〇四号ですからね」

念を押すように言ってから、老人は厨房へ消えた。

　二つのカップを指に通し、芦原は空いた手にポットを持ってロビーへもどった。

「どうかしたのかい。宇田川さんの声がしてたみたいだけど」

「耳がいいんですね」

　言われてカメラマンは、嬉しそうだった。学生時分、オーディオが趣味だったから、そのせいかなと説明していた。

「雨のせいで、電気がおかしくなりそうで修理したいんで、部屋を移ってほしいって」

「ほう。一階の部屋にかい」

「二〇四です。一番奥の、沢村が使っていた。配線図かなんか広げて、宇田川のじいさん、ずいぶん困ってる感じでした」

　芦原はポットを傾けた。まだ熱い、黒い液体がカップに注がれる。

「宇田川さんが犯人なら、このコーヒーに、毒がはいっているんだろうね」

「では、ルスカと沢村のあとを追いますか。かたきは橋本が討ってくれますよ」

「動機を聞かずに、殺されてしまうのは残念だ」

「奥さんより、そっちのほうが心残り？」

　ジョークを飛ばしながら、二人はコーヒーで乾杯した。

　突然、激しい音がした。玄関のドアが、勢いよく開けられたのだ。

　芦原は反射的に身構える。体に力がはいった反動で、ついだばかりのコーヒーがこぼれてしまった。

　カメラマンもカップを持ったまま、玄関を注視している。

何かがはいってくる。だが、二人の視線が集まるさきでは、何も起こらない。

時間の流れが変わった。

ひたいを這うしずくが、頬を伝ってあごに到達するまでが、芦原にはもどかしかった。はいって来た。のっそりとした歩き方、それは見慣れた姿だった。

「なんだ、橋本かよ」

空手屋は、無意識のうちに中腰になっていた。安堵して座り直す。肩をいからせていたカメラマンも苦笑し、ソファに寝そべった。

「脅かすなよ、まったく」

動揺を隠すように、カップを口へ持っていく。

「顔についてるよ。コーヒー」

カメラマンに指摘され、芦原は腕で顔を拭った。反動でこぼした際に、飛び散ったのだ。ひたいからあごへ流れていたのは、汗ではなかった。

「雨は、どうやらあがったみたいだね」

橋本の体は、大して濡れていなかった。だが夜気で冷えたのか、しもぶくれの顔は引きつっていた。

「芦原。やっぱり、この島、何かいるぜ」

レスラーは放心した目で、雲の上を歩くような足どりでロビーにはいってきた。その呆けた表情は、ソファのカメラマンが笑いを引きつらせるほど、異様だった。

「どうしたんだ。外で何か見たのか」

「いいや、見ちゃいない。でも聞いたんだよ、あいつの声を」

そう言ったきり、橋本は奥の洗面所へはいってしまった。騒がしい音を立てて水を被っているようだったが、やがて肩から上をずぶ濡れにしたまま、ふたたび現れた。乱暴にソファへ腰を下ろすと、拍子で水滴が飛び散った。芦原のとなりで、大きく深呼吸をしている。

「何を、聞いたんだよ」

芦原が焦れったそうにする。

「わからねえ」

橋本はぼんやりした顔で答える。

「だけど、確かに聞いたんだよ」

「だから！　何を聞いたかって、訊いてんだろ！」

「だから！　声を聞いたっつってんだろ！」

まったく要領を得ない。

「まあまあ。橋本くん」

カメラマンが仲裁にはいる。

「落ち着くのに、ビールでも飲むかい」

「いらねぇよオッサン、アルコールを入れたくねぇんだ。芦原、酔っぱらうのは危険だぜ、特に今晩のような夜はな」

テーブルのカップを取ると、レスラーはいっきに飲む。芦原のコーヒーだった。

「オイラ、トレーニングに行こうと思って外へ出た。けど、思ったより雨がひどくて、道がよく見えなかったんだ。月が出てなかったから、あたりは真っ暗だし。いくら歩いても、原っぱにたどりつかねえ。そのうち、どこを歩いてるのかも、さっぱりわからなくなった。オイラ途中で気がついた、また道を間違えちまったんだ。

しようがねえから、適当に歩いてりゃ、そのうち海にでも出るだろうって感じで、岩陰で雨宿りしながら、ブラブラしてた。運がよけりゃ、島に隠れている犯人を見つけられるかもって、そんときは、そう思っていたさ。

歩いていたら、目の前が雑木林になった。引き返すのは面倒だし、そのころはもう、雨はずいぶん小降りになっていたから、そのまま突き進んでいったんだ」

橋本は、そこでため息をついた。ポットを持ったカメラマンが、コーヒーをつぐと、橋本はブラックのまま、芦原のカップを飲み干す。苦そうに、まんまるの顔をしかめた。

「雨がやんだ代わりに、風が強くなった。こういう島の風ってのは、妙な匂いがするもんだな。海の潮と、湿った木の匂いが混ざって。あと、食い物の匂いも風に乗ってきたんだ。それで、きっとペンションが近いんだなと思って、雑木林を歩き続けた」

ふいに橋本は、形相を恐怖にゆがめた。

「そのとき、オイラ聞いたんだ、あいつの鳴き声を。あいつは、やっぱり人間じゃなかったんだよ」

芦原はカメラマンを見る、蒼ざめた顔で見返された。

「どんな感じの、鳴き声だったんだ」

「豹とか、山猫とか。よく知らねえけど、そんな感じだったな。ギャーとか、ギャーオって感じの、鳴き方だった」

「その声は、どこから聞こえてきたのか、見当はつかないのかい」

カメラマンが訊く。

「わからねえよ。風が強かったし、雑木林のなかだったから、右も左もわからなかったんだ」

「それで、お前はどうしたんだ。そいつを探しに雑木林の奥に、はいったのか」

「冗談じゃねえ！　オイラは、人間以外を相手にするつもりはねえ。逃げたさ、来た道を必死で逃げたんだ。もう、恥も外聞もねえよ。ほとんど何も見えないなかを、とにかく走って逃げたよ。後ろから追いかけてきて、いまにも襲いかかって来るんじゃないかと、立ちどまったら最後、オイラも沢村みたいになるんじゃないかと思うと、もう」

思いだしたのか、橋本はうずくまるように体を縮めた。

身を乗りだして聞いていた芦原は、難しい顔になりソファにもたれる。

カメラマンはおもむろに立ちあがると、窓際へ行き、空を見ている。風の強さはわからないが、雲はまだ厚かった。

「化け物や怪物ではないが、この島に、野生動物が、棲息しているというのかい」

「ルスカを殺した奴と、沢村を殺したのは別。ルスカは中国武術を使う相手に倒され、沢村は獣にやられた。これで話が合うんじゃないですか」

「だが、それならなぜ沢村くんは、ただ殺されたんだろう」

「ただ？」

「相手が肉食動物なら、沢村くんの体を、喰いちぎった跡があっても、いいはずだ」

カメラマンの疑問に、芦原は凍りついた。

「たまたま、腹がいっぱいだったんじゃないですか」

「沢村くんを襲う前に、何かを食べていたというのかい」

「さあ。そこまでは」

「満腹だったとすると、おそらく食料は、中国武術の犯人だろうね」

ガタンと音がした。脊髄反射で腰を浮かせた橋本が、テーブルを蹴っていた。

中年の話は突拍子もなかった。だが、ルスカを殺した相手が今日一日、姿はおろか気配すら感じさせなかった理由を考えると、辻褄《つじつま》は合ってしまう。

「どうする芦原くん。これから、もういちど山狩りに出てみるかい。雨はやんでるし、私たち三人で装備をしていけば、倒せないにしても、とりあえずはやられずに、相手の正体くらいは見極められるんじゃないかな」

「バカ言うなよオッサン！　どうして三人なら大丈夫なんだ。沢村のときは満腹でも、いまは腹を空かせているかも知れねえ。何でわざわざ、喰われに行かなきゃならねぇんだ。それとも何か？　オイラか芦原が喰われてる間に、テメェだけ逃げようって寸法かよ」

「そんな卑怯なことは。相手が獣なら、火を怖がるはずだ。松明でもかざしながらいけば、大丈夫だよ」

「いやだね！　明日になれば迎えが来るんだ、じいさんがボートで来るんだよ。むこうについてから警察に頼めばいいじゃねぇか。どうしてオイラたちが、そんな余計な真似をしなけりゃならねぇんだよ。オイラはごめんだ！　もう寝るからな」

あとずさりしながら、一方的にまくしたてる。

「行くなら、お前ら二人で行ってこいよ。オイラはここで籠城するぜ。あとでどう言われたってかまやしねぇ、この世は生き抜いたもん勝ちよ。テメェの命を賭けてまで、ルスカも沢村も仇を取ってほしいなんざ思っちゃいねぇぜ。お前ら、そんなことも解らねぇバカなら、好きに殺されてこいよ」

　芦原は、いささか呆気にとられていた。捨てぜりふを吐き、さっさと二階へあがってしまった人物は、図体こそ同じだが、さっきまで早く犯人の顔を見たいと言いながら不敵に笑っていた男とは、まるで別人であった。

「それじゃあ、二人で行くかな。橋本くんが不参加では心細いけど」

　ほっぺたをポリポリかきながら、カメラマンは心細そうな顔で芦原を見た。

　芦原は目をつぶって思案する。発達した大胸筋が、ビクビク動いていた。

「いや、橋本の言うとおりですよ。沢村たちを殺した奴に、この手で復讐してやりたかったけど、相手が人間じゃないんなら、無理して危険を冒しても。明日の朝、警察が生け捕りにしてくれれば、それでケリがつく話ですから」

　カメラマンは、納得していた。

　コーヒーポットが空になったのを機に、場はお開きとなった。芦原は伸びをしてソファを立つ。カメラマンは、よほど気になるのか、窓からまた空を見あげてから、ロビーをあとにした。

「では明日の朝、生きて会えることを信じているよ」

　別れ際に言ったカメラマンの言葉が、芦原には引っかかった。

4

ゴトッ。

何かが動く、音がした。ベランダからだ。

来た。芦原は、目を開けると同時に起きあがり、身構えた。

いや、身構えたつもりだった。

空手屋は、まだベッドに横たわったままだった。動かないのだ、体が、まったく言うことをきいてくれなかった。

顔から血の気が引いていく。だめだ、動かない。畜生！　ガスをまかれたのか。

ひたいに汗が流れた、冷たい汗だ。どうにもならない体のなかで唯一、自由に動く目で相手を見据える。

いた！　相手は、ベランダに立っていた。しかし、敵は窓を開ける様子もなく、ただじっと、闇のむこうから芦原を見つめていた。

雲が晴れたようだ。どこかで出ている月のおかげで外は明るく、窓辺に立つシルエットをくっきりと見せていた。

それは、やはり人間の形をしていなかった。

大きさは、人間とさほど変わらなかった。けれども三角形の頭、まるで新聞紙で折った兜を被っているようなそれと、不格好にふくれ上がった胴体、そして異様に細長い脚が人間以外の生命体であることを示していた。

脚は、ずいぶん長くて細い。その代わり数が多く、八本もあった。そして窓から差しこまれた、同じく細長い手が二本。合計十本の手と脚を持っていた。

いや、手ではない、触手だ。それは窓の錠を開けずとも、部屋の奥に届いてしまうほど長く、強力な殺傷力を容易に想像させる、鋭利な先端を持ち合わせていた。

　芦原は、動かない体を震わせた。恐怖からではなかった。敵の、何とも滑稽なシルエットがおかしくて、笑っていたのだ。まったく、これはどう見てもイカだった。

　何だこいつは？　こいつが犯人だったのか。

と、次の瞬間、
　シュルルルー。

　ビデオテープを巻きもどすような音をさせ、敵の触手が飛んできた。芦原の首筋を直撃、まっすぐに突き刺さる。頸動脈へ、ぐいぐい侵入してくる。

　血を吸われていた。吸われながら、芦原は理解した。

　これだったのか。精龍ではない、ルスカもこいつに殺されたのだ。眠っていたところを同じく、こうして殺られたのだ。そして沢村は、この怪物の十本の触手によって、撲殺されたのだ。

　自分の首に突き立てられた触手から、透けて流れる液体を眺めながら、芦原は真相を知った満足感に浸る。

　鍛えあげられた肉体は、まったく頼りにならなかった。人間など、所詮こんなものだと、薄れる意識のなかで達観しながら、目を閉じた。

　闇夜の部屋が視界から消え、やがて真の闇となった。

ゴトッ。

何かが動く、音がした。ベランダからだ。

芦原は目を開いた。闇に包まれた天井を見あげ、キョロキョロと左右を見まわす。

どうやら、いまのは夢だったらしい。安堵感と同時に、新たな緊張が全身を走る。確かにいま、窓際で音がした。

拳を握ってみる。大丈夫だ、動くぞ。即座に起きあがるとベッドを降り、芦原は半身に構えた。

突然、紫色の光線が踊った。ピアノ線のような、繊細な光彩。

次の瞬間、空手屋は胸に凄まじい衝撃を受けベッドまで飛ばされた。そしてそのまま、もう起きあがることは、できなかった。

心臓が痛い、焼けるように熱かった。脂汗があふれだす。息が苦しい、肩で懸命に呼吸をしても、楽になるどころか、咳こんでしまって逆効果だった。

しびれた全身を必死の思いでねじり、苦痛にゆがんだ顔をベランダにむけた。

金網のはりめぐらされた窓に、そいつはいた。闇夜に慣れた目には、相手の姿が手にとるようにわかった。テンガロン・ハットをまぶかに被ったひとりの人間が、銃を握って立っているのが、はっきりと見てとれた。

あの銃。芦原は撃たれる瞬間に見た、繊細な光線の軌跡で、すべてを理解していた。

そうか、これだったのか、レーザー光線だ。ルスカはこいつに、眠っている間に撃たれたのだ。そして沢村は、この飛び道具に動きを封じられ、ホールド・アップのまま、いいようになぶられて死んだのだ。

焼けつくようだった胸が、次第に温かくなってきた。苦しかった呼吸も、必要なくなった。やがて芦原は、考えることが面倒になってきた。やがて意識が、つぶれるように肉体から離れていった。


芦原はベッドから飛び起きた。真っ暗な部屋の片隅で、激しい動悸に全身を震わせる。

「夢か」

思わず首筋と心臓をなでる、どちらにも傷はなかった。ほっとする。

暗闇のなか、芦原は周囲を見まわした。二〇四号室だ。さっきロビーで、コーヒーを何杯も飲んだのに、いつの間にか意識を失っていた。

悪夢にしては――。ひたいの冷や汗を拭う。悪夢にしては、ずいぶん子どもじみた内容だった。イカの化け物に、光線銃を持ったカウボーイ。沢村に話したら、バカにされるだろう。苦笑しかけて、笑いは消えた。

沢村の死は、現実だった。

体を引きずるようにして、ベッドを降りた。鉄扉を開けると、階段の下から野太い声が聞こえてきた。

「もう一秒だって、いたくねぇんだよ！」

橋本の怒鳴り声だった。

部屋の前の洗面所で、芦原は顔を洗う。悪夢を追い払うように、何度も顔をこすった。

備えつけのタオルで顔を拭いた。おそらく、この調子では眠れそうにないが、それも明日の朝までの辛抱。そうあきらめて部屋へもどろうとしたとき、橋本が上がってきた。

「芦原。お前よう、部屋を移ったんだってな」

自分からではない。宇田川が修理をするからと、強制されたのだ。そう言おうとしたが、橋本は喋る間を与えなかった。

「オイラも移るぜ。じいさんに談判して、カメラマンのオッサンのとなりにしてもらった。一階は窓が閉まるからな」

興奮で喘ぐ橋本は、自室の二〇三にはいっていったが、すぐに大きなバッグを担いで出てきた。

「何なら一緒に寝るか。ベッドはひとつだが、大きいから大丈夫だぜ」

芦原は、一瞬だけ躊躇した。だが結局、橋本の提案に首をふってしまった。

「そうか。二階は、どの部屋もだめだ。窓に鍵をかけたって、簡単にはずされちまう。それでルスカは殺されたんだ。けど、何がなんでもオイラは、明日まで生き抜いてやるぜ」

最後に、気をつけろよと言って、レスラーは降りていった。

橋本の腰の抜けた行動を笑うことは、いまの自分にはできない。小さくなっていく階段の足音を聞きながら、芦原は武者震いに襲われていた。

今朝、ルスカが死に、昼には沢村が殺された。生きているのは、自分と橋本の二人だけだ。ここにいたら、朝には自分もルスカのように、原因不明の死を遂げているかも知れない。あるいはペンションを出たとたん、沢村と同じく獰猛《どうもう》な肉食獣に襲われ、今度は全身を食いちぎられて砂利道に転がるかもわからない。

雲は、少しずつ切れはじめ、ときたま月が、顔を覗かせてくれるまでになっていた。

二階にいたら危険だ、橋本を追いかけよう！　一階に降りて、ただ部屋のドアをノックすれば、それですむことだ。

いや待て！　一階が安全だという保証は、どこにあるんだ。窓ガラスを突き破って侵入してきたらどうするんだ。二階は、ルスカがいちど殺されているのだから、むしろ安全とはいえないか。

無駄だ、この島に安全な場所などない！　ペンションにいても、岬でも同じ。殺されるときは、殺されるのだ。

「じたばたするな！　見苦しい」

叱咤すると、自分の頬を思いきり叩いた。

人間は、どうせいつか死ぬんじゃないか。そう呟きながら芦原は、小学校から友だちだった男が一夜を過ごした部屋へ、もどっていった。

5　内通

1

彼は、そこにいた。

そして彼の前には、人形があった。黒くまっすぐにそびえ、その体から手足のように棒を突きだしている。それは木製の人形、木人であった。

木人の前に立ち、突きでた棒のひとつに腕を交差させながら、彼はチーサウの形をとった。

両の手で、静かに打ちはじめる。小刻みな連打は、見た目からは想像できぬ破壊力を持っていた。その証拠に、木人の磨き上げられた表面が、見る間にはがれ落ちていく。

手をとめ、無残にひび割れた木人を離れると、傍らにあった六点半棍を手にとる。腰を落として、深く呼吸をし目を閉じた。

「日本人に教えてはならない」

その掟を守り、教えることはおろか、技を使うことさえも自身に禁じてきた。

だが、もし彼がそうしたなら、対峙した相手は、何をされたのかもわからぬまま、絶命してしまうに違いなかった。

八極拳の達人、李書文に挑んだ相手は、全身の七つの孔から血を流し倒れたときく。

だが自分なら、血を見る必要もないだろう。相手の体に傷ひとつ付けず、心臓だけをとめてしまえるからだ。それほどに彼は、自分の実力を信じていた。

それゆえ、ほかの方法がなかったのかと、くり返し自問する。

「人を殺した、人を殺してくる」

その言葉が、耳から離れずにいる。

彼は、もういちど深く息を吐いた。

2

芦原は目を開けた。

輾転《てんてん》をくり返した木に、あきらめてベッドから起きあがる。

眠れない。ここへきてカフェインがききはじめたのか。目がらんらんとしている。だが反比例して頭はぼんやりし、体がひどく重く感じられるから、厄介だった。

ベッドから降りた。いつの間にか汗をかいていた、全身がビッショリだった。

窓の外が明るい。芦原は誘われるような足どりで、窓際へ近づいていった。

ベランダに出て、はじめて風を感じた。見あげると、空を覆い隠していた雲は、そっくり消えていた。空手屋は、涼風に身をまかせる。いつでも出られるように、緊急時に備えて着替えていた、木綿のシャツとジーパンにしみた汗を、風が持っていってくれた。

月は出ているのだろうが、芦原の立ち位置からは見えない。代わりに無数の星がウインクしている。抜けるような夜空は、まるでプラネタリウムだった。都会で暮らしていたら一生涯、出会うことのない景色だ。

芦原は、月が見たくなった。

さっきまでは、カメラマンが提案した夜半の山狩りを、拒絶した橋本に内心では安堵していた。一階へ移ったあと、一緒に来るかと呼んだ橋本。誘いについて行けなかった空疎な自尊心を、失意のなかで叱責した。それがいまは、説明のつかぬ興奮に包まれている。

興奮。子どものころ、台風が近づいてくると不思議に興奮したものだ。どんよりと曇った鉛色の空を見あげながら、ビュービューと吹きつける小雨まじりの風に胸が躍った。黄色い学帽が脱げてゴムが喉に引っかかり、前髪がすっかりめくれ上がって目を開けているのも大変だ。凄まじい暴風に背中を押されて、このまま空を飛べてしまうんじゃないか。ランドセルを背負ったまま、どこか知らない世界へ連れていかれるのではと、そんな期待をさせてくれた、台風の日が好きだった。

ああ興奮する、もう待てない。このまま逆に襲いかかってやろうか。橋本が言っていた、その肉食獣の野郎に。奴が口を開けたとたん、牙をへし折ってやる。この拳で、ポッキリと二本とも――。

そんな妄想に憑かれながら、芦原は夢遊病のような手つきで鉄扉を開け、部屋を出ていった。

玄関に、鍵はかかっていなかった。宇田川が閉めていかなかったのか、いつもかけていないのか。いずれにしても、これでは敵が襲ってきたら、簡単に侵入されしまう。まったく、あのじいさんにも困ったものだ。

外に出ると、ふたたび風が体を抜けていった。満月ではなかったが、明るい月が、プラネタリウムの中にあった。

歩きだそうとして、芦原は足をとめた。

何かいる！

夢うつつだった芦原の意識が、一瞬にして覚醒した。

雨で湿った砂利道のむこうに、人がいる。月明かりにのびた、樹木の陰に隠れているため様子はわからないが、それは人間だった。耳をそばだてると、喋っているのが聞こえてきた。

月明かりの死角にはいりながら、芦原は足音をたてずに近づいていく。背中をむけた相手は、ひとりだったが、それでも早口で何か話していた。

ツノ？

距離が五メートルほどに縮まったとき、相手の片方の耳が、鬼のツノのように立っているのが確認できた。

「私には危害を加えないと言うのか。そんな保証がどこにあるんだ。関係ない？　何が関係ないんだ」

喋っているのはカメラマンだ！　芦原は驚きで目をこする。一体、誰と話しているのだ。瞳をこらして、暗闇に立つ相手のうしろ姿を凝視した。

ツノではない、アンテナだ！　耳から生えているように見えたのは、携帯電話のアンテナ。芦原には、そう見えた。

携帯電話だと？　おかしい。この島は圏外で、携帯はつながらなかったはずだ。

「じゃあ、今日の朝までには、すべてが終わってしまうと言うのだな？　それで、その終わりとは、どういう状況を指すんだ」

終わる？　何の話だ。

「全員殺されるかも知れない？　それが相手の目的なのか。何、手を出すな？」

芦原の顔から血の気が引いた。

「相手が目的を達成するまで、静観していろと言うのか。それを私に、見物していろと」

こいつ！　おれたちの、みな殺し計画の話をしている。

そうか、そうだったのか。会話の内容が呑みこめた。芦原は、今度こそすべてがわかった。

あれは携帯電話なんかじゃない、無線機だ。この島には、最初から何人かの工作集団が身を潜めているのだ。そしてそいつらがルスカと沢村を、殺害したのに違いない。

部隊のひとりが、カメラマンを装って偵察に来ていたのだ。今度は自分が餌食にされる番だと脅えるおれたちの、恐れ震える様を眺めては笑い転げ、その状況を逐一、無線で仲間に伝えていたのだ。

親身になって心配するふりをしながら、その実、ルスカと沢村の死亡を確認しにやって来ただけのことだったのだ。毒ガスの歴史だの、シネラマがどうだのを披露していた、男のしたり顔が芦原の網膜を横ぎった。

怒りとともに、空手屋の闘争本能が爆発した。それは、簡単に殺意へ転化していく。

「では、私には何もすることがないのか。それじゃあ……。うわっ！」

回し蹴りが側頭部をかすめ、カメラマンは会話を中断された。危ういところで直撃は免れたようだが、手にしていた道具が、身代わりとして蹴り跳ばされた。よけた拍子に、派手に転倒して尻もちをついていた。

「な、な、何をする！」

　どうにか不意打ちはかわしたものの、恐怖と驚きで、中年男は舌がもつれていた。

「決まってるだろ。貴様をブチ殺すのよ」

「その声は芦原くんか！　一体どうしたんだ」

　月夜に照らされた下で、狼狽しながらへたりこんでいるカメラマンに、芦原は舌なめずりしながらにじり寄っていく。

　この男が、犯人だったのなら、話は簡単だ。相手がただの人間ならば、すぐに終わる。

「立てよオッサン。あんたに殺された二人の借りを、きっちり返してもらうからな」

「何を言っている、芦原くん！　落ち着くんだ」

　蹴りがかすった耳をおさえ、芦原をなだめるような手振りをしながら、カメラマンは起きあがろうとする。

「うるせえ！」

　芦原の前蹴りが顔面を狙う。だが驚いたことに、カメラマンは体をかわし蹴りを捌《さば》いた。爪先が手応えなく空を切る。空手屋は驚いた、こいつ、やっぱり素人ではない。

「誤解だ、話を聞いてくれ」

「おかしいと思ったんだよ。カメラマンだってのに、やけに死体を調べるのが手慣れてたしな。そういう訓練とかを、どこかで受けてきたんだろ」

「だから、あれは、ほかの事件で」

　芦原の回し蹴りが太股に命中。カメラマンは苦痛に顔をゆがめ、腰を引く。だが、それでも倒れない。

続いて左右の中段突きを、胸ぐらめがけて叩きこんだ。それを、中年は拳を握らずに、自然に開いた両手ですべて受け流してしまう。

クソッ。オヤジ、なめやがって。ブッ殺してやる。芦原の顔に焦りが見えた。

体を上下に目まぐるしく揺動させる。むこうにこちらの動きを予測させないまま、素早く間合いをつめて相手の懐に飛びこんだ。

さすがのカメラマンも、芦原の踏みこみの速さには追従できなかった。

いまだ！　芦原は極めて至近距離からサイドキックを連射した。星のまたたく月夜でも、攻撃は目標を的確にとらえていた。

カメラマンは必死に後退しながら防御する、しかしそれも三発までだった。芦原が連続発射した蹴りは、五発だった。四発目が胸板を直撃、五発目をひたいに喰らってカメラマンはもんどりうち、頭から砂利道に倒れた。

あばらの二、三本は折れたはずだ。確かな手応えが、芦原の腰に伝わっていた。

道ばたで大の字になりながら、中年は苦しそうに呻く。それでもなお、必死に立ちあがろうとしていた。

このオッサン、大した根性だ、遊び甲斐があるぜ。空手屋は血走った目で、敗者がナイン・カウントで立ちあがるのを待った。

カメラマンは、何とか起きあがろうとしたが、しかしまたすぐに咳きこんで、前のめりに倒れてしまった。

どうやら、これで終わりらしい。呆気ない敵の最後に、芦原はいささか幻滅していた。ルスカと沢村を殺した犯人が、ただの人間だったという結末に、やり場のない悲しみがわき起こってくる。

カメラマンは、もう喋らなかった。言い訳をしても無駄と悟ったのか、それとも、声を発せない状態にあるのか。どちらにしても、芦原のとる行動に変更はない。

「オッサン、あばらが折れたんだろ。苦しいか。いま楽にしてやるよ」

足元で、四つん這いで喘いでいるのは、もはや人間ではなかった。死期の迫った、哀れな老犬だった。終わりだ、バイバイな、オッサン。

サッカーボールを蹴り飛ばすつもりで、芦原はカメラマンの頭部めがけ、勢いよく右足をふり上げた。

6　交代

その日、主任は朝からそわそわしていた。

いつもより十五分も早く出社すると、ユニフォームに着替えてすぐに駐車場へ駆け降りる。イグニッションをまわしてルート営業のワゴンを起こすと、バックで倉庫につけて停車させた。

本来ならば業務終了後、その日のうちに商品補充をしておくのが決まりであるが、主任は人手不足のピンチヒッターとして、昨夜も遅い帰社をしていたのだ。

営業所には在庫管理をして三十年という、ベテランの女性エキスパートが目を光らせており、そのおかげで倉庫の品数が帳簿と違っていたなんてことは、この営業所ではいちども起こっていなかった。厳しくて頼もしい在庫管理係なのだが、残念なのは、あまり残業をしてくれないことであった。何でも母親と二人暮らしだそうで、そのお母さんが高齢であるために遅くなると心配するから、というのが理由だったが、実際は本人も体力的に残業のつらい年齢に達していたからと思われた。その代わり、出勤時間は非常に早い。

そんなわけで、ワゴンを営業所にもどすのが定時を過ぎてしまうと、倉庫は厳重に施錠されてしまうため、商品の補充作業は翌日まわしにするしか方法がないのである。

　ワゴンの後部ドアを開けると、主任はルート表を見ながら、昨日に納品した商品の補充をはじめる。就職して七年がたち、二年前に主任に昇格して現場を離れた。いまは暫定的に現場まわりにもどったが、もともとこの仕事が好きではいったのだから、苦痛ではなかった。社員の勤怠管理や、ロケーションと呼んでいる設置現場の衛生チェックや競合有無の調査結果をまとめるデスクワークなどより、こちらのほうがはるかに楽しく張り合いのある仕事だった。

　商品補充が終わり、本日まわる自販機設置先での、売れすじ商品を確認する。

　今年は冷夏のため、ホットからアイスに切り換えるタイミングが難しかった。ほかのルートを担当するオペレーターたちも、無造作にアイスにしてしまったため売りあげがガタ落ちしてしまったり、オフィス設置機では顧客から怒られたりと困惑した夏を過ごしていた。

　彼が入社したころと違って、いまはホットとアイスで、同じ商品でも異なるロット製品を納入している。これはホットの場合、酸化が早く進んで風味が落ちてしまうためで、ホット商品にはその対策が施してあった。

　ホットとアイスの違いを、彼は最近になって、ようやく舌で感じ分けられるようになった。また同時に、おいしく飲む独自の方法も編みだしていた。それは、アイスの粉に湯を注ぎ、ホットにしてから、すぐ飲むというものだ。

　これを同僚に話したとき、なんだと落胆されたが、どうしてどうして。アイスをホットにすると酸化が早く、味が落ちるのも早い。といって自社のホット粉末には、わずかながら酸化防止剤が混入されているため、これも味が落ちている。したがって主任の提唱する、この飲み方が一番なのである。

　挨拶しながら倉庫を通りすぎ、更衣室へむかう社員たちの数が増えてきた。時計を見ると、そろそろ朝礼の時間だ。今日は火曜日、所長が本部会議の報告をするので、ふだんより長くなるはずだ。

「最近、新宿営業所において、自販機から回収した売上金が盗まれる事件が多発しております。状況をききますと、回収袋をワゴンの金庫へ入れたにもかかわらず、盗まれていたそうです。おそらく針金のような器具を使って、金庫の投入口から回収袋を引っかけて、つり上げたのではと本部では考えているようです。現在、早急に車載金庫の改良を検討していますが、オペレーターのみなさんにおきましても、ワゴンを自販機から離れた場所に停めない、車を離れる場合はすべてのドアに鍵をかけるなどして……」

　出入り口の横には、売りあげデータを本部へ日次で転送するパソコン・システムが設置されていて、現場で使用するハンディ・ターミナルが、長デスクの充電器に乗ってズラリとならんでいる。長い朝礼が終わると、オペレーターたちは端からハンディをつかんでオフィスを出ていく。担当地域とワゴン車の割り当ては、主任である彼の仕事だった。

　あらかたの社員が出払ったあと、さて自分も出るかと、主任はターミナルを充電器から取りあげる。そのとき、肩を叩かれた。背後を見ると、広瀬が立っていた。

広瀬は、同期入社だったが、まだ一般社員である。気のいい奴だが、いまひとつ仕事に不真面目な男であった。仕事中、パチンコに興じていたところを見つかってしまい、さらに売上金に手をつけていたことも発覚して、一時は本社預かりの厳重処分となった。

パチンコ屋の駐車場に車を停めたりすれば、すぐに露見することなど、ちょっと考えればわかりそうなものだ。それなのに小細工をするでもなく、堂々と遊んでいたのが、どういうわけか社長に気に入られたとかで、クビは免除になった。その代わり昇進も、当分はない。

「お前よう。今日、定時であがりたいって、言ってなかったっけ」

こちらを見あげて、広瀬は小声で、江戸っ子なまりの口調で言う。

「ちょっと貸してみな」

半ば強引に主任のハンディを取りあげると、単色の液晶画面に本日の作業ルートを出した。

「豊洲と、有明、こっちでやっておくから」

職務放棄と使いこみの前科はあるものの、広瀬も同じ七年のベテランだ。担当ルートは小難しい顧客ばかりで、楽ではない。それを知ってたし、そのルートを決めたのは主任自身だったから、広瀬の申し出を受けるわけには行かなかった。

「だったら、所長に黙っててやるから。それならいいだろ」

黙っていても、作業はハンディに記録されるのだから、何にもならない。だが広瀬は、これも強引にターミナルをパソコンにつなげると、データの一部を自分のハンディに移してしまった。

すまないと礼を言いながら、二人ならんで階段を降りていく。広瀬は身長が一五〇そこそこしかない。後ろから見ると、まるで親子である。

営業所の前にも、自販機はあった。街頭ではめっきり少なくなった、ボタンを押すと最初に紙カップが出て、商品が注がれるタイプだ。ベンダーマシン、通常はＶＭと呼んでいるが、最近は衛生面の問題から、あまり外には置いていない。本機はオペレーターの目の届く場所であるため、街頭設置を許されていた。

パートタイマーだろうか、エプロンと白衣に身を包んだ、年配の女性が二人、ＶＭの前でお喋りをしていた。ジュースを買ったらしいが、ひとりがうっかり、ボタンを押し間違えてしまったようだ。

「何？　このジュース、黄色いの。あらっ、パイナップルって書いてあるわ。これ、酸っぱそうじゃない。あら、酸っぱいんじゃない。まあ！　やっぱり酸っぱい！　酸っぱいわ！　でもいいわ。体にいいから」

後ろで聞きながら、広瀬は大笑いしていた。

倉庫に、バックから突っこんだままのワゴンに乗りこむと、主任はキーをまわした。

「しかし珍しいな。お前が早く帰りたがるなんてよ」

ココアのホットとアイスを一箱ずつ、抱えた広瀬がドアミラー越しに覗く。

「さてはケンカでもして、カミさんが実家に帰っちまったのか」

久しぶりに、学生時代の友だちと会うのだと、主任は言った。

「女の友だちだろう」

笑って首をふると、車をだす。

「それじゃ広瀬、悪いけど、江東のロケーション頼んだよ」

「ああ。まかせとけって、沢村主任」

7　密室の死

1

殺人者になったところで、悔恨の情など一片も感じることはない。

　何の躊躇もない。まずはこいつを手はじめに血祭りに上げ、それからゆっくり、島に潜む仲間をひとりずつ始末してやる。こっちは素手だ、みな殺しにしたところで正当防衛だ。

　沢村の姿が浮かんだ。なぶりものにされた死体と、ドス黒い死に顔。

　沢村と違って、一瞬のうちにあの世へ送ってやる、ルスカみたいに苦しまずに。

「くたばりやがれ！」

　そのときだった。闇の天空を、凄まじい雷鳴が轟いた。

　立っていた芦原が、バランスを崩してしまうほどの地響きだった。

「何だ！」

　男の仲間たちが攻撃をはじめたのか。

「どうして、こんな時間に。まさか、捨て鉢になったわけでは」

　四つん這いのまま、カメラマンは意味不明なことを吐いた。

「どこだよ」

芦原は、攻撃を中止した。敵が行動に出たのなら、この中年は人質に使える。

「どこにいる」

「誰がだ」

「どこにいるんだよ！　答えねえと、今度こそブッ殺すぞ！」

「誰のことを、言っているんだ」

「だからいま、お前が話をしていた仲間だよ！」

「彼なら、岡山にいる」

芦原の顔が、真っ赤にふくれ上がる。

「お前、さっき無線機で島の仲間と連絡してたろう。この島のどこかで、ドブネズミのように隠れている仲間とな。そしてそいつらが、ルスカと沢村を殺した。そうなんだろ！」

カメラマンは、力なく首をふった。

「仲間なんていない。無線機なども、持ち合わせていない。私は、きみの友だちを殺したりしていない」

芦原は身をかがめると、カメラマンの体をひっくり返して胸ぐらをつかんだ。

「おい、バカにするのも、その辺にしとけよ。殺すぞ、脅しじゃねぇ！　いま無線で話してただろう」

「それが誤解なんだ。あれは携帯電話だ。それで、友人に相談を」

「残ったおれたちを、おれと橋本をどうやって殺そうかって相談か？　オッサン、忘れたのか？　この島はな、携帯電話なんてしゃれたしろものは使えねえんだ。圏外なんだよ、残念だったな」

目を覚ましてやるかのように、芦原は敗者の肩を激しく揺すぶる。カメラマンは苦しそうに、ふたたび首をふった。

「衛星携帯電話だ」

「何だと？」

手がとまった。咳きこむカメラマンの、苦悶の表情を見つめながら、芦原は少し冷静を取りもどす。

「衛星、携帯電話？」

「そうだ。普通の携帯電話と違って、地球の周辺に点在するイリジウム（低軌道衛星）を中継機にしている。だから日本中、いや、地上であれば世界のどこにいても使用できる。私が持っていたのは、それだったんだ」

カメラマンから手を離す。衛星携帯電話。そういえば、いつかテレビのニュースで見た記憶があった。

「現在の段階では、まだあまり普及していないのかな。私もふだんは、携帯を持ち歩かないいたちなので、よくはわからないが」

「で、でも。それじゃ、何でこんな時間に電話をかけてたんだよ」

芦原の語気が弱まった。

「ルスカくんの死体を見て、きみの話が事実だと知って、すぐに電話をしたかったんだ。しかし空は曇っていた、厚い雲がかかってしまっていた。電波を、いったん衛星に飛ばす関係で、雲にさえぎられると使えないんだ。状況を詳しく説明する前に、通話が切れたりして、いたずら電話だと思われたら最悪だからね。だがさっき、トイレに起きたとき、外を見ると星が出ていた。それで、やっと連絡できると思って」

それで天候を気にしていたのか。

カメラマンは這ったまま、蹴り飛ばされた残骸をかき集めている。その手は小刻みに震えていた。たまらなくなって芦原も手伝う。

それは確かに携帯電話の格好をしていた。しかし、日ごろ見慣れたものに比べると三倍近い大きさがあり、上から飛びでたアンテナも、AMラジオの内蔵バーアンテナのように太かった。これでは携帯無線機と間違えても無理はないと、芦原は意気消沈しながら、内心で弁解していた。

「それなら、何もここで話さなくたって、部屋でかければいいじゃないですか。わざわざこんなところで話したりするから、てっきり秘密の会話をしているものと。おれじゃなくたって、誤解しますすよ！」

自分の大声に驚いた。必死に言い訳をしていることに気づき、芦原は赤面する。怒っても赤くなり、失敗からの羞恥でも赤くなる。血の気の多い男だった。

「理由はわからないんだが、あの建物のなかは、どこにいても電波が届かないんだ、外はこんなに晴れているのに。それでペンションを出て、かけ直した。けれど、こんな時間だから、相手がなかなか出てくれなくてね」

芦原は、カメラマンに破片と残骸を渡す。当然のこと、それはすでに電話ではなかった。

「まいったな。会社から貸し出してもらったんだ。急な仕事がはいったときのためにと、持たされてね。これ、高いのかな」

「東京に帰ったら弁償しますよ。でも、ですよ。あなただって深夜にこんな所で電話なんかしたりして、誤解を招くようなことをしたんです、責任の半分はありますよ」

芦原は、謝罪することができない。何とか、自分の暴力行為を正当化しようとしていた。まだ、大人になりきれていなかった。

「弁償なんか、気にしなくていいよ。それより、いまの爆発が気になる」

素直に引きさがられ、空手屋は自己嫌悪にかられた。

「立てますか。あなたが犯人だと思いこんでいたんで、手加減しなかった」

カメラマンに肩を貸して、ペンションへむかう。つっけんどんな口調でいたわる芦原に、中年はやや弱々しい声で応えた。

「それほどのダメージはないから大丈夫だ。横蹴りが五発もきたときは驚いたけど、喰らったのが最後の二発だけだったから。蹴りが、スナップキックだったせいで、後半のは腰がはいっていなかったね。それが不幸中の幸いだったよ。私も若いころは空手をかじっていたから、少しは自信があったんだけど。しかし、きみは強いなあ、さっぱり歯が立たなかった」

たったいま殺されかけた相手に、カメラマンはサバサバした表情で、笑顔さえ浮かべていた。どうやら、役者が違うようだ。

「どうも、すみませんでした」

肩を担いで歩きながら、芦原は頭をさげた。てのひらを返した真摯な態度に、カメラマンは驚いている。

「しかし、こんなことになるんだったら、さきに警察へ通報しておくべきだったよ。失敗したな」

カメラマンは苦虫をかみつぶす。

「正直なところ、私はきみたちを信用していなかったんだ。ルスカくんはともかく、沢村くんの死に方があまりに暴力的だったのでね。二人は、きみたち仲間同士のいざこざが原因で殺された可能性が強いと考えていた。だから携帯電話を持っていることは黙っていたし、きみの性格を判断する材料として、いろいろ雑談をさせてもらったりもしたんだ。下手に通報なんかして、それを知られて逆上され、殺される危険を回避したかった、いまみたいにね」

「すみません」

「それで、さきに友人へ相談することにしたんだ。そうしたら電話のむこうの友が、放っておけと言ったんだ。あ」玄関をくぐろうとした芦原を、カメラマンは制止した。

「石山にまわってくれないか。宇田川さんが、いるはずだから」

　では、さっきの爆発は、採掘のダイナマイトだというのか。それにしては、昨日と比較にならないほどの大音響だった。

「採掘をはじめるには、時間が早すぎるでしょう」

「だから、おかしいんだ」

　時計をしてこなかったので時間はわからない。空は、闇から紫色へと変容しつつあった。

　昨日の朝と同様、ペンション裏手の岩の塊には、脚立があった。

　肩を離れ、カメラマンはひとりで上ろうとしている。苦しそうな顔は、見ていられなかった。

「じいさんなら、おれが呼んできます」

「どうしても直接、本人と話がしたいんだ」

　わがままを聞き入れるため、芦原はカメラマンを背負って脚立を上ることにした。

石山に立つと、遠方で煙っているのが薄闇に見えた。

「まさか、逃げおくれたんじゃ」

呟きながら、ふたたび芦原はカメラマンに肩を貸して、煙を目指して歩きだす。石の道は滑りやすかった。見えない足元に注意しながら、ゆっくりとむかった。

空は次第に明るくなっていく。時間をかけて歩いたせいもあり、到着するころには、あたりの景色が把握できるまでになっていた。

「宇田川さん！」

二人が目指した場所に、老人はいた。

そこは、石の採掘現場には見えなかった。掘削機もなければ道具も見当たらない、ただの平坦な場所だった。機械といえば、巨大なメガホンのような形をしたものが、大きな口を円く広げて、岩盤に鎮座しているだけだった。

そこから煙が、もうもうと上っている。そして傍らには宇田川が、虫の息で倒れていた。

「宇田川さん！」

芦原が駆け寄って抱き起こすと、何かが手にベットリついた。ドス黒い血だった。見ると、ここまで歩いてきた道のりにも、ボタボタ落ちていた。

「どうしたんですか！」

体を揺すられて、老人は目を開けた。そして、そこに芦原がいるのを見ると、悲しそうに首をふった。信じられないという顔で、ゆっくり左右にふっていたが、やがて動かなくなった。

腕のなかで体温が下がっていく老人を前に、芦原は呆然としていた。

なぜだ、なぜ殺されたんだ。敵は自分たちしか狙わないはず、この脆弱な、宿の主人は関係なかったのでは。その証拠に沢村が殺されたときも、この老人は助かったではないか。

「おそらく、橋本くんが、やったんだ」

「何だって！」

バカな。芦原は続けて、そう叫ぼうとしたが、カメラマンの土気色の表情に気押されて言えなかった。

「この、装置」

巨大なメガホンを、カメラマンは指さした。

「開口部が、まっすぐペンションの一室にむいているそうなんだ」

音響機器メーカーの、犬が耳を傾けている蓄音機にあるような拡声器。それを直径五メートル以上にもしたものが、建物にむけて設置されていた。むいているさきには、二階のベランダがあった。二〇四号室、沢村の部屋。宇田川の、電気工事をしたいからとの事情で、芦原が二〇二号室から昨晩、移った部屋だった。

「これと同じものが、もう一台あると言われた。二〇一号室にむけて、設置されているはずだとね」

「誰に言われたんです」

「電話の、相手さ。昨夜、話したろう。やたらに説教や教訓をたれる、エラそうな友だちだよ」

「そいつが言ったんですか。犯人は、橋本だって」

「違う」

「じゃ、誰なんです」

「橋本くんの部屋へ行こう」

顔をしかめて、カメラマンは立ちあがろうとする。芦原は体を支えた。

「どうして、その男は現場を見もしないのに、ここにこんな装置のあることが、わかったんですか」

石の道をもどりながら、芦原は質問する。

「電話で、きみと宇田川さんから聞いた話を細大漏らさずに伝えた。むこうは熟睡中を叩き起こされて、いくらか不機嫌だったが、それでも我慢して全部聞いてくれたよ。そして、彼は結論を出した。犯人の名を言ったんだ」

「ちょっと待ってください。その相談相手というのが、犯人がわかったと、そう言ったんですか？　冗談じゃない！　ゲームやパズルをやっているのとは違う。そんな、電話の説明だけで、わかるわけないでしょ。ふざけないでくださいよ！」

「私も正直、半信半疑なんだ。だが宇田川さんが、あんなことになったいま、橋本くんの部屋へ行けば、はっきりするはずだよ」

カメラマンが体を震わせた。顔色の悪さに、芦原は興奮を冷ます。

「あの。別に、あなたの友だちがどうのとか、そう言うつもりはないんです。でも、だってそうでしょう。普通信用しないですよ。昨日と今朝に起こった事件の犯人を、電話で、話を聞いただけでわかってしまうなんて。そんなの非常識じゃないですか。だからって別に、その友だちをインチキ呼ばわりする気はないけど」

ずいぶん明るくなってきた空を、種類のわからぬ鳥が鳴きながら、餌を求めて飛びまわっている。東京の空では、飛んでいるのは決まってカラスだが、ここでは、それよりはるかにしなやかな野鳥が、雄大な翼を広げて滑空していた。

2

　カメラマンを背負って、上るときよりも少し難儀だった脚立を降り、二人は玄関へ急いだ。

　血痕は、宇田川の倒れていた場所からペンションへ、おびただしく続いていた。そしてそれは玄関を通過し、建物に沿ってさらに進んでいる。芦原は首を傾げた。さっき、眠れずに自分が外出したときは、あたりに血痕などなかった。それとも、月夜で気づかなかったのだろうか。

「血の跡を追いますか」

「とりあえず、橋本くんの部屋へ」

　カメラマンと二人三脚のままスニーカーを脱ぎ、ロビーを抜けた。

　一階部屋のドアは、二階と違って極めて普通の作りに見えたが、頑丈さではひけをとっていなかった。

　部屋の前で橋本を呼ぶが、返事はない。芦原がドアを叩く。ガンガンと重い音が廊下に響いた。壁のデザインに合わせて、ドアの表面には木目調の合板が張りつけられていたが、その正体は二階と同様、鉄扉のようだった。

「やはり、返事はないか」

「逃げたんじゃないですか。もし本当に宇田川さんを、あんな目に合わせたのが橋本だとしたら、もう部屋にはいないでしょう」

「窓にまわってみよう。私の部屋の窓から、出れば近い」

　すぐにとなりの部屋へ行くと、窓から外へ出た。コンクリート舗装された地面には、玄関から続いている血痕があったが、橋本の部屋の窓で途切れていた。

「宇田川さんは、橋本の部屋にいたんですか。窓から、逃げたんですか」

カメラマンは答えず、大儀そうに窓をガタガタ揺すりはじめた。だがびくともしない。

窓ガラスのデザインは、外から見るかぎり二部屋とも同じだった。分厚いガラスで組み合わされたステンドグラスは、明るくなった空の下で、趣味の悪さを強調している。

芦原も揺すってみたが、やはり窓は動じなかった。力まかせに拳をぶつけてみる。驚いたことに空手屋の正拳突きは、ガラスに傷ひとつ付けられなかった。むきになって連打し、肘も使ってみたが、無駄だった。こんな宿の窓に、強化ガラスなど使用してどうするのだろう。

途方に暮れている横で、カメラマンは窓の一点を凝視していた。

「芦原くん、きみなら、あの換気扇に手が届くだろう。引っぱってみてくれないか」

ステンドグラスのはまった窓のすみで、空手屋は背のびして手を伸ばした。

「これですか」

何とか換気扇のふちに届いた、手前に引いてみる。

換気扇は、ユニットごと簡単に引きだされた。電源コードを命綱にして、だらしなくぶら下がっている。

ゴトッ。

芦原は唖然とした。鈍い、擦れるような音がしたとたん、換気扇を取り外した跡が消えたからだ。たったいま見ていた孔は、一瞬にして目の前から消失した。換気扇の下にあったガラスのブロックがスライドして、孔を押しつぶしたのだ。

カメラマンの手元を見ると、ふさがれた換気扇の跡の代わりに、同じ面積の、別の孔が出現していた。

芦原が何か言おうとしたとき、またしてもゴトッ、と鈍い音がした。今度は、カメラマンの太股あたりに位置する、ステンドグラスが移動したのだ。とたんに、いま出来たばかりの四角い孔が消え、今度は左側に同等の空間が現れた。

ガラスのスライド作業をくり返して、最終的にカメラマンの前に波形の孔が出現した。普通の人間であれば、肩くらいは通り抜けそうな空間だった。そこにカメラマンは手をいれる。カチッと金属音がして、堅牢なクレセント錠がロックを解いた。(図四、参照)

窓が開け放たれ、部屋の中に朝の光が差しこむ。

「橋本!」

芦原は叫びながら部屋に駆けこんだ。

レスラーは逃げてなかった、そんな卑怯な男では、なかった。

橋本は、そこにいた。ベッドの上で仰臥《ぎょうが》していた。五人のなかで、もっとも厚いサイズを誇る、たくましい胸板につるはしを突き立てて、死んでいた。

「橋本ーっ!」

空手屋は、もういちど名を呼び、血まみれの体にすがった。突き刺さっていたつるはしを抜き、動かないレスラーを揺すった。木綿のシャツが血で汚れるのも厭わず、巨大な亡骸にしが

②

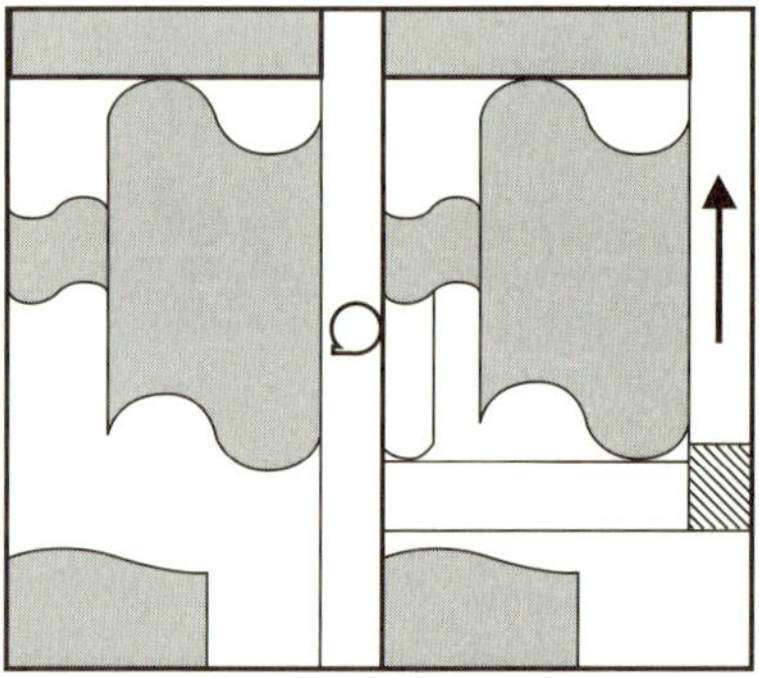

④

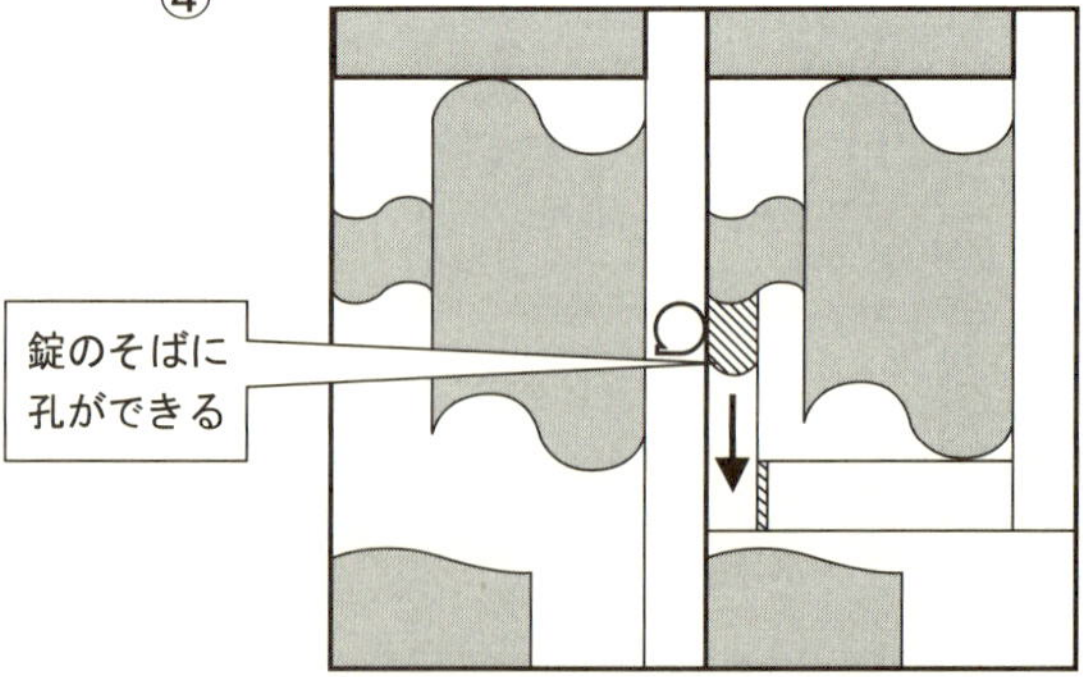

図4

①

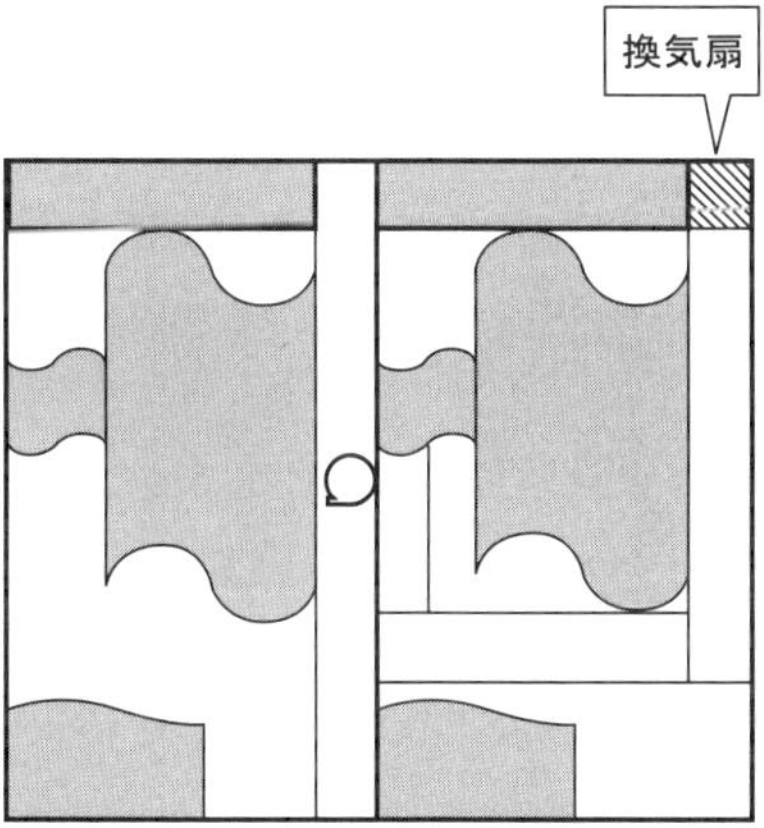

③

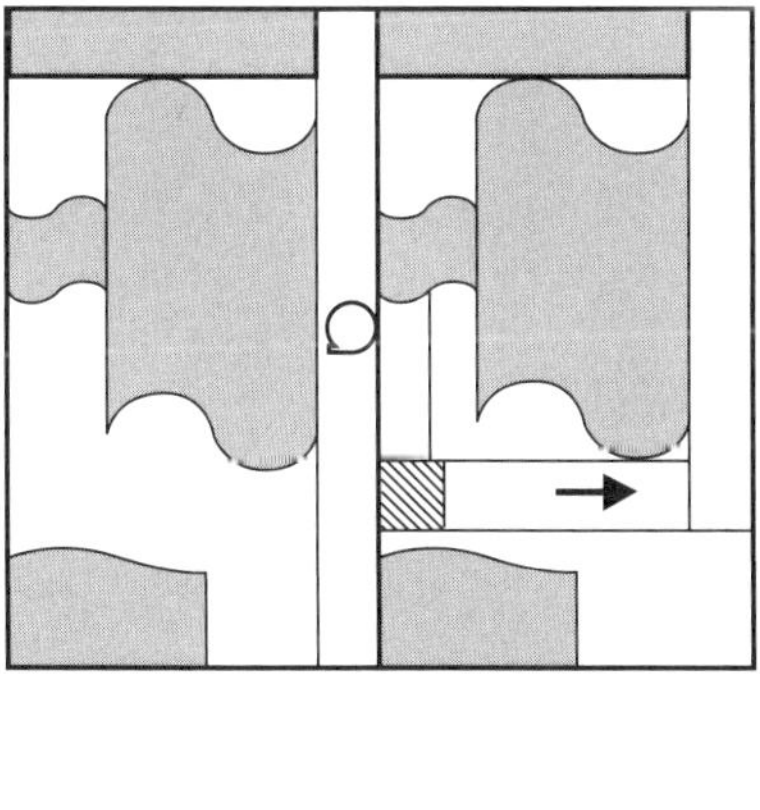

みついていた。そして、カメラマンに気づかれぬよう、顔にかかる髪に隠して、唇を震わせた。

「どういうことなんです。橋本が、犯人だったんですか。こいつは、自殺なんですか。どうして、こんなことになったんです」

芦原は、涙声だった。

カメラマンも、窓際で切なそうだった。そして、すまなそうに話しはじめた。

「電話で事情を話したとき、彼は言ってたよ。私に、事件にかかわるなとね。この島で起こっていることは、きみたちに原因があるのだと。それが彼の見解であり、忠告だった」

「おれたちのせい。こいつら三人が殺されたのは全部、自業自得だと。おれたちが何をしたって言うんですか？　殺されても仕方のないようなことを、何かしたってんですか」

「わからない。しかし、このペンションで、殺人が連日のように起こっていたとは思えない。ここでこんな事件が勃発したのは、初めてだろうね。だとすると、当然犯人の動機は、きみたちの過去のなかにある……。彼は、そう言っていた」

「おれたち全員が悪いんですか。じゃあおれも、殺されてしまうんですか」

「それはない。きみに対しては、失敗してしまったから」

「失敗？　どうしてそんなことがわかるんです」

「きみは、部屋にいなかった。もし、私が電話をしていたとき、きみが外に出ていなかったら、きみも二〇四の部屋でルスカくんと同じになっていたはずだ。そして犯人側にトラブルがなかったら、私も部屋にもどったところを、この橋本くんのように殺されていたか、あるいは犯人に仕立て上げられていたかも知れなかった」

「だから、あなたの友人は、かかわるなと、黙って見ていろと忠告したんですか」

　自問する。わからなかった。自分たちがこんな目に合わされる理由など、何も。

「わからない。さっぱりわかりませんよ、おれには」

「それなら、聞いてこよう。理由を知る、唯一の人に」

　芦原は、濡れた顔をこする。

「女将さんは、宇田川さんが亡くなったことを、まだ知らないはずだ。次の行動に出る前に、急ごう」

　促されるままに、橋本をおいて部屋を出た。


ガラスのずれた窓はそのままにして、二人は鍵をはずしドアから出ていった。

　スライドさせて錠の位置に空隙を作る、陳腐なステンドグラスにカムフラージュされた窓のパズルは、回答をさらしてしまい効力を失った。もはや過去の遺物となり、すでに風化がはじまっていた。

3

　ペンション前の道を、左へ進む。これまで、山狩りでも行ったことのない道だった。

　細い畦道を走るとすぐに、こぢんまりしたログハウスが見えた。芦原は玄関と思われる戸口の前まで来て、足をとめた。いくぶんよくなったと言いながらも、息を切らせて歩くカメラマンが、追いついてくるのを待った。

しゃれたノッカーが下がっている。遅れてたどりついたカメラマンは、それに触れていたが、思いなおしたのか手を離した。色の悪い顔で、扉に耳をつけて中の様子をうかがっている。

静かだ。飛び交う野鳥の鳴き声だけが、静寂に割りこんでいた。

カメラマンが扉から離れたのをみはからい、芦原はドアの把手を握り、ひねった。鍵は、かかっていなかった。

踏みこむと、上がり框《かまち》のむこうに一面、ひのき材でしつらえた床があった。掃除の行き届いた清潔な空間、風通しがよく涼しい部屋。中央にはいろりがあったが、まだ火の気はなかった。

その、火のない、いろりのそばに、老婦人がひとり正座していた。


婦人は顔をあげると、芦原を見た。そしてポツンと「しくじったようだね」と言った。

「ご主人は、亡くなりました」

カメラマンの報告を聞くと、やおら女将は立ちあがり、奥へ消えた。そっちは台所なのだろう、間もなく湯飲みを二つのせた、お盆を持ってもどって来た。

「あんたのような図体じゃ、こんな部屋は窮屈だろうね」

いろりの前であぐらをかく芦原に、女将は茶を差しだす。カメラマンは行儀悪く足を投げだし、脇腹に負担をかけない姿勢で横座りをしていた。

「動機を、理由を教えていただけますか」

カメラマンは、単刀直入に訊いた。

「あたしゃ、何にも知らないよ」

「あの建物の使い方を、誰から聞いたのですか」

「みんな、じいさんが勝手にやったことだから」

芦原もカメラマンも、湯飲みには手をつけなかった。今度こそ、毒がもられているのではとの不安が、床を這い上がる。

「ルスカくんは、あの部屋が存在しなければ、殺すことはできなかったんです。そして、ここにいる芦原くんも」

「生きてるじゃないの」

「運がよかったんです。彼は、部屋にいなかったから」

「じゃあ、ルスカってお兄さんは、運が悪かったんだねぇ」

女将は、含み笑いをする。

話の矛先を変えるため、カメラマンは思案しているようだった。息が荒い。

「昨日の昼、ご主人は山狩りから、水浸しになって帰って来ました。理由を聞くと、岬で沢村くんを見つけた際、突然に現れた何者かの手によって、崖から突き落とされたのだと言われました。落とした相手の顔は、見なかったとも。

あの崖から、まっすぐ突き落とされたら、海に落ちるのは難しいんです。岸壁に体をぶつけながら転がっていって、運が悪ければ途中で引っかかってしまうでしょう。ですから宇田川さんが、本当にあそこから落ちていたら、死ななかったにしても大怪我をしているはずなんです」

「じいさんを落とした相手は、そこの兄さんみたいな力自慢だったんでしょ。きっと、抱えたかどうかして、放り投げたのよ」

「私も、最初はそう思いました。ですが、そうなるとご主人は、崖から放物線を描いて落下していったことになりますね。突き落とされるよりは滞空時間が長いので、着水までに余裕がある。なのに、それでも相手を見ていないのは、なぜでしょう。いや、その前に体を抱えられた時点で、すぐ近くで顔を見ていてもいいはずです」

「あたしはじいさんじゃないから。そんな理屈を言われてもね」

自分の湯飲みに口をつけたあと、どこ吹く風と顔をそむけた。

「おかしいのは、沢村くんの場合も同じでした。同様に崖から落とされたのに、宇田川さんと違って、彼の体には落下時の擦り傷がありました。ですから当然、死体は岩肌に引っかかって見つかりました。ところが、体はズブ濡れだったんです。海になんか、いちども落ちてないのに」

「昨日は、雨が降ったじゃないの」

「雨が降りだしたのは、芦原くんが、沢村くんの死体を発見したあとなんです。沢村くんは海には落ちなかった、それなのに体はびしょ濡れだった。その理由を、教えていただけますか」

「じいさんに、聞いてよ」

「ですから、亡くなりました」

「そりゃ残念だったね」

カメラマンは歯噛みをする。怒りで喘ぐ音が、芦原の体に伝わってきた。

「橋本くんは、一階の部屋で殺されていました、胸をつるはしで刺されて。あの部屋は、密室殺人を装えるよう、仕組まれていたんでしょう。しかしながら、ご主人は失敗してしまった。いくら相手が巨漢でも、つるはしを打ちこんだら一撃だろうと、タカをくくっていた。ところが、断末魔の執念で、返り討ちにされてしまった。それでも何とか橋本くん殺害に成功した宇田川さんは、深手を負いながらも逃げた。

お気の毒に、思わぬ反撃を受けてしまったご主人には、大量の出血をどうすることも出来なかったのでしょう。わざわざ窓のパズルをもどし部屋を密室にしておきながら、滴り落ちる血はそのままでした。

瀕死の重傷から余命を悟った宇田川さんは、まだ夜明け前にもかかわらず、すぐにペンションの裏へむかいダイナマイトに火をつけた。必死の力をふり絞って、確実に標的を殺すため、これが最後と多量のダイナマイトをセットし爆発させたのです。しかし、結果は失敗でした。そのとき、標的は部屋にいなかったのですから。作業を終え力尽きた宇田川さんは、自分を助け起こしたのが芦原くんだったことを知り、愕然としていましたよ。あのときの宇田川さんの、失意にくれた顔を、私は忘れないでしょう」

渇きを覚えたカメラマンは、湯飲みを口許へ持っていった。だが飲もうとして、アッという顔をした。

「毒は、はいってないよ。あんたは、関係ないんだからね」

女将は、意地悪そうに目を細めた。

「関係ありませんか。私はてっきり、この事件の犯人にされるものと思っていました」

「そんな不粋なことはしないよ。だから、あたしは何度も言ったんじゃないの。今日は取りこんでるから、泊められないって」

「それではなぜ、宇田川さんは、私が電話をした際に、断らなかったんですか」

「辰っつぁんが悪いんだよ、余計なことを言ったりするから。ここしばらくは、宿の商売はしてなかった。けど、この兄さんたちの来ることがわかったんで、急いでしたくをしたんだよ。部屋を掃除したり、食べ物の材料を用意したり。そうしたら運の悪いことに、ボートが動かなくなっちまったんだ。それで仕方なく、本土から辰っつぁんに乗せてきてもらうよう頼んだのよ。ところが勝手に、また宿の商売をはじめたって思いこんで、喋っちまったんだ。じいさんは、あそこで断ったら変に思われるからって、あんたが泊まるのを引き受けちまったのさ。けど、あたしは反対したんだからね。とにかく、ここにはいてほしくなかったんだ」


ボートの故障、招かれざる宿泊客。はじめからこの計画は、破綻の兆しを見せていたのだ。

「それでも、強引に計画を実行したのですか。失敗すると、わかっていながら」

「失敗じゃないよ。どっちみちじいさんは、終わったら死ぬつもりだったんだから。夜のうちに、一階に移ったお兄さんを殺して、そのあとで」と、芦原をあごでしゃくり「を殺したら、それで計画は終わりだった」

女将は、いつの間にか多弁になっていた。喋りだしたのはいいが、聞きながら芦原はまた混乱していた。この島の老夫婦に、自分たちが殺される理由が、まださっぱりわからない。

「この学生たちには、もうひとり仲間がいますよ、五人目が。でも来なかった。その時点で全員殺害は不可能になったのに、それでも、計画は失敗ではなかったと?」

「別にいいのよ。本当に息の根をとめたかったのは、ひとりだったんだから。残りは、警察の人が来たときに、ケンカで命の取り合いになったと思わせたかったんで、それでね」

やっぱり！　自分は関係なかった！　無実だったんだ。それなのに、目的を達成したあとの、カムフラージュで殺されるところだったのか。芦原は無実に安堵すると同時に、やり場のない怒りを感じていた。

「だからじいさんは、みんなを始末してから、ひとりずつの体に、それらしい傷をつけておく算段だったんだよ」

全員を殺したければ、食事に毒を混ぜてしまえば簡単。そうしなかったのは、解剖時の発覚を恐れてのことだったのか。

「橋本くんも、殺し合いで死んだことに?　密室内で殺されていたのにですか」

「全部終わったら、窓は開けておけばいい。あの部屋の細工は、また次に使うかも知れないんだし。今度は、あたしがね」

「そんなことをしても、検視で露見してしまいますよ」

「バレたって、あたしたちがやったとは、誰も思わないさ。こんな年寄り夫婦が、あんな大男たちを手にかけたなんて、誰も。特に、このあたりの人間は、人情があるからね」

女将の顔は、自信ありげだった。

「それで、宇田川さんと女将さんは、一体誰を、殺したかったんですか」

「あんたには関係ない、大きなお世話よ。うちらと、この若い連中の問題なんだから」

ふたたび老婦人は、態度を硬化させてしまった。

「それでは」

わずかな沈黙のあと、カメラマンは仕方がないといった口調で言った。

「それでは、私が席をはずせば、この芦原くんには、話していただけるのでしょうか」

女将は、まじまじとカメラマンを見る。

「そのあとで、そこのお兄さんに聞くの？」

「そうします」

「あんた。見かけによらず、しぶとい男だねぇ」

宇田川夫人は、笑いだした。

「私の職業はカメラマンです。ひとつの被写体にむかって、何枚もシャッターを切るのが仕事なんです。しぶとくないと、つとまらないいんですよ」


カメラマンがニヤリと笑い返したとき、泣き声が聞こえてきた。

「おやおや、もう起きたのか」

にわかに女将は立ちあがると、ふたたび奥へ引っこんでしまった。

「沢村も、宇田川のじいさんに殺されたんですか？」

「そういう、話らしいんだ」

「この島に棲息する、野獣に襲われたってのは」

「間違っていた」

「でも、声を聞いたって。橋本が」

泣き声が、次第に近づいてくる。

そう、泣き声だった。獰猛な咆哮などではなかった。

もどってきた女将は、手に哺乳瓶と、胸に赤ん坊を抱えていた。

「よしよし。ほら」

哺乳瓶をくわえると、赤ん坊はすぐに静かになった。抱かれながら、老婆を見つめて一心に飲んでいる。

「かわいそうにねえ。本当は、お母さんのオッパイが飲みたいだろうに」

憐憫《れんびん》に満ちた目で、赤ん坊の頭を優しくなでていた。

「お孫さんですか」

「いいや。ひ孫なのよ」

「ひ孫？」

「あたしも娘も、早くに生まされたもんだから」

含みをもった答えだった。

「その赤ちゃんの、お母さんは」

「殺されたんだよ、ねぇ。そこの兄さんたちに」

「嘘だ！」

芦原は反射的に絶叫した。

赤ん坊が驚いてまた泣きだした。火のついた声に、芦原は責めたてられるように耳をふさぐ。

曾祖母があやしたおかげで、ひ孫はしばらくして機嫌を直してくれた。

「もしかしたら」

まだ耳をふさいでいる芦原のとなりで、カメラマンは子どもを凝視する。

「女将さん。昨日の夜、この赤ちゃんを連れて、散歩しましたか」

「この子、夜泣きするんで、近くの雑木林あたりを、よくブラブラするわねえ。夕べは外を見たら、ちょうど雨がやんでたから」

「芦原くん。橋本くんが言ってた、動物の声というのは」

みなまで言われなくても、わかっていた。だが、赤ん坊の泣き声を聞き違えるとは。いくら恐怖で昏迷《こんめい》していたとはいえ。

「女将さん、話をもどします。その赤ちゃんの母親が、芦原くんたちに殺されたとは、どういうことなのですか」

「半年くらい前だったか、孫娘が東京から帰って来たのよ。お腹をすっかり大きくしてね。相手は誰だって聞いても、答えようとしないの。それで、そのままここに産婆さんを呼ぶことになってしまって。

子どもを産み落とすと、置き去りにして孫娘は東京へ帰っちまった。それでも、養育費は毎月ちゃっちゃと郵便局にはいってたね。それが、三週間くらい前に、急に電話があったのよ。父親の男と、近いうちに談判するんだけど、もしかしたら、そいつに殺されるかも知れないって。警察に相談しなって、じいさんは言ったんだけど、あの子は何だか、半分面白がっているみたいだったね。殺されたら、そのときはよろしくなんて。そんでもって、父親だって男の名前を言ったんだよ。おかしな、聞いたこともないような名だった。

それからちょっとして、東京から電話があった。警察から、孫が死んだって、川に浮いていたってね。体は、むこうで焼いてもらって、あたしたちは骨をもらって帰って来た。あの子は水商売をしていて、男出入りが盛んだったから、殺した相手を見つけるのは大変だって言われた。けど、あたしたちにはわかってたんだ。それにじいさんは、若い時分から執念深くて、しぶとい男だったから。あんたみたいにね」

と、カメラマンを見た。

「それで宇田川さんは、その相手の男を、探しはじめたんですか」

「いいや。むこうから、やって来たよ。うちに、半分店じまいの宿に、泊まりたいって電話してきた。じいさん、相手の名前を聞いて、腰を抜かしそうになってた。めったに聞かない、珍しい名前だったからね、隆州なんて」

隆州、ルスカ。芦原の驚愕をよそに、女将の話は続く。

「けどね。島に来た、この連中を見たとき、じいさんとあたしは、孫娘から聞いた別の話も思いだしたんだ。好きな男にふられて、やけになって街を歩いていたら、五人の酔った男にからまれて、無理やりホテルに連れていかれたって話をね」

芦原の手は、血の気を失って真っ白になっていた。その手で、流れる冷や汗を拭おうとするが、震えてうまく動かない。

千駄ヶ谷の帰り、新大久保の居酒屋、街角に立つ女。だが、無理やりなんかではなかった。あのときはむこうから。いや、自信がない。正直なところ、あのときは相当に酔っていたから、自信はなかった。

「相手が、どうしてここを知ったのかは、きっとあの子から聞いたんだろうって、じいさんが言っていた。けど、ここへやって来たわけは、わからなかった。まあ、どのみちじいさんが、あの男に仕返しをするのは決まっていた。だから理由なんかどうでもよかったんだけどね。これで手間が省けたって、あの宿の細工が試せるって、じいさん喜んでたわ」

芦原は目を閉じた。宇田川夫人の話で、絡み合っていたいくつかの糸が、解きほぐされ整然と結ばれていく。

「孫娘のお嬢さんを殺した男と、集団レイプした連中への復讐。それが殺人を計画した理由になったわけですか」

「まあね。でもさあ」

言葉をきると、女将はため息をついた。

「いくら身内を殺されたって言っても、これまではまっとうに生きてきたんだよ。この年になって、まさか亭主が人殺しをするなんて思ってもみなかったさ。この兄さんたちが、島へノコノコやって来たりさえしなければ、あたしたちだって、こんなことはしなかったわよ。じいさんなんて、腰が痛いのに無理して。途中からは、刺し違えるんだとか息巻いたりしちゃってさ。まったく、いい迷惑だわよ」

抱かれていた赤ん坊が、哺乳瓶を放った。

「マーちゃん、お腹いっぱいになったかい」

女将は、自分の肩にひ孫を抱きあげると、その背中をトントンと叩いた。

4

二人は、ログハウスをあとにした。女将は別段、逃げるそぶりもないし、宇田川が失敗した芦原を、執念深く殺そうとするわけでもなかったから、警察を呼ぶまで何をする必要もなかった。

芦原は、カメラマンを背負ってペンションにもどった。このころには、ふたたび顔色が悪くなり、脂汗もとまらず、もはや歩くことさえできない状況だった。にもかかわらず、どうしても二階の部屋を、ルスカが殺されていた部屋をもういちど見たいと言いだした。電話の友人から、確かめて来いときつく言われたので、見せてほしいと懇願するのだった。

芦原は、無口になっていた。もう何度も混乱して、頭は少しぼんやりしていたが、それでも、過去に自分たちの犯した罪が、今回の事件を引き起こした原因のひとつであったことを知らされ、打ちのめされていた。

旅行を企画したとき、この島に決めたのは、ペンションを予約したのはルスカだった。そして予約が取れたころから、あの男は人が変わったように、何かにつけてケンカ腰になった。ここへ来た初日、岬での稽古中に突然脇腹を蹴り、殴りかかって来た。柔道のあいつが、蹴りを見舞い拳をふるったのだ。自分はあのときに、異状を読み取るべきだった。芦原は自分を責めた。

だがルスカよ、なぜ――。芦原は問う、なぜ人殺しなんかした。お前は、警察官試験を受けるほどの、正義漢だったはずだ。そんなお前が、一体なぜ。

「なるほど。こうしてあらためて見ると、ここはすごいなあ。人間が居住する空間というよりは、実験室だ」

二〇一号は、ルスカと沢村が眠っているので、芦原は同じカプセル型をしたもうひとつの、二〇四号室にカメラマンを運びこんだ。

ベッドへ横になり、苦しそうに冷や汗を流しながらも、窓にむかって放射状に広がる壁から天井を眺めながら、病人は納得したようにひとりでうなずいていた。

「芦原くん。この部屋はね、対称的に弧を描いて広がっていく壁が、滑らかな対数螺旋形状を構成しているんだ。そして部屋の奥の、もっともすぼまった頂点部には三角柱。さらにこのベッドは、それらの位置を計算して置いてあるんだ。しかし、言われてみると、しっかり設定してあるなあ」

昨日いちど見ているはずの部屋を、カメラマンは見まわしながら、ひどく興奮していた。

「対数らせん、ですか。それも、電話で話した友だちが、言ってたのですか」

芦原は力なく、興味なさそうに聞く。

「そうなんだ。いまのは全部、受け売りさ」

「それが、ルスカのことと、どう関係あるんです」

「大いにあるそうだ。この部屋は、住人を処理するために、殺害するためだけに創られたと、そう言ってた。

『この場所は、人間が体を休めるのではなく、生命に終焉を告げさせるために存在しているのです。感じませんか、この建物を創った設計者の狂気に満ちた悪意を、喜劇的なまでに露悪《ろあく》された猟奇への慢罵《まんば》を』

あの男、ひとり電話口で興奮して、そんなことを言ってたよ」

「でも、宇田川のじいさんは死ぬ間際に、ダイナマイトを爆発させたんです。それはおれを殺すのが目的だった。ルスカが死んだ朝も、ダイナマイトを使っていた。おそらく爆発で、何かを飛ばしたんでしょう。だから、この部屋の形なんか関係ないんじゃ。まあ、おかしな部屋だってのは、初めから思ってたことですけど」

「ダイナマイト。それがなければ何もはじまらない、か」

カメラマンは、言葉を思いだしながら喋っていた。まるで、その友人という男から操縦でもされているように。喋り方も、少しずつ演説口調になっていった。

「たびたびすまないが、窓際に、行きたい」

不自由な体で動こうとする。カメラマンは窓際まで行くと、遠くの一点を指さした。

「この部屋の奥に、三角柱のオブジェが立っているよね。仮に、オブジェからまっすぐに線を引いたとすると、さっきの大きなスピーカーみたいな装置が、一直線上にならぶはずだって言うんだ」

「そうなんですか」

指さすほうを見ながら、芦原はカメラマンの体を気づかう。

「だからこそ、この部屋で結果が出た、実証されたんだ」

カメラマンの、言ってる意味がわからない。

「部屋の形状、三角柱のオブジェ、ガラスのない窓。あいつの言ってた通り、文句なしってわけだ」

「納得、いきましたか」

「少なくとも、あいつはね」

芦原は弱った。このカメラマンは、それなりの社会経験を積んだ常識人に思われる。だが、この言動は理解できなかった。傷ついた体をおしてまで、うろうろ調べる必要があるのか。もうすぐボートが来る、それまで安静にしているべきだ。下手に動いて折れたあばらが内臓でも傷つけたら、死者がまたひとり増えることになる。そうしたらそのときは、芦原が犯人になってしまうのだ。

「ＯＫ。彼の予想が、間違っていなかったことはわかった。ルスカくんは、宇田川さんの発破したダイナマイトが、トリガーとなって殺されたんだ」

空手屋は失笑した。それはさっきから、言っていることではないか。

「するとルスカは、ダイナマイトの音で、心臓麻痺でも起こしたんですかね」

友人と称する、この場に不在の人間から、いいように使われている傷ついた中年男が、芦原は気の毒だった。おそらく深夜だったから、電話の相手は早く寝床へもどりたくて、あれこれ好き勝手なことを、適当にまくしたてたのだろう。それを、この中年は愚直にも言われた通りに調べている。帰ってから、得意顔で子細に報告するのだろうか。そのときはすでに、相手は寝ぼけて言ったことなど、すべて忘れているかも知れないのに。すると、

「衝撃波。ルスカくんに用いた、それが殺人の手段だ」

いきなり、カメラマンが言った。

「何です？」

「きみのような学生には、ショックウェイブと言ったほうがなじみがあるのかな」

「わかりますよ、衝撃波で。でも、それが、どう関係するんです」

「つまり、こうなんだ。（図五、フォーカシング・プロセス参照）

この部屋の延長線上に位置している石場でダイナマイトを爆発させる。さっき見た、メガホン状の装置のなかでね。そして、そのときの爆

風によって衝撃波が生じる。

　衝撃波はサッシを通過して、この部屋に突入して来る。ガラスなど遮蔽物のない、スカスカの金網を張っただけの窓だから、開閉の有無は問題にならない。したがって、爆発によって発生した平面衝撃波は、難なく部屋に進入することが可能だ。

　通常の場合、平面衝撃波はその遷移の過程で反射衝撃波を生成してしまい、うずの干渉を受けることで圧力増幅率は低下してしまう。ところが、この部屋の壁は対数螺旋形状になっているために、平面衝撃波は壁に沿って滑らかに伝《でん》播《ぱ》していく。

　そして最後にフォーカシングだ。入射衝撃波はそのまま、一点に集束して最大の圧力増幅率を発揮する。ルスカくんはダイナマイトの爆発が起こったとき、圧力増幅の最大点となる位置、つまりベッドに寝ていたため、直撃を受けてしまったんだ。そしてその衝撃ではね飛ばされてしまい、まるで寝相の悪さから、転げ落ちたかのような状態で絶命した。

　もちろん、いまの説明も全部受け売りだ。暗記力に自信はあるから、間違ってはないと思うけど」

　流れる汗を、カメラマンは手の甲で拭いながら、はにかんだ。

　芦原は呆気にとられて、説明し終えた中年を、まじまじと見た。

「すごい、記憶力ですね」

「若いころ、芝居をやってたから。セリフ覚えで訓練したんでね」

「衝撃波、ですか」

②

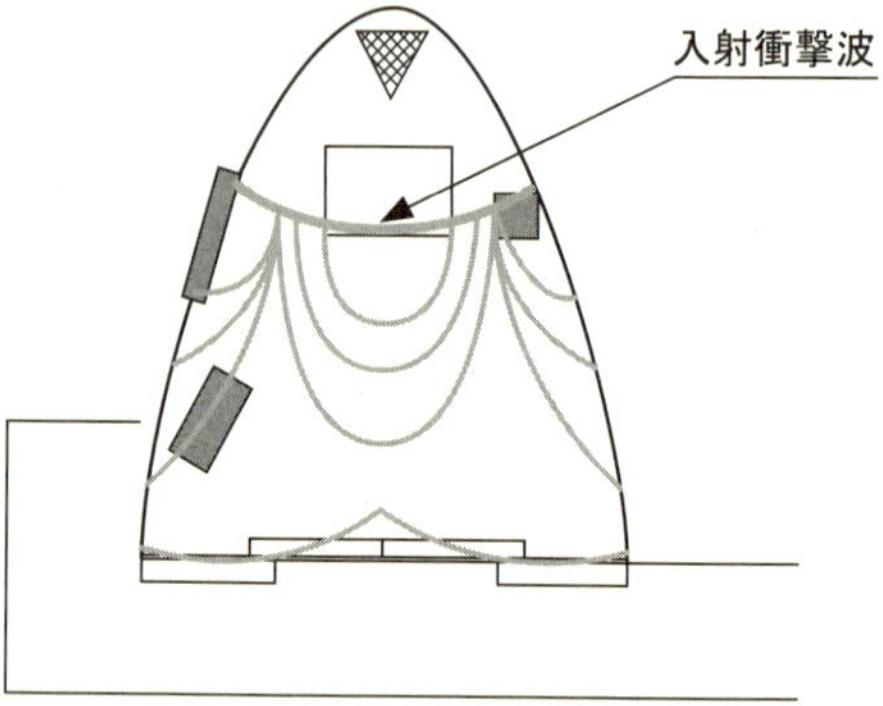

④

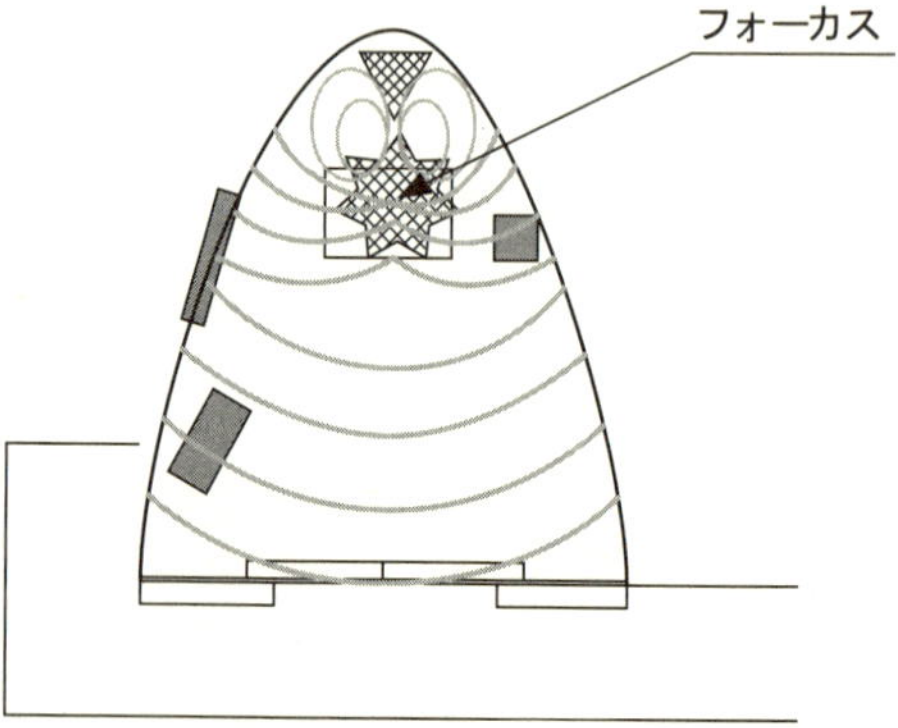

図5：フォーカシングプロセス

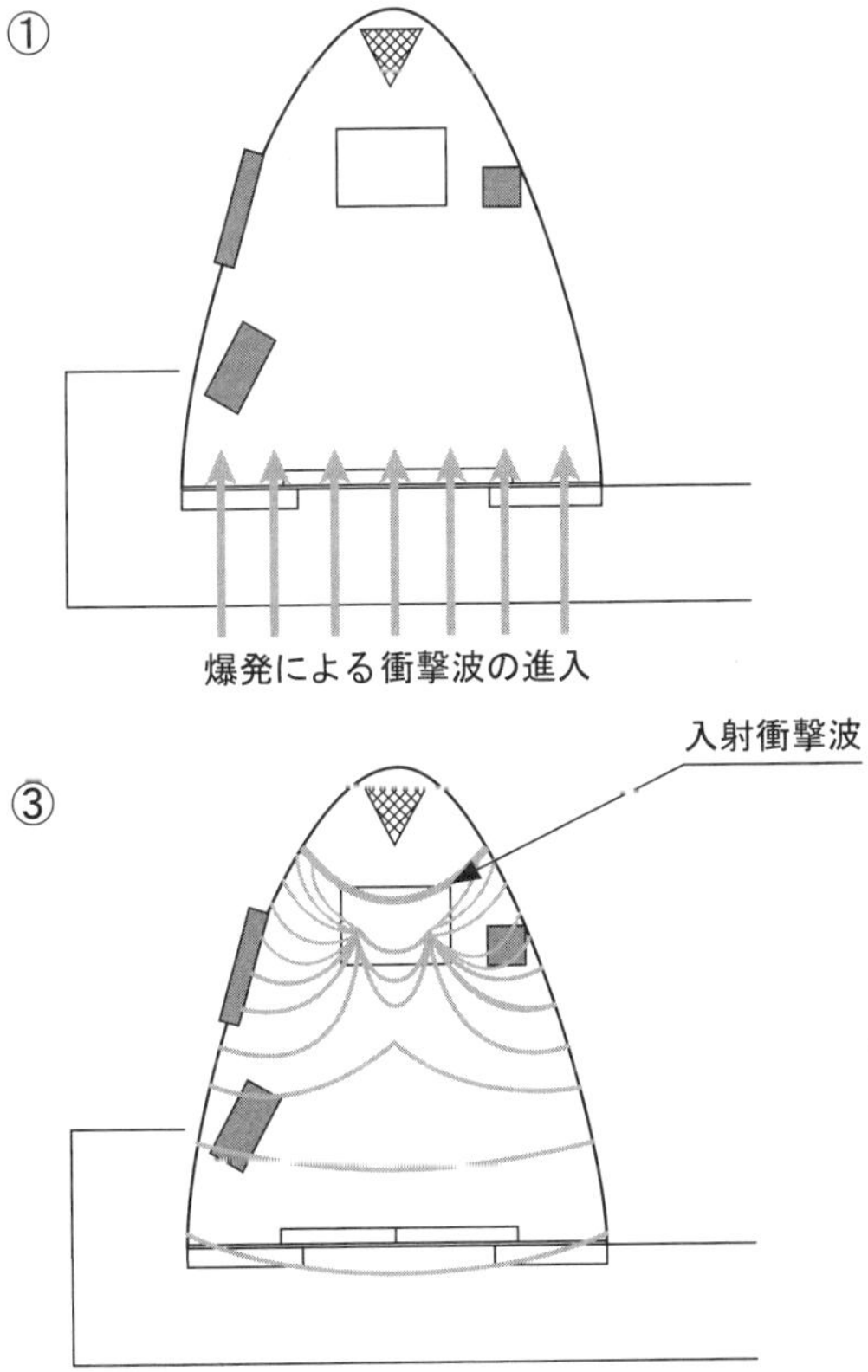

「おそらく、そうだろうという話だった。衝撃波は、空気中よりも水中のほうに高い圧力増幅が期待できるそうだから、人間ひとり殺傷するくらいは造作ないはずだって。人間の体は、水に非常に近い音響特性を持っているからだと。

それから、この部屋。どんなに凄まじい音圧の波が突入してきても耐えられるように、これだけのコンクリートと鋼鉄で固める必要があったんだ。あと、何か言ってたな。肝心のこの部屋が、ジェリコ城の石垣では台無しだから、とか」

「だからルスカは、ダイナマイトに殺された。そして、その爆発を起こしたのは、宇田川のじいさん」

「そうだ。私が電話で経緯を話した際、彼が犯人を指摘できた根拠はこれだった。この殺人ケースは非常に不可解だが、反面その方法が露見してしまえば、必然的に犯人が特定されるという欠点を持ち合わせているんだ、とね」

衝撃波。ルスカを殺害した凶器は、流体力学上の特異現象——。その発想は、常識を超えた、まったく思いもよらぬものであった。しかし、およそ非現実的な回答であったにもかかわらず、芦原には納得できるものだった。

「この部屋の、へんてこな形は、そんなことのために必要だったのか。それでじいさん、おれたちが目覚める前に爆発を起こしていた。朝っぱらから、いい迷惑だと思ったら」

「だが今朝は、夜明けを待たずに実行した。密室状態を捏造できる一階の部屋で、橋本くんに返り討ちにあったため、宇田川さんは自分の命が尽きる前に、最後の殺人をすませてしまおうと、急いだんだ」

話し疲れたカメラマンは、不自由そうにベッドにもどった。

芦原の全身に、いまさらながら恐怖が立ちのぼってきた。あのとき、自分が部屋を出ていなかったら。衝撃波を遮蔽しないため、すべてがベッドの高さまでしかない家具の置かれたこの部屋で、あのまま目を覚まさなかったら。

芦原は考える。自分は、なぜあのとき部屋を出たのだったか。

コーヒーを飲みすぎたせいで眠れなかった、それもある。だがその前に、おかしな夢を、ひどく子どもじみた悪夢にうなされて飛び起きたのだ。昨夜に宇田川が、電気工事をするからとの理由で部屋の変更を要請してきた。ショックウェイブ殺人を実行するため、自分をこの二〇四号室へ移すための口実だったのだろう。

そしてここは、昨日まで沢村の部屋だった。

もしかしたら、あの悪夢は沢村が見せてくれたのではなかったか。警告のために沢村が、部屋から追いだそうとして、助けるために——。

「沢村、そうだ。沢村」

「どうしたんだ？」

「沢村ですよ！」

芦原は、思わずカメラマンがのけ反るほど、顔を近づけた。

「ルスカと橋本は、わかりました。あんな年寄りが、一人を殺すことのできた方法が。橋本は部屋で寝ているところを、窓を開けてはいってきたじいさんから、つるはしで突かれた。必死に反撃したけど、死んでしまった。

けど、沢村はどうなるんです？　あいつは、あいつを殺したのも宇田川なんでしょう。誰かに崖から落とされたなんて嘘をついて、本当は岬で沢村を殺したんだ。でも、どうやって？　あいつは、死ぬまで抵抗しなかった、殺されるまで逃げなかったんですよ。何で、どうしてなんですか！」

「それが、わからないんだ」

「わからない？」

カメラマンは、悲痛な表情を伏せた。

「沢村くんが宇田川老人から、全身にあれほど跡が残るほどの暴力を、甘んじて受けた理由。おそらく、採掘道具などを凶器にして、殺意をむきだしにして殴りかかってきたはずだ。しかし当の彼は、それをふり払うどころか、すべて受けとめてしまった。この件にかんして推理できるのは、絶命した沢村くんを犯人が下まで引きずって、海につけてずぶ濡れにしたあと、ふたたび引き上げて岩肌に捨て置いた、その理由くらいなんだ」

「どんな、理由なんですか」

「おそらく殺害の際、沢村くんの体に、何か不自然なものが付着した。それで、それを洗い流すために」

「何が、ついたんだろう。じいさんの血か何か」

「あのとき、宇田川老人は別段、怪我をしていなかった」

「それじゃあ、一体」

「わからない」

カメラマンは、荒い息を吐いた。

芦原は、深く目を閉じた。

わからない。わかったつもりでいて、実際はまだ、わからないことだらけだった。

沢村が、なぜ無抵抗だったのか、わからない。ルスカが、なぜ宇田川の孫娘を殺し、さらにここまで老夫婦を殺しに来たのか、わからない。

「どうしたんだい？」

「いえ」

カメラマンに覗かれて、芦原は我に返った。

顔を天井へむけ、そしてため息をついた。

「これから、どうしようかなと思って」

「これから？」

「みんな死んでしまって、おれひとりになっちまったから」

「ひとりじゃないさ、精龍くんがいる。ルスカくんを殺した犯人だと決めつけ、その後は島に潜む肉食獣に食べられたのだと、私たちが勝手に殺してしまった、ある意味被害者のひとりでもある、彼がね」

そういえば。精龍が、直前になって旅行に来なくなった理由もまた、わからなかった。

「あいつとは、あまり付き合いがないから。沢村が連れてきたから、仕方なく仲間に入れてやったような感じで。だから」

芦原は沈黙する。部屋は、生命を拒否しているかのように、静かだった。

カメラマンが、軽く咳払いをした。

「ディケンズの『クリスマス・キャロル』って、芦原くんは、読んだことがあるかな？」

唐突な話題の変換だった。

「お金を貯めこむことにしか生きがいを見いだせない主人公のおじいさん、スクルージが、クリスマス・イブの夜、七年前に亡くなった親友を含めて四人の幽霊と遭遇する物語なんだ。最後でスクルージじいさんが、人々に好かれる人間に生まれ変わろうとするところで話は終わる。この物語、彼が改心したのは、果たして自分の寂しい未来を、幽霊に見せられたのが理由なのかってところが問題なんだ。

優しかった妹と早くに死別し、ただひとりの親友にも先立たれて孤独になっていた老人。それが、たとえこの世の存在ではないにしても、自分のことを気にかけ、見守っていてくれる。自分にだって、そんな人がいてくれた、それを知ったときの驚きと喜び。

彼が改心した理由は、侘びしい老後に恐怖したからなんかじゃない。自分は孤独ではないんだ、いつでも見ていてくれる人がいるんだってことを、知ったからなんだよ」

励ますつもりで聞かせたようだった。

「うまく、伝わらなかったかな。これも、受け売りの話だから」

カメラマンは、気まずそうに言った。

「電話の、友人のですか」

「うん」

芦原は、歯を見せた。

「ご立派な、友だちなんですね」

「まあね」

「この場にいないのに、事件のこともいろいろ解っちゃうし」

「その代わり、腹の立つこともあるんだ。時々バカにもされるし。ああ、思いだした。電話口で、あいつはこうも言ってたよ。自分がここにいたら、この事件は未然に防ぐことができたってね」

「へえ。それじゃあ、誰も死なずに、この島へ来たとたん、宇田川のじいさんを捕まえられたと？」

「そうらしい。なあ、鼻持ちならないだろう」

「でも、どうやって」

「夕食のときだったたか、宇田川さんはこんな話をしていた。この島はさる石材会社が所有していて、定年退職後に、管理人として居住することになった。以前は島で御影石を切りだしていたのだけれど、採掘量がへってしまったために採算が合わなくなり、会社は機材を引き上げてしまった。そして現在では、自分が趣味を兼ねてひとりで作業をしている。しかし御影石は、あらかた採りつくされてしまっているために、ダイナマイトを使用して石山の下から捜さなければならない。

　さっき、ダイナマイトの爆破現場を見たから、石を採っていたなんてのが嘘だってことは、もうわかっているけど、そのときはそのまま信用してしまった。

　しかし石の話の途中で、宇田川さんはこんなことを言ったんだ。採掘した石は、輸送船が寄港して引き取ってくれるってね。これが、おかしいと指摘していた。

　御影石つまり花崗岩は、現在は韓国や中国をはじめとして、その九十九パーセントを輸入に頼っているんだと。したがって船舶は、日本海を往来して輸送作業をしていることになる。こんな島で採れるわずかな花崗岩のために、輸送船が寄り道して、わざわざ瀬戸内海まで来てくれるとは考えにくい。それに基本的なことだけれど、石の採掘作業にダイナマイトを使用するなんて、どう考えてもおかしいって言うんだ。

石というものは、その固体がある程度の大きさでなければ使い道がないって。爆発物などを使ってしまっては、山と一緒に、せっかくの石も木っ端みじんになってしまう。

つまり宇田川さんは、ダイナマイトを使用するための口実を、きみたちにあらかじめ吹きこんでおきたかったんだ。ペンションの、この部屋を利用した殺人計画の段取りを、不自然に思われないために」

「なるほどね、そういうことか。スゴイや」

芦原は、小さく拍手をした。会ったことのない、また会いたくもない名探偵に、皮肉のつまった賛辞を送っていた。

5

二人は荷物を持って階下へ降りた。もう少し待てば、完全な朝になる。そうすればボートが、迎えに来てくれるはずであった。

薬箱を持って、芦原が食堂から出てきたとき、カメラマンはロビーで天井を見あげながら、物思いに耽《ふけ》っていた。

「一体、誰がこんなものを建てたんだろう」

天井にはりめぐらされた、蛍光灯と電球の幾何学模様。いまは規則的点滅を休んでいた。

「このペンション、六つの部屋がそれぞれの用途で対になっている。一階のふた部屋は、密室を演出するための作為がなされていて、二階の両端のふた部屋は、ショックウェイブの効果を発揮できるレイアウトになっている。つまり、このペンションは部屋のそれぞれが、殺人を演じるために用意されたシンメトリーの装置になっているんだ。そしてそれが思い過ごしでないとすれば、二階中央のふた部屋、おそらくはあそこにも、また何かの仕掛けが用意されているに違いない」

　二階の中央、芦原と橋本に割り当てられた、三味線のばちのような形をした部屋だ。

「シネラマの部屋ですね。けど宇田川のじいさん、二〇二号にいたおれを、二〇四号室に移したんですよ。真ん中の部屋にもカラクリがあるのなら、何もわざわざ」

　湿布薬の袋を破ると、芦原はカメラマンの脇腹に貼る。

「おそらく、宇田川さんは中央の部屋の仕組みを、使いこなせなかったんだろうね。あるいは、理解できなかったか。また電話の友人の話で恐縮だが、彼も言っていたよ。あの扇型の、末広がりの形状に、ラバーマットの床。これだけのヒントが提示されているのに。自分にはその用途が看破できない。誰かが命を落として初めて、その謎の検討がはじまる。出題されない問題に、解答を提出することはできない。それが自分の、能力の限界なんだって。またムカついたかい?」

「ええ。その男がこの島にいたら、一番はじめに殺されていたんじゃないかな。おれたち全員から」

　カメラマンは笑った、痛む脇腹をおさえながら、笑っていた。芦原も笑う。この島へ来て初めての、心の底からの笑いだった。

　二人の笑いをさえぎって、玄関から人の声がした。芦原たちは同時にふりむく。警官が、大勢の制服警官が、一斉になだれこんできた。

「無事ですか!」

「生きてます!」

警官のひとりが発した大声に、カメラマンも負けずに返していた。

「こっちで人が、死んでるぞ！」

外で叫ぶ声がした、橋本を見つけたのだろう。

「気をつけて。この人、あばらが折れているんです」

カメラマンを抱えようとした警官に、芦原は忠告する。

「あいつが、岡山から、通報してくれたんだな」

「偉大な友だちですね。本当に」

明日の朝、生きて会えることを信じている。

昨夜そう言ったカメラマンは、搬入された担架に乗せられると、芦原の前で笑ったまま、気を失っていた。

エピローグ1

1

この物語を書くにあたっては、つとめて自分を突き放し、傍観者の立場として記述することを心がけた。一九九九年の初秋、学生時代の最後の旅行に起こった事件の顛末を、極力主観的にならぬよう、露骨な自己弁護が読後を不快なものにしてしまわないよう、冷静な文章にしたつもりだ。

わたしが、この物語を記しておこうと思い立ったのは、先日届いた一通の手紙が原因であった。

あいかわらず精力的に活動されている、カメラマン氏。その彼から届いた長文がきっかけとなり、わたしの記憶を過去のこの時期に引きもどしてくれたのだ。

この事件で、カメラマン氏にはひどく迷惑をかけた。彼は駆けつけた県警のランチに乗せられ、すぐに市内の病院へ運ばれはしたものの、やはり肋骨が折れており、ひどい内出血もあってそのまま入院となってしまった。

カメラマン氏の名を、もちろんわたしは知っている。物語中では、工場跡で初めて出会ったあとペンションへ案内し、橋本が鎖をぶら下げもどって来るまでの間、ロビーでの雑談中に、わたしは氏から自己紹介を受けていた。しかしながら本作においては、最後まで『カメラマン』で通させてもらった。それがご自身の要望だったからだ。

いくら若気の至りだったとはいえ、思慮が浅く分別の足りなかったわたしは、勝手な思いこみから重傷を負わせてしまった。にもかかわらず当時、氏は怪我の原因を、沢村を崖から引き上げた際に骨折したと証言していた。事件後ひとり生き残ったわたしは、かぎりなく被疑者に近い参考人として、ずいぶん絞られたものだ。それを慮《おもんぱか》ったカメラマン氏が、これ以上わたしの立場を悪化させないため、嘘をついてくれたのだった。そのため今回の執筆に際し、事件からまだ数年しか経過していない状況で、実名を記述してしまうのは得策でないとの助言をいただいた。それをわたしは、遵守したのである。

当初、カメラマン氏を仮名とすることも検討したが、少しでも作りものの匂いを持ちこむことに抵抗を感じたため、不自然を覚悟の上で『カメラマン』と記述し続けることにした。事件当時だけでなく、現在もまたこのように煩わせてしまい、まったくカメラマン氏には申し訳も、謝罪のしようもない。

わたしが病院をたずねたとき、まだ氏は上半身をギプスで固定されてベッドに縛りつけられていた。傍らには、劇団で知り合ったという奥さんがいらっしゃった。ご主人をこんな目に合わせた犯人が、目の前にいることなど知らない彼女から、あなたも大変だったわね、主人を守ってくれてありがとうねと、丁寧に頭をさげられてしまった。

　思い出を書きつらねていても、きりがない。ここではいくつかの、不明な点を明らかにしておかねばならない——。

　先述のように、本土に帰ったわたしは、被疑者としてしばらく署へ勾留された。宇田川の婆さんが言っていたように、たったひとりの老人が、格闘技に長けた巨漢を二人も殺害したなど、にわかに信用する人間はいなかったからだ。

　そんな疑惑が晴れ、無事に解放されたのはカメラマンの友人、岡山から事件を通報した、あの男のおかげだった。

　あの夜、電話で犯人の名を言った彼は翌日、忠海へ駆けつけていた。そこで、検視を担当した医師に進言したらしい。

　その結果、当初の所見で震盪《しんとう》性臓器不全とされていたルスカの死体は、顕微鏡にて体内血管を観察したところ、無数の針で突き破ったような、珍しい痕跡が認められた。これは衝撃波の直撃によって生ずるものであると、県警から呼ばれた流体力学の専門家が証明したそうだ。その後、島でダミーを使用した衝撃波殺人の実地検証が行われ、成功に終わった。

　あの建物は、宇田川夫婦が島に移り住んだ時点で、すでに存在していた。老人が言っていたように、設計者は石材会社社長の知り合いの息子らしいが、宇田川と設計者に接点は見いだせなかった。また、社長の知り合いだという男も息子も、一九九九年の時点ですでに消息不明となっていた。もっとも、殺人目的で設計したとしても、設計者を罪科に問うのは困難だ。包丁で刺されたからといって、研いだ人間を罰することはできない。

それでは、宇田川はあの建物の仕組みを、どうやって知り得たのか。

おそらく、各部屋の使用法を記述した説明書のようなものがあって、それを老人が建物のどこかで見つけたのではないか。

そこで、ひとつの疑問が生じる。二階の部屋が殺人に使えると、解説に書いてあったからといって、鵜呑みにして簡単に実行しようと思うだろうか。使用するには荒唐無稽すぎるこの方法を、親族を殺した相手が目の前に現れたからと、すぐに実践するものだろうか。

県警の人間も抱いたこの疑問に、回答を与えたのは、やはりカメラマンの友人だった。

説明を聞いて思いだした、というより、聞くまですっかり忘れていたのだが、宇田川が以前に尿管結石を患っていた話を、夕食の席で聞かされたことがあった。手術をするのは怖いと医師に相談したところ、医療設備を整えた病院を紹介され、そこで腹を切らずに治してもらったという入院の経験談だ。

結石治療で本土へ渡った宇田川は、手術を拒絶したにもかかわらず治癒している。その理由は、ESWL、つまり体外衝撃波結石破砕治療にあった。これはショックウェイブを応用した治療法で、患者の体外から結石に衝撃波をくり返し当てることで、執刀手術を不要とするものだった。この処置で、患者体内の結石は、砂状になるまで砕かれてしまうとのこと。砕かれた結石は尿と一緒に排出されるため、身体にメスを入れる必要がなく、当然麻酔も用いないということだった。はからずも尿管結石のおかげで、

エピローグ1

ショックウェイブの威力を身をもって知ることとなった宇田川は、俄然あの部屋の使用を前むきに検討しはじめた。

つまるところ、宇田川は踊らされていたのだ、あの建物を設計した男に。

老人は、あんな建物にさえ出会わなければ、人殺しなど考えなかったはずだ。悪いのは宇田川ではない、ペンションを創った、誰かだ。その人間こそが真犯人なのだと、カメラマンの友は、県警の刑事たちの前で一説ぶっていた。

事件は解決をみたものの、わからない部分は現在でもまだ残っていた。倉庫に保管されていたダイナマイトの入手経路。けっして少なくない量のダイナマイトを、宇田川がどこから手に入れたのか、これはわからなかった。宇田川の婆さんは、すべて主人のやったことだから自分は何にも知らないと、最後まで言いはっていた。

次に、その女将が抱いていた赤ん坊。子どもに対しては、当時一般化されはじめたDNA鑑定がなされた。その結果ルスカは、父親ではなかったことが判明した。鑑定は橋本と沢村についても行われ、むろんわたし自身も受けさせられたが、結果はみな陰性であった。赤ちゃんの父親もまた、現在まで不明なのだ。

ルスカこと隆州勝也は、宇田川の孫娘から濡れ衣を着せられて、それを隠匿するため短絡的に殺人へ走った。それがこの事件の、発端ということになるのだろうか。

そのルスカが、警察官試験を受けていたことは本編でも書いた。彼は七月に実施された一回目を受験したのだが、落ちていた。その結果をルスカは、宇田川の孫娘のせいにしていたふしがある。

「女は出産直後だったにもかかわらず、試験会場の入り口で隆州を待ち伏せた。いかにも水商売ふうの出で立ちをしていた彼女は、受付に座る係官の前で、これ見よがしにキスをしたという。これで心証を悪くしたのが落ちた原因だと、自分は二度と受験できないと、隆州が書きなぐった日記が自宅で見つかった。

　そして追い討ちをかけるように、女は生んだ子の責任をとれと隆州を脅迫してきた。応じなければ実家へ乗りこむとも。彼女が、なぜここまで執拗に、隆州だけを責め苛《さいな》んだのかは不明である。しかしながら、それが引き金となって女を殺し、川へ投げ捨てた。女から、祖父母が大久野島の近くでペンションを営んでいることを聞いていた隆州は、子どもと老人夫婦の殺害をも実行するため、宿へ赴いたのである」

　以上が警察の捜査した、ルスカによる、宇田川の孫娘殺しの理由および動機であった。

　好人物の正義漢であった男が、警察官への希望を絶たれたとたん、理性の振り子が憎悪へと大きく振れてしまったのだろうか。いちどでも人をあやめてしまった人間は、目的を遂げるため容易に殺人という手段を用いるものだ。そう、カメラマン氏に言われた。どこかの推理小説の受け売りらしかったが、しかしわたしは、それで納得してはいない。坊主憎けりゃ袈裟まで憎いにしては、常軌を逸するに甚だしいと思うのだ。

　根源をたどれば、あのとき酔っていた自分たちが悪いのだとはいえ、おかしな女に引っかかったルスカは気の毒だった。そして、ルスカを返り討ちにした宇田川老人の、殺人のカムフラージュとして殺された沢村と橋本。思いだすだけで、やりきれない。

精龍のことを忘れていた。

旅行に参加しなかった、五人目の男、精龍彪《たけし》。あとで聞いて驚いたが、この男はルスカの計画を知っていたのだ。殺人目的で島のペンションを予約したことは、この精龍の証言で明らかになった。

ルスカは当初、この計画をわたしたち全員に話すつもりだったらしい。あのとき、あの女と関係したのは五人なのだから、運命を共有してくれと持ちかけてきた。ところが当然のこと、精龍はこれを即答で断ってしまう。ルスカは激昂し、だったら自分ひとりでやるから、その代わり残りの三人には言うな、言ったら今度はお前を殺すと脅してきたそうだ。

島を訪れた際、帰りは人数がへっているとルスカは言ったが、あれはもとから、自分は生きて帰るつもりがなかったということだったのか。島で宇田川老夫婦と、係累を手にかけようともくろみ、それをわたしたち全員に打ち明けるつもりが、最初の精龍に拒絶されたため方針を急遽変更してしまった。ルスカはあのとき、事情を説明したら、わたしたちが老人と赤ん坊殺しに協力すると、真剣に思っていたのだろうか。あるいは、罪は自分ひとりで被るからとでも。だとすると、あの男をそこまでの狂気凶行に走らせた理由は、別にある。警察官試験に落ちたなどではない、はるかに深刻な原因があったのではと、そう思えてならないのである。

とはいえ、いまとなってはルスカが何を思っていたのか、わたしには知る由もない。
そして精龍も。ルスカから話を聞いた際、あの男は、面倒にはかかわりたくないからと旅行を欠席した。だったら、なぜそのときにルスカをとめなかったのか。

2

事件のあとも、わたしはカメラマン氏とは、文書で近況を報告し合っていた。筆まめな人で、毎年かかさず年賀状はいただくし、仕事で訪れたさきからハガキをくれることも多い。それは、数年たった現在でも変わらなかった。当時もいまも、わたしはパソコンや携帯電話を持たないため、ワープロや電子メイルではなく、未だに手書きで返事を書いている。

ある日、仕事から帰ったわたしは妻から、氏から届いた何十通目かの書簡を受け取った。珍しく封書のそれには、先日ルポルタージュ・フォトの仕事で、福岡県のI市のお寺を訪れた際の顛末が書かれてあった。その寺には、さまざまな事情から墓にはいることができずにいる故人たちの亡骸が、骨壺のままで放置されているとのこと。それらの撮影が訪問の目的であることなどが、文面の冒頭に書かれてあった。

そこでカメラマン氏は、応対してくれた寺主との雑談から、I市について過去の閑話を聞いた。炭鉱が栄えていたころの様子、それが閉鎖されてしまったあとの労働者の悲惨な生活。そして現在にいたるまでの間、この界隈で起こった数えきれないほどの刃傷沙汰について。

そのとき、いつ枯れるともなく喋り続ける寺のご主人の、言葉の一片にふと聞き耳を立てた。それは以前、寺の裏にあった、かつて炭鉱宿だったアパートで起こった事件、知的障害を持った子を母親が扼殺したという悲惨なものだった。

ホステスをして生計を立てていた、当時まだ二十代の母親が、子どもの将来を悲観したのか、これを発作的に殺害してしまった。被害者の女の子には弟がひとりいたが、その子は小学校にいたおかげで、何も見ずにすんだという。

なぜか、残された男の子の消息に興味を持ったカメラマン氏は、ご主人の記憶を頼りに、日付から新聞紙面の検索をはじめた。

昭和五十九年十一月九日、その事件を起こした母親は、棚戸ヨリ子という名であった。そして被害者の女の子が、棚戸マサミであることまでは当時の紙面から確認できたが、残ったもうひとりの男の子については記載されていなかった。

その後、カメラマン氏はとなりの田川にある児童相談所なども訪れたが、過去に在所した児童の資料など、何の関係もない一般人に見せられるわけがないと追い返されてしまった。

そんな経緯のつづられた文面が、中途半端な調査で終わった彼の失敗談として、便箋のほとんどを占めていた。

わたしには、氏が何の意図もなく、このような手紙を送ってきたとは思えなかった。あのとき、県警で行われた事情聴取の合間に、わたしはカメラマン氏に、自分が幼いころの一時期を、福岡県のI市で過ごしたと話していたからだ。

それで気づいたのだろう、この九州の田舎で起こった事件が、わたしたちのかかわったあの事件の、残る疑問を解く鍵になり得ることを。おそらく手紙は、あのエラそうな友人が、彼に書くよう要請したに違いなかった。

その思惑どおり、わたしには、氏の調査の欠落部分を補足することができる。わたしは、棚戸ヨリ子を母に持っていたその男の子と、小学生の一時期をともに過ごしたのだから。

故意に隠していたわけではなかった。すっかり忘れてしまっていたのだ。しかし、受け取った尻切れとんぼな報告書が、閉塞していた記憶の扉を開け放ち、子どものころの光景を引っぱりだしてくれた。福岡で生まれ育った、彼の記憶を。

名は、棚戸純夫といった。いつも薄汚れた服を着て登校していた彼は、それでも持ち前の正義感と利発さで、教室では一目置かれる存在であった。そのため、わたしが転校して来たとき、すでに彼はクラス委員になっていた。

ふだんは無口でずいぶんおとなしい子だったが、しかし突如として人が変わったように暴れだすことがあった。母親や姉をバカにされた場合だ。いちど暴れると、もう手がつけられなかった。相手が上級生だろうと、何十人だろうと、棚戸は構わずにむかっていった。

そんなとき担任の教師は、決まっていつも、わたしを仲裁役にかりだした。劣らず、わたしも体が大きかったから、簡単ではなかったが彼をおさえることは出来た。また、たまに一緒になって大勢を相手に闘ったこともあった。転校生のわたしが、彼とすぐに仲良くなれたのは、そんな理由からだった。

だがある朝、学校にくると、彼の席は空っぽになっていた。

棚戸が町を去った理由を、大人たちの下世話な噂で聞き知った。当時もちろん幼かったわたしだが、それでも彼の姉が亡くなったことと、母親が悪いことをしたのだということ、そのくらいは理解できた。

やがてわたしも、親の転勤で東京へ移り住むことになり、I市をあとにする。にぎやかな都会では、目にするものすべてが珍しく楽しくて、のどかな片田舎の記憶など、忘却するのにさして時間は必要でなかった。

ところが偶然にも、わたしは彼と高校で再会することになる。

それが棚戸だとは、すぐにはわからなかった。それは彼が異国人のように浅黒くなり、またわたしを越える長身になっていたこともあったが、もっとも大きな理由は苗字が違っていたからであった。

棚戸純夫は、あの事件のあと、親戚に引き取られていった。福岡から東京に場を変えて、十年ぶりに再会した彼は、何度か姓を変えた末に、沢村純夫を名乗っていた。

経済的な事情で、定時制高校に通っていた彼は、しかし棚戸から沢村になっても、気性はあのころとまったく変わっていなかった。ふだんはおとなしく、静かに俯いているのだが、電車や路上などで非常識な光景を目の当たりにすると、突然スイッチがはいったように暴力行為に走った。反面、目上の人間に対しては、常に礼儀や言葉使いに気をつけ、老人や障害者へも驚くほどの思いやりと心づかいを見せていた。

その沢村が、老人の宇田川に殴り殺された。

相手は、橋本が声を聞いたと言いはった肉食獣ではなかった。また、橋本やルスカのように、ふいを突かれたわけでも常識を超えた殺人装置の実験台にされたのでもなかった。相手は、掘削道具を凶器に使用していただけの、ただの年寄りだった。なのに、あのとき沢村は暴力をよけず、逃げもせず、最後まで抵抗することなく撲殺されていった。

わたしが、この物語を書きたかった理由。それは沢村純夫の死の理由を、わたしなりに結論づけたかったからにほかならない。

あのとき沢村は、自分の母親が姉に手をかける場面を見ていない。しかし誰もいなくなった部屋と、心ない大人たちの無責任な会話から、自分の家族に何が起こったのかを理解したのだろう。

沢村は、自分の父親を知らなかった。姓が沢村に落ち着くまで、親戚をいくつかたらいまわしにされ、その都度、母親は犯罪者、父親のわからない子と忌み嫌われ続けた。そんな彼にとって、風俗嬢の女が生んだ赤ん坊の境遇が、他人ごとには思えなかったのではないか。

そしてまた、彼の亡くなった家族と、宇田川の親族にあった偶然が、沢村を責め追いつめたのではなかったか。沢村の母親は棚戸ヨリ子、その母に幼くして殺された姉はマサミだったが、宇田川の孫娘もまたヨリ子であり、生まれたばかりの赤ん坊もマサミと名付けられていたのだった。

あのとき、新大久保の電柱に立っていた宇田川ヨリ子と、わたしたちは連れこみにはいった。だが、沢村だけは何もしなかった。それなのに彼は、責任をとってしまったのだ。

　岬で宇田川から、自分の孫はお前たちに弄ばれ、あげくに望まぬ子を生まされたのだと糾弾されて、自身のとるべき行動を決めた。あの場で、宇田川になぶり殺しにされることで、罪を償おうとしたのだ。自分が幼少より味わってきた思いを、同じ辛苦をその子にもさせてしまう。自分には関係ないと、聞き流せるほどに彼は、強い人間ではなかったのだから。

　わたしは思う。岬で、宇田川から凶器で殴られ続けながら、あのとき沢村は、泣いていたのではなかったか、と。

　全身メッタ打ちの末にこと切れた沢村。肩で息をしながら作業を終えた宇田川は、涙で汚れた死体の顔を見て困惑した。この状態で発見されて、残りの連中に不審に思われないだろうか。

　思案したあげく、宇田川は波で洗うことを思いついた。

　死体は、別に崖から落としてもよかった。だが途中で引っかかり、老人の手が届かない位置にぶら下がったりしては、本も子もない。そこで力仕事を覚悟して、訪問者のなかで、もっとも痩身の沢村を、引きずって下りることにしたのだ。死体をそのまま海へ流してしまうと、わたしたちが行方を心配するかも知れない。もし、深夜を徹しての山狩りなどをされ、それが朝まで続いたりすれば、ペンション内での殺人は不可能になる。ひとりでも殺しそこなって、警察で証言されてしまえば、ケンカで殺し合ったというシナリオは破綻してしまう。だから死体は、崖下に残しておく必要があった。

　沢村を運び、海水で涙を洗い終えた宇田川は、適当な岸壁に死体を引っかけたあとで、今度は自分の汗だらけの顔と体に狼狽した。この季節、涼やかな風の吹く島に、自分のような老人がこれほど汗だくになる作業などない。そこで海にはいることで汗をごまかし、自身もまた何者かに襲われたという、追加シナリオを急ごしらえしたのだった。

以上が、わたしの頭で考えた、沢村の死の真相である。

あのころの沢村は、夏休みをはじめとして、行方をくらますことが多かった。彼はその間、ボランティア活動をしていたのだと、合同葬の席で遺族から知らされた。あの色黒はまた、訪問先の老人ホームや、障害者施設でも人気があったそうだ。そこでは、手作りの皮細工の小物入れや財布、手縫いのパジャマや手編みのセーターなどを、よく贈られたという。ずいぶんな衣裳もちで、おしゃれであった理由が、このときわかった。だが、そのことを最後まで黙っていたのは、なぜだろう。わたしたちに話したら、笑われるとでも思ったのだろうか。だとすると、寂しくて耐えられない。

沢村は、よくわたしに対して、人は死んだらどうなるのかと訊ねた。あれは、彼が死を恐れていたのではなく、幼くして母親の手にかかった姉の、行き先を案じていたのではなかったか。少なくともいまのわたしは、そんなふうに考えている。

わたしは、彼を忘れていない。そしてまた、ときとして、こんなことを考えたりもする。

沢村純夫、棚戸純夫。タナトスミオ。タナトス——。

子どものころから多くの人間の悪意と憎悪を見て育ってきた彼は、生まれながらにして、棚戸の苗字を冠せられた瞬間から常に死を見つめて生きる、そんな宿命を負わされていたのではあるまいか。

一九九九年の晩夏、わたしはたった二日間で、三人もの友を失ってしまった。そのせいか、死について考えることが多くなった。

芦原英幸。その生涯を空手に捧げたこの人も、心身ともに円熟の境に達していたとき、突如としてALS（筋萎縮性側索硬化症）に襲われ、闘病も虚しく一九九五年四月二十四日にこの世を去っている。そんなこともよく知らず、単に姓が同じだからとの理由で空手をはじめたわたしは、中学から制服のケンカ十段と呼ばれだし、得意になり肩で風を切っていた。

橋本真也。プロレス界で闘魂三銃士、破壊王と呼ばれた彼も、つい最近の二〇〇五年七月十一日、脳幹出血で突然、帰らぬ人となった。

単細胞で底抜けに人のよかった我が友、橋本と、橋本真也がリングで対戦していたら、果たしてどうなっていただろう。ダブル橋本戦。おそらくは、むこうで実現しているかも知れない。

最後に、カメラマン氏の信頼する、エラそうな友人について書いておく。

この人物の名も、わたしは知っている。だが敢えて書かなかった。それは、わたしがこの男を嫌いだからだ。後ろで糸を引くように、今回こんな手紙を氏に投函させたのも不愉快だったが、それよりも、あのとき電話で、事件は自業自得だから手を出すなと進言していたことが気に入らなかった。この件にかんして、わたしはいまでも納得していない。

　また、自分が現場にいあわせていたなら、事件を未然に防げたと豪語したことも、わたしに憤怒を感じさせた。

　ペンションで初めての食事の際、橋本が厨房から新聞を持ってきた。あのとき読みあげたのは、まぎれもなくルスカが起こした事件の記事だった。わたしはそれを、沢村から受け取って見ている。あの新聞は、東京版だった。瀬戸内海の小島の宿に、東京版の新聞があったことに、なぜ疑問を抱かなかったのか。そのことで、わたしはあの男から、ずいぶん嘲笑されてしまった。まったく、いま思いだしても腹が立ってしまう。

　勉強のできる者に、力自慢。部屋に閉じこもってテレビゲームで休日を終わる人間と、スポーツで体を酷使して、翌日の仕事で足腰が立たずに上司から叱責されるサラリーマン。事件や問題に首を突っこみたがる物好きと、危うきに近寄らずと距離をおく良識人。そして、謎を解明するイヤミな男と、頭はまわらないが感じのいい熱血漢。

　世の中、さまざまな特徴、能力をもった人間がいるから面白いのではないか。文句があるのなら、抜き手で畳を突き破れるか、ふり上げた足で、自分の頭越しに後方の相手を蹴ることができるかと、あの男に問いたい。

　もっとも、現在のわたしにも、もうできないのだが。

エピローグ2

沢村が運転するワゴンは、四時過ぎには営業所へ帰還した。入社し、この営業所に配属されてから、こんな時間にもどったのは初めてのことだ。広瀬の協力がなければ実現はとても不可能だった。

倉庫にワゴンを突っこませると、すぐに明日使用する資材を運び入れる。今日もホットコーヒーが、ずいぶん出ていた。

あの事件以来、彼は大のコーヒー好きになっていた。この職業についたのも、就職活動で企業まわりをしていたとき、会社の前から何ともいえぬコーヒーの香りがただよってきて、気がつくと誘いこまれるように受付の前に立っていたというのがきっかけだった。

当初は、外で動き回る営業職を希望していたが、生まれつきの長身が、お客を見おろす格好になり社の心証を悪くしてしまうとの理由で、入社一年でルート営業の部門に転属となった。

仕事内容を変えられても、彼に苦痛はなかった。仕事中にコーヒーを好きなだけ飲めるのだ、それ以上の至福はない。顧客先では訪れたＶＭをすべて動作確認し、そのたびに必ずコーヒーを抽出しては、すべて飲む。専門店のコーヒーもうまいが、ＶＭが出してくれる、いれたてのインスタントコーヒーが、沢村は好きだった。

ここ二、三年は、スタンド形式のコーヒーショップが台頭し、自販機のコーヒーは売りあげを落としテリトリーも奪われつつある。これからさきがどうなるのか少しもわからないが、とにかくコーヒーが飲めればいい、彼はそう泰然と構えていた。いくら周囲から危機感がないと思われようが、それが沢村の、生来の性格なのだ。

ロッカールームで私服に着替える。ふだんはスーツだが、今日は特別な日のためラフな格好で出社していた。仕事中は会社が貸与する、上下ともベージュのユニフォームを着ているため、背広で来なければならない理由は特別ないが、主任であるとの自意識から、スーツを着ることがほとんどだった。

さて。会社を出ると、足早に地下鉄へむかった。

日本橋につく。目的の場所は人形町にあったが、沢村は、ここで降りることにした。

腰ポケットから走り書きのメモを取りだすと、上はどっちだと紙を回転させてから、自分がいる場所のあたりをつける。

東京で唯一の、スーパーシネラマシアター。憧れの映画館であったテアトル東京は、その後に名を変えてしまったと、あのころカメラマンが言っていた。だが翌年の二〇〇〇年には、ふたたび衣替えをし、いまはル・テアトル銀座になっている。カメラマンの懐かしそうな顔を思いだしながら、受付の窓口へむかう。チケットを買ってくるよう、妻から頼まれていたのだ。最近はコンビニエンス・ストアでも、インターネットからでも購入できるそうだが、沢村はやらない。タッチパネルの画面もパソコンにも、触りたくないのだ。

窓口で希望の日を言い、料金を支払う。沢村は周囲を見まわして、ここが映画館だったころの様子を、自分なりに想像してみた。

だが、何も浮かんではこなかった。生まれた年代や、過ごした時代が異なると、同じ景色でも映画でも、同一の印象を受けることは叶わない。高名な写真家が撮り続けた奈良や、文学者が通った遠野の景色は、いまの時代にも存在している。だが同じ時代、同じ瞬間に見ていなければ、感動をもらうのは無理な相談だというのか。沢村は、そんなことを考えながらチケットを受け取った。


電柱の住所標識が、人形町になったころには、太陽はずいぶん傾いていた。

目指していたのは学校、小学校だった。

すでに正門は閉まっていた。あらかじめ言われていたとおり、裏門へまわる。

沢村は体を少しかがめると、事務室の窓を覗いた。なかでは初老の男が、スチールテーブルを前に書き物をしていた。沢村は声をかけ、面会相手の名を言った。

「五年生の先生ですか。この時間ですと、もうみなさん帰って。ああ、そうだった。今日は宿直なんだっけ」

ひとりで合点しながら、テーブルの電話機をとり、相手に沢村のことを告げるとすぐに切った。

「体育館で、待っていてほしいそうです」

体育館は、すぐにわかった。かまぼこ型の、学生時分によく見た形は、どこの学校も大して変わらない。

薄っぺらい鉄扉の開き戸を引く。室内に明かりはなかったが、二階部分より差しこむ陽差しで、まだ充分に明るかった。

すみに、マットが何枚か敷いてあった。すでに用意をしていたようだ。

靴を脱いだ沢村は、その場で裸足になるとマットへ歩みより、ふちに腰を下ろし安座となった。

間もなく、ゴロゴロと音をたてて別の鉄扉が開いた。

現れた相手を見て、沢村は立った。

「よう。精龍先生」

「待たせたな」

ひとまわりほど小さい精龍は、はいって来るなり沢村の体を叩いた。

「すっかり肥えたな。仕事で、コーヒーばかり飲んでるからか」

「デスクワークのせいだよ。でも、また痩せる。現場にもどったから」

「それじゃ稽古は全然か。そんな体で大丈夫なのか」

「何の。先生こそ、なまってんじゃないのか」

「そこそこ頑張ってるさ。けど、食い物には気をつけてる。すぐ太ってしまうんで」

「うちもだ。カミさんがうるさくてね。メタボリックが、どうのとか」

「メタボリックシンドロームか。男はウエストが八十五以上で危険とかいうやつだな」

「けど、そんなこと言ったって、おれは背が一八五あるんだ。なのに腰まわりがたったの八十五じゃ、力仕事なんかできないよ」

「心配してるんだよ奥さんは」

ふたたび沢村を叩くと、精龍は背中をむけて、着ていたトレーナーを脱ぎはじめた。

それを見て、沢村もジャンパージャケットのジッパーを下ろす。

上半身をさらした二人は、互いの肉体を見て笑い合った。

「先生、ひどいなあ」

ポッコリふくらんだ腹を指さして、沢村は嬉しそうに言う。

「お前だって。その生っ白い体は何だっての」

精龍に指摘されるまでもなく、沢村は最近の体の重さに危機感を持っていた。あのころに比べると、めっきり筋肉が落ちてしまった。胸板は薄く腕も細くなり、両手にあった拳ダコは、わずかに形跡をとどめるのみだ。代わりに腹筋にうち勝った脂肪が、腹部をだらしなく覆い包んでいた。

「ケンカ十段も形なしだな、どこが芦原なんだって」

「いまは沢村だ」

「そんなブヨブヨじゃ、本物の沢村が泣くよ。メタボリックだ、奥さんの言うこと聞け」

「聞いてるさ。少しでも逆らったりしたら、すぐに追いだされちまう」

「つらいねぇ、婿養子ってのも」

憎まれ口を叩きながら、精龍は腹を揺すり、柔軟体操をはじめた。一昨年、職場で知り合った事務の女子社員と結婚していた空手屋も、負けまいと股割りをする。足の筋のあちこちから、ビシッと危ない音が発していた。

「先生。手紙で読んだけど、その後どうなんだ」

「マサミちゃんか、三組に入学した。一年生のなかではダントツに大きい。ビックリしたね、男子生徒よりもだ」

「いじめられたり、してないのか」

「全然。そんなタマじゃない。それとなく担任の先生に訊いてみたが、どうやら入学半年で、学年を締めちまったらしい。この調子じゃ、三年生になるころには、この学校を制圧するかもな」

「つまり、いじめる側になったってことか」

「それもない、いじめっ子をやっつけることはあってもな。その証拠に、あの子は相当に人気がある」

　体を曲げながら、沢村は感心した。

「ただ、怒ると手がつけられない。入学したてのころ、男子生徒からデカ女と言われたときは黙っていたのが、お前の親も怪物だろうと言われたとたん、ブチ切れた。担任に呼ばれて仲裁に駆けつけたんだが、いや驚いたね。相手は小学一年生だぜ、しかも女の子だ」

　まさか。ＤＮＡの結果も出ている、空手屋は頭をふった。

「あの子は大物になるぜ。早いうちに進路を決めてやったほうがいいな。柔道でもレスリングでも、空手でもムエ・タイでもいいから」

「お前の詠春拳は、だめなのか？」

「教えたことはあったよ。その件があってから、自分を律することを学ばせようと思ってな。でも功夫じゃ、日本で飯は喰えない。それにオリンピック競技でもないから」

「もういいのか、日本人に教えたりしても」

「この体じゃ、奥義は伝授できないよ。こっちも習い直さないと」

　プルプルと腹を震わせてみせる先生に、ひでぇなあと笑いながら、空手屋は立って足を交互にふり上げる。と、思い立って突然、後ろ回し蹴りをしてみた。

「おい！　大丈夫か」

　精龍があわてて駆け寄る。ものすごい勢いで、かつての空手屋はひっくり返り、派手に尻もちをついていた。マットが敷いてなかったら、しばらく動けなかったかも知れない。

「芦原やっぱり、やめたほうがいいんじゃや。明日も会社なんだろう」

「大丈夫だ。残ったおれたちで、最強決定戦をしてやるんだ」

　いまは小学校で教師をする、精龍から手紙をもらったのは、今年の春だった。そこでマサミが、精龍の学校に新入生として来ることを、空手屋は知ったのだ。

　それに前後して受け取った、カメラマンからの手紙。この二通が彼に、あの島で起こった物語を書こうと決意させていた。

　そして、あのとき隆州が、突然やると言いだした最強決定戦。

　今日、精龍に頼んで体育館を借りてもらったのは、三人の供養の意味もあった。叶わなかった最強決定戦を、生き残った二人でやってやろう。それに今年は、彼らが亡くなってから七回忌にあたるから。そう先生に説明した空手屋は、亡くなった年を一と数えるから、七回忌は去年になると言われ、赤面してしまった。それでも精龍は共感してくれ、隆州と沢村の命日で、橋本の命日を明日に控える、この日に対決が実現したのだった。

「それじゃあ、そろそろはじめるか」

大した運動もしていないのに、お互いすでに相当量の汗をかいている。

ひたいの汗を拭うと、精龍は自然体に立ち、右腕を前に突きだした。チーサウという構えであることを、空手屋はこのとき初めて知った。

合わせて半身に構え、手を軽く開いた状態で対峙する。

「精龍、訊いていいか」

思いだしながらのフットワークをとめて、空手屋は喉につっかえていたことを、切りだした。

「何だい？」

「あのとき、お前はルスカから、あいつが島へ行く目的を聞いた。動機というのか、なんだったんだろう。殺そうと思った、本当の理由は」

「さあな。あいつは言いかけたけど、オレは途中でさえぎってしまったから。どんな事情があったにせよ、人を殺していい理由なんてない。ただ、目的は赤ん坊のマサミちゃんだけで、宇田川夫婦は関係ないとか言ってたな」

「おい、そいつは初耳だぞ。お前、警察の事情聴取では、違うこと言ったじゃないか」

「そうだっけ。あのときは、むこうもしつこかったから。しかしルスカの奴、あの図体で、殺すのが赤ん坊だったなんて、やっぱりイカレてたんだろうな。サスペンスで、似たようなのがあったけど」

恋人同士が、実は兄妹だったため、生まれた孫を、祖母が殺そうとする。そんなドラマの内容を、先生は唐突に話しはじめた。

「テレビの話はいいよ。それより、ずっと引っかかっていたんだが、お前はそのとき、何でルスカをとめなかったんだ」

先生は構えたまま、逡巡するように唇をなめていたが、すぐに観念した顔になった。

「オレの祖父は中国の人間でね。むこうで土木作業の仕事をしていたんだ。オレが子どものころ、じいちゃんが大怪我をしたって騒ぎになって、家族で病院に駆けつけたことがあった。河川で砂利の除去をしていたらしいんだが、そのとき作業ポンプが、何かを吸いこんでしまった。吸いあげたのは砲弾だったんだ。知らずに蓋を開けてしまって、その結果じいちゃんは失明した。それだけじゃなくて足が、両足が骨の見えるまで、ただれてしまっていた。砲弾の正体は、毒ガス弾だった。戦時中、日本軍が中国に放擲《ほうてき》したままの毒ガスだったんだ。

オレが旅行を直前で取りやめたのは、ルスカが行くと言った島が、大久野島の近くにあることを知ったからだ。そしてルスカを諌めなかったのも」

「毒ガスを製造していた場所なんかに、近寄りたくなかった、それはわかる。けど、それがどうしてルスカを」

「事件を起こしてもらいたかったんだ。あんな静かな場所で殺人が起これば、マスコミが駆けつけテレビがこぞって報道するだろう。そうすれば否が応でも、近辺にはかつて毒ガス工場のあったことが、全国に知れ渡ると思ったんだ。地図にない島と呼ばれていた大久野島の存在が、ルスカの起こす事件がきっかけで一般に認識されて、これ以上じいちゃんのような被害者が出なくなってくれればいいと、考えたんだよ。あのときはね」

「つまりお前は、ルスカを利用しようとしたんだな。ひでぇ野郎だなあ」

「そう言うな。それにとめろったって、ルスカを制止する力なんか、はなからオレには無かったんだ。人を殺したなんて話も、正直あのときは信じちゃいなかったしな。

　それでも心配だったから、あの日ペンションに電話したんだぜ。ルスカが本当にやらかして、大騒ぎになっていたらすぐ警察に連絡しようと思って。けど、かけたらお婆さんが出てきて、間違い電話ですって、一方的に切られてしまったんだよ」

「本当か、おれたちがついた日か」

「そうだよ。これでも東京で、みんなのこと心配してたんだぜ」

　そうか、連絡していたのか。電話に出たのは、宇田川の女将だったのだろう。でも、それなら翌朝もういちど電話してくれていたら、通じないことに異常を感じて。

　空手屋はかぶりをふった。いまさら文句を言ってもはじまらない。もう過ぎたことだ、終わった話なのだ。ルスカが殺そうとしていた赤ん坊も、すでに小学一年生だ。

「ヨッシャ。じゃ、はじめるか先生」

「おう！」

　瞬間、二人を包む空気が張りつめた。ジリジリと間合いを詰める自販機のオペレーター、視線をはずさず微動だにしない学校教師。事件のあと、空手屋は道着を脱いでしまった。

人を傷つけることに、恐怖を覚えるようになったからだ。十一月、世界空手道選手権を放りだした彼は、その足でふたたび忠海へむかい、大久野島を訪れていた。あの事件以来、いままで人を殴ったことはない。

体育館の二階から、いまにも沈みそうな夕陽が差しこんでいた。照らされた二人の影はマットを越え、黒く伸びて床に映る。それはまるで、ルスカと橋本のそれであった。いや、黒いから、二つとも沢村だろうか。

緊張を破ったのは空手屋だった。すり足がいきなり右の横蹴りに変貌した。

二人の下でも、同じく黒い二人が闘っている。

赤い陽差しが、最後の力をふり絞るように、二つの影を焦がしていた。

◎参考文献

「衝撃波のおはなし」　高山　和喜著／日本規格協会

「ショックウェイブ」　I．I．グラス著／高山和喜訳／丸善

作中の「毒ガス」については、

一九九六年九月に訪れた『毒ガス展』および、一九九六年十二月に訪問した『大久野島毒ガス資料館』にていただいた、冊子およびパンフレットを参考にさせていただきました。

この作品はフィクションです。登場する人物、団体は、実在するいかなる個人、団体とも関係ありません。

撲殺島《ぼくさつじま》への懐古《ノスタルジア》

2007年6月15日　1刷発行

著　者　松尾詩朗
発行者　南雲一範
製本所　図書印刷株式会社
発行所　株式会社南雲堂
〒162-0801　東京都新宿区山吹町361
TEL 03-3268-2384　FAX 03-3260-5425
E-mail　nanundo@post.email.ne.jp
URL　www.nanun-do.co.jp

Printed in Japan　<1-464>
ISBN 978-4-523-26464-4　C0093